btb

Es ist der 9. November 2021, Lockdown in Berlin, doch das Leben bleibt nicht stehen. Der berühmte, aber menschenscheue Schriftsteller Bernard Entremont ist angereist, um einen Preis entgegenzunehmen – ein Ereignis, mit dem die halbe Stadt in Berührung kommt. Engmaschig verwebt Christoph Peters die vielen Geschichten eines Tages und erzählt packend vom Leben in unserer Gegenwart: von der hektisch strippenziehenden Kultursalonière, vom verschwörungsgläubigen Politikersohn beim seltenen Vaterbesuch, von der nicht mehr ganz so jungen Influencerin und ihrem Partner, der endlich seinen dritten Roman schreiben will, vom jungen deutsch-türkischen Pärchen, das nach einem positiven Schwangerschaftstest schwankt zwischen Freude und Angst, vom afghanischen Flüchtling auf der Suche nach einem Fixpunkt im anonymen Getriebe der Stadt. Es ist das große, messerscharfe, wimmelnde Portrait einer Gesellschaft, die sich auf ihre alten Formen nicht mehr verlassen kann, die neuen aber noch nicht gefunden hat.

Christoph Peters wurde 1966 in Kalkar geboren. Er ist Autor zahlreicher Romane und Erzählungsbände und wurde für seine Bücher vielfach ausgezeichnet, u. a. mit dem Wolfgang-Koeppen-Preis (2018), dem Thomas-Valentin-Literaturpreis der Stadt Lippstadt (2021), dem Niederrheinischen Literaturpreis (1999 und 2022) sowie dem Schubart-Literaturpreis (2025). Christoph Peters lebt in Berlin. Zuletzt erschien mit »Innerstädtischer Tod« (2025) der letzte Teil einer an Wolfgang Koeppen angelehnten Trilogie.

Christoph Peters

Krähen im Park

Roman

btb

Lucy Church avoided avoided crows which are blue. Crows which are blue. A quality of crows which are blue.

GERTRUDE STEIN

Handlung und Personen des Romans Krähen im Park *sind frei erfunden. Ähnlichkeiten mit Personen und Geschehnissen des Lebens sind Zufall und vom Verfasser nicht beabsichtigt. Wolfgang Koeppens Roman* Tauben im Gras *hingegen hat im Hintergrund eine Rolle gespielt.*

Am Himmel bewegte sich nichts. Tegel war seit einem Jahr geschlossen, jetzt klagten sie weiter südlich über Fluglärm, Kerosinschmier auf Rosenbeeten, Zierrasenflächen. Nervöse Schlaflosigkeit und Erschöpfungssyndrome würden zunehmen, die Suizidrate steigen. Zum Schutz des Klimas wurden Forderungen nach dem Ende des Zeitalters der Luftfahrt laut, obwohl die Passagierzahlen noch immer weit unter der Vorkrisenzeit lagen. Die Vergnügungsflüge mit der Ju 52 waren eingestellt. Nicht einmal Hubschrauber kreisten über der Stadt, weder um Demonstranten einzuschüchtern, noch zur Beförderung von Ministern, Staatsgästen, Unfallopfern.

Weiter unten: feuchter Auswurf, infektiöse Tröpfchen, toxischer Schleim aus kontaminierten Atemwegen, verklebten Lungen. Das Keuchen der Jogger auf den Gehsteigen war Hohn, war Verachtung, war Angriff; an der Supermarktkasse mutierte das Brüllen des unbekannten Kleinkinds zur Körperverletzung. Aerosole mit todbringender Viruslast, Eiweißmoleküle in äußerster Verdichtung, fatale Reproduktionsbefehle, sphärisch oder kubisch, evolutionäre Vorstufen lebendiger Wesen, noch vor der ersten Zelle entstanden, vielleicht degenerativer Abfall, letales Zerfallsprodukt – Katalysator, um die Höherentwicklung der Mikroben voranzutreiben. In der Wissenschaft herrschte Uneinigkeit. Die Natur kannte weder Gut noch Böse, die Evolution verfolgte kein Ziel. Seit Jahrmillionen wurden Tiere, Pflanzen, Pilze befallen, eliminiert oder optimiert. Es galt das Recht des Stärkeren. Der Weg zum Übermenschen führte durch Massengräber. *The survival of the fittest.* Wenn die arische Herrenrasse dem totalen Krieg nicht gewachsen war, sollte sie der Vernichtung anheimfallen – so der letzte Wille des Führers. Gegen Ende der pandemischen Notlage von nationaler Tragweite gab es 42 000 Neuinfektionen am Tag. PLANLOS IN DEN CORONAWINTER; AMPELPARTEIEN WOLLEN LOCKDOWNS VERBIETEN! 2G-HAMMER: ERSTES BUNDESLAND SPERRT JUGENDLICHE AUS! ESKALATION AN DER GRENZE ZU POLEN! NATO WARNT BELARUS! DIE FLÜCHTLINGE – SIE WOLLEN DIREKT NACH DEUTSCHLAND! FAHRVERBOT, WER KEINE RETTUNGSGASSE BILDET! ABBA'S BJÖRN: DAS SIND WIR WIRKLICH! HAPPY END IN MONACO

Frische Schlagzeilen im Minutentakt: Krisen, Sensationen, Klatsch waren der Treibstoff für die immerwährende Erregung aller, für künstliche Empörung, synthetische Emotionen, Eintagsskandale. Sie wirkten als Ereignissimulation, Gefühlssurrogat, Lebensersatz. Zuschauer,

Hörer, Leser starrten vom Aufgang der Sonne bis zu ihrem Untergang, zu jeder Tages- und Nachtzeit, unabhängig von Mondphasen, Sternenkonstellationen auf Bildschirme in allen Größen, hörten Stimmen, versanken in bedrucktem Papier. Arbeitgeber und Arbeitnehmer, Selbstständige, Freiberufler, Beamte, arm und reich, hässlich und schön, schlau und stupide, fungierten und funktionierten 24/7 als Konsumenten, User, Follower, schimpften, nickten ab, verteilten Likes und Emojis, füllten die Kommentarspalten, Chatrooms, Social-Media-Kanäle mit Liebe, Hingabe, Verachtung, Hass, während in Redaktionsbüros, Marketingabteilungen, Werbeagenturen, Messi-Buden Journalisten, Blogger, YouTuber, Nerds rund um die Uhr aus dem Strom der Meldungen, Bilder, Zahlen, die unablässig über die Ticker kamen, den Nachschub des Suchtstoffs *Information* raffinierten, ihn mit dem Brandbeschleuniger *Meinung* übergossen, je schriller, greller, lauter, desto besser. Augen, Ohren, Hirne der Käufer, Kunden, Nutzer mussten gelockt, gefangen, gefesselt werden. Es ging um Aufmerksamkeitsspannen, Verweildauer, Klicks. Die Werbetreibenden verlangten Statistiken, Evaluierungen, Beweise, dass ihre Produkte gegen Haarausfall, Blasenschwäche, Gedächtnisverlust, ihre Fruchtaufstriche, Katzenmenüs, Karibikkreuzfahrten sich tatsächlich ins individuelle und kollektive Bewusstsein und Unterbewusstsein einschrieben. Ein attraktives Nachrichtenumfeld war das A und O. PUTINS

FLÜCHTLINGSATTACKE GEGEN DIE EU. TAUSENDE DRÄNGEN RICHTUNG DEUTSCHLAND! LITAUEN UND POLEN MOBILISIEREN ZUSÄTZLICHES MILITÄR! MEDIZINER WARNEN VOR TRIAGE AUF INTENSIVSTATIONEN! Das Virus schwächelte – das Virus kam mit aller Macht zurück. FÜR GEIMPFTE IST DIE PANDEMIE VORBEI! Professor Bernburger auf Twitter: WIR STEHEN VOR EINER MONSTERWELLE! So oder so setzten Gewöhnungseffekte ein, verlor es seine Unwiderstehlichkeit als Blickfang und Einkaufsstimulanz. Aktuell waren Mehl, Milch, Nudeln, Klopapier in ausreichender Menge vorhanden. Der Konsumklimaindex stürzte nach zwischenzeitlicher Erholung erneut ab. Doch in den Weiten des Ewigen Ostens braute sich neues Unheil zusammen, lenkte den Blick auf TESTSIEGER: SMARTS, auf DIE BESTEN ANGEBOTE DER STADT: Der kleine Bruder des Kreml-Herrschers hatte sich mit orientalischen Dunkelmännern verschworen, allen voran: DER BOSPORUS-SULTAN. Skythen, Hunnen, Mongolen, Russen bildeten eine fatale Allianz mit Sarazenen, Mauren, Osmanen. Gemeinsam schickten sie als Flüchtlinge getarnte Gotteskrieger Richtung Abendland. Zu Tausenden marschierten sie auf die Außengrenzen des freien Westens zu, um die europäische Wertegemeinschaft zu destabilisieren, Deutschland ins Chaos zu stürzen. Wieder drohten Überfremdung, Islamisierung, Bevölkerungsaustausch. Frische Bilder von neobolschewistischen Uniformträgern, die auf

Kurden, Syrer, Afghanen einprügelten, sie vor sich hertrieben, wie seinerzeit die Regimenter des Zaren Napoleons abgehalfterte Garden gejagt hatten, ruhmreiche Rotarmisten die zerlumpten Reste von Hitlers 6. Armee. Noch vor Beginn des russischen Winters würden sie in malerischen Birkenwäldern erfrieren, in baumlosen Steppen verhungern, Frauen und Kinder zuerst. Sollte man sie retten oder zurückschlagen? Die Gesetze des Rechtsstaats galten jenseits von Gut und Böse. Polen verstärkte im Alleingang die Grenzposten, der deutsche Innenminister, frisch abgewählt, fand lobende Worte für das entschlossene Handeln des Kollegen in Warschau und freute sich, dass er bald mehr Zeit für seine Modelleisenbahn hatte. BRENNENDE FÜSSE LASSEN SIE NACHTS NICHT SCHLAFEN? LUST STATT FRUST – SO KANN'S IM BETT WIEDER AUFWÄRTS GEHEN. 64 % WENIGER SCHWITZEN. VERSCHENKE ECHTE WERTE!

Dirk Mahnfeld tastete nach dem iPhone auf seinem Nachttisch, das Display leuchtete auf, als er den Home Button traf: 7:28. Die Zahlenfolge zog sich quer über das Foto seiner Frau, Mariann, rechts und links die gemeinsamen Töchter, Alexia und Lore. Mariann trug ein tief ausgeschnittenes Top, türkisfarbene Leopardenoptik, hatte ihre Arme um beide Mädchen gelegt. Das Foto war zwei oder drei … – nein, es musste älter sein: Als er wegen

Elena ausgezogen war, hatte er das Bild durch eine monochrome Fläche ersetzt, es bei der Rückkehr re-installiert, um zu demonstrieren, dass in Zukunft alles wie früher sein sollte. Inzwischen wohnten sie seit zwei Jahren wieder zusammen. Wenn du mal fünfzig bist, rast die Zeit schneller als ein Porsche vorbei, hatte sein Großvater gesagt. Alexia trug die Haare jetzt wasserstoffperoxydblond, wie die Friseusen aus den Plattenbauten in Hohenschönhausen oder dieses siebzehnjährige Starlet, das den neuen James-Bond-Song sang und deren Namen er sich nicht merken konnte. »Es bedeutet nicht, was du denkst, alter Mann«, sagte Alexia. Wie auch Jogginghosen, weiße Tennissocken, Gel-Nägel kein Synonym für Prekariats-Chic mehr waren.

Dirk Mahnfeld schaltete das Licht ein, richtete sich auf. Ihm brummte der Schädel, obwohl sie gestern Abend nur mäßig getrunken hatten. Sein T-Shirt hatte Löcher unter den Achseln, spannte am Bauch, unterhalb des Bizeps warf die Haut dünne Falten. Er sollte mehr Sport machen. Nachher käme Jens Biesemann aus Frankfurt, um sich den Stand des Um- und Neubaus in der Gabelstraße anzuschauen. Biesemann war fünf Jahre jünger als er, fuhr semiprofessionell Tourenwagenrennen, hatte noch alle Haare auf dem Kopf, und unter seinen eng geschnittenen Maßhemden zeichnete sich eine austrainierte Brustmuskulatur ab.

Dirk Mahnfeld warf einen Blick zu der Ruderbank unter dem schneebedeckten Gebirgsmassiv vor graublauem Himmel, Sven Drühl, Öl und Lack auf Leinwand, neunzig mal einsachtzig. – »Eine sichere Investition«, hatte Gerd Brook gesagt, in dessen Galerie er es gekauft hatte. »Hochreflektiert, mit einer Spur Ironie, was den aktuellen Diskurs in Sachen Malerei anlangt. Trotzdem hat es eine beinahe traditionelle Ausstrahlung. Damit machst du auf keinen Fall etwas falsch.«

Dirk Mahnfeld hatte es genommen, weil es wie ein echtes Alpenpanorama wirkte, ganz unironisch, der perfekte Hintergrund für die Ruderbank, ihrerseits ein Klassiker des Sportgerätedesigns: *kanadische Eiche, regulierbarer Wasserwiderstand für ein rundum natürliches Rudererlebnis*, ausgezeichnet mit internationalen Design Awards. Die dazugehörige App spielte die dreihundert schönsten Flusslandschaften der Welt auf den integrierten Flachbildschirm.

Er hörte das Rattern der elektrischen Kaffeemühle. Mariann hantierte bereits in der Küche, setzte Brotteig an, marinierte Hühnerbrüste, Rehrücken, Kalbsbäckchen. Heute Abend sollte es hier im Haus einen halboffiziellen Empfang zu Ehren des berühmten französischen Schriftstellers Bernard Entremont geben, da war einiges vorzurichten. Vor zwanzig Jahren war seine Frau, Mariann Krüger, als *Dr. Lisa Winter* Star der gleichnamigen Tierarztserie gewesen, aber nach Alexias Geburt hatte sie keine Lust mehr gehabt, sich mit Ernährungsplänen, Fitnesstrainern, plastischen Chirurgen abzuquälen, war überzeugt gewesen, in einer Liga zu spielen, wo ein paar Kilo mehr oder weniger, der Ansatz eines Doppelkinns egal waren, dass es einfach weiterginge mit den Hauptrollen im halbseichten Fernsehen, den roten Teppichen, den Gazettengeschichten. Doch die relevanten Angebote blieben aus, inzwischen seit achtzehn Jahren: Hier eine Mörderin im *Tatort*, da die patente Schwester der Heiratskandidatin in einer Inga-Lindström-Verfilmung, gelegentlich Teleshopping-Auftritte, Quizshow-Einladungen. Schließlich war sie zur Übermutter mutiert, hatte Elternabende vorbereitet, Schulfeste geplant. Dass sie noch immer *bekannt aus Film, Funk und Fernsehen* war, verschaffte ihr in Diskussionen mit Lehrern, Schulleitern, Miteltern gelegentlich Vorteile. Außerdem gab sie legendäre Abendgesellschaften, brachte Schauspieler, Schriftsteller, Künstler in privater Runde mit Leuten aus Medien, Politik und Wirtschaft zusammen. Sie kippten Champagner und Whisky Sour, aßen Rote-Bete-Salat, früher von Jamie Oliver, dann à la Ottolenghi, knüpften Kontakte, begannen Affären, kotzten in die Rabatten. Manchmal sprangen Aufträge für Dirk Mahnfelds Büro dabei heraus: Der Konzertagent Seebacher hatte eines der letzten großen Baugrundstücke in Pankow ergattert und stellte sich etwas Repräsentatives zwischen Palladio und Mies van der Rohe vor; Henner Wollinski, Partner einer Unternehmensberatung, die Millionen mit Aufträgen aus dem Verteidigungsministerium verdiente, wollte einen Creative

Workspace mit nachhaltigen Town Houses in den Ruinen einer Jahrhundertwende-Brauerei. Mariann war Grande Dame, Strippenzieherin, Kummertante, und sie kannte viele Geheimnisse.

Aus dem Nebenzimmer drangen Bässe und Mädchenkichern durch die Wand. Alexia hatte vor kurzem gemerkt, dass sie Frauen vorzog, war jetzt mit Ruth zusammen, einer riesigen Volleyballerin, in der er auf den ersten Blick einen Jungen gesehen hatte. Dirk Mahnfeld hielt sich nicht für verklemmt, erst recht nicht für homophob. In seinen Kreisen waren Schwule und Lesben schon lange akzeptiert. So weit, so gut. Nichtsdestoweniger war er froh, dass zumindest Lore ganz normal einen Freund hatte. Das Kichern verstummte. Andere Geräusche schälten sich aus der Musik, Laute, die er nicht hören wollte, ganz egal, mit wem Alexia rummachte. Die Möglichkeit, dass seine Tochter eines Tages in ihrem Zimmer Sex haben würde, war nicht in seine Überlegungen eingeflossen, als er vor sechzehn Jahren das Hummel-Areal geplant hatte, eine Art Luxusreihenhaussiedlung in einer der letzten großen Brachen der Stadt. Solange die Besitzverhältnisse unklar gewesen waren, hatte das Gelände einer linksextremen Bauwagenkolonie als Stellplatz gedient. (»Papa, wenn ich groß bin, will ich auch Spießer werden.«) Er hatte die komplette Straße entworfen mit Gärten hinter jedem Haus, eigenen Parkanlagen, Spielplätzen, einem Gemeinschaftsgebäude, wo Versammlungen stattfanden,

Geburtstagspartys, Sommerfeste. In Absprache mit den künftigen Besitzern hatte er für jedes Haus ein eigenes Fassadenkonzept entwickelt, Klinkerverblendungen, Naturstein, Putz in unterschiedlicher Optik und Farbe. Professor Hilbert hatte auf Schiefer bestanden, weil der ihn an die thüringischen Häuser erinnerte, in denen er aufgewachsen war. *Kostenoptimierter Individualismus* hatte es im Prospekt geheißen. Die meisten Einheiten waren von gutsituierten Eltern mit kleinen Kindern, schwulen Paaren gekauft worden, Diplomaten, Philharmoniker, ein Staatssekretär. Beim Innenausbau hatte architektonische Transparenz im Vordergrund gestanden, offene Raumsituationen, wie man sie bevorzugte, bevor die ersten Krisen in der Beziehung aufbrachen. Natürlich bekamen die Kinder ihre eigenen Zimmer, aber dass sie dort auch erwachsen werden würden, hatte er schlicht nicht bedacht.

Das gerahmte Plakat über dem Bett zeigte eine junge Frau mit langen rotblonden Haaren in einer verschatteten Gegend, die an britische Arbeiterviertel der 1970er erinnerte. Sie saß auf nebelfeuchtem Kopfsteinpflaster, schaute nirgendwohin. Im Hintergrund hatte jemand seine Harley abgestellt. Chromfelgen und -speichen spiegelten diffuses Licht aus einem verhangenen Himmel. Darüber stand in weißer Schrift auf schwarzem Grund:

KATE TEMPEST –
THE BOOK OF TRAPS & LESSONS TOUR

Unter dem Bild die Termine:

24.10. KÖLN – KANTINE
29.10. BERLIN – HUXLEYS NEUE WELT
1.11. HAMBURG – ÜBERJAZZ FESTIVAL

Ruth rollte sich auf die Seite, griff nach dem Tabakpäckchen auf dem Boden, *Pueblo,* der beste, den es gab, setzte sich auf, drehte eine Zigarette, schob sie sich zwischen die Lippen, steckte sie an, hielt sie nach zwei Zügen Alexia hin. »Meine Eltern meckern immer rum, wenn ich im Zimmer rauche«, sagte Alexia. – »Die rauchen doch selber«, sagte Ruth. – »Ja, aber eben nur auf der Terrasse oder auf dem Balkon.« – Vor dem Bett lagen Hoodies, T-Shirts, Hemdchen, Strümpfe. Eine längsgestreifte Schlaghose, lila, rosa, weiß, war achtlos über den Drehstuhl geworfen. »DOWN DOWN DOWN ON THE FLOOR, DOWN DOWN DOWN ON THE FLOOR ...«, wiederholte eine samtige Frauenstimme über monotonen Basslines, synthetischen Beats, fuhr fort: »NIGGAS GET FADE AND THEY FEEL IT ON THE FACE«, ein Mann warf »HOLD UP!« ein, »TALKING ALL DAY, THAN THEY FEEL IT ON THEY PLACE« – »YEAH.« Die Liebe war jung und schön, war Abenteuer, Experiment, war ein Spiel und todernst. Ruth kannte sich aus, sie hatte von Anfang an ausschließlich Beziehungen mit Mädchen und Frauen gehabt, benutzte ihre Hände, ihre Zunge weitaus geschickter als Marvin sein ungelenkes Teil, mit dem er Alexia vor anderthalb Jahren entjungfert hatte. Ruth führte sie in Schwebezustände, an den Rand der Bewusstlosigkeit, die Grenzen zwischen ich und du lösten sich auf, sie wurden eins, ein Fleisch, ohne dass etwas Fremdes, Befremdliches in ihrem Unterleib steckte. Außerdem musste sie sich keine Gedanken über Verhütung mehr machen, nicht ständig die Bettwäsche wechseln. »NIGGAS WANNA COME IN THE PLAY« – »Es ist so schön mit dir – ganz anders, als ich es mir vorgestellt hatte«, sagte Alexia. – »NIGGAS GET ALL IN THEY FEELINGS« – »Was man sich vorstellt, ist immer falsch.« – »Ja, aber …« – »Meine Mutter zum Beispiel: Sie stellt sich vor, dass es voll eklig sein muss, wenn eine Frau eine Frau küsst.« – »Warum meint sie, dass es eklig ist?«, fragte Alexia. – »Sie hat die schwachsinnige Idee, dass, wie soll ich es dir erklären, du kennst diese ganzen christlichen Sachen ja nicht. Also, sie glaubt, dass quasi der Teufel bei dir auf der Schulter hockt, wenn du als Frau eine Frau liebst, dass er dir ins Ohr flüstert: *Unterwirf dich dem Laster!* Dann kannst du einfach nichts mehr dagegen machen, obwohl du weißt, dass es Todsünde …« – »Todsünde?« – »Das sind die extrem schlimmen Sünden, wegen denen du direkt in die Hölle kommst, wenn du stirbst. Hauptsächlich

Mord und Sex. Also Sex, wenn du nicht verheiratet bist. Oder wenn du verheiratet bist, aber Verhütungsmittel benutzt. Das ist fast genauso schlimm, weil Gott in der Bibel vorgeschrieben hat, dass die Menschen sich fortpflanzen, und zwar je mehr desto besser.« – »Krass, dass es heutzutage noch Leute gibt, die so was glauben.« – »Meine Mutter ist auch sicher, dass Corona eins von den Zeichen ist, die Jesus vorhergesagt hat, wenn Armageddon kommt.« – »Was war noch gleich Armageddon?« – »So was wie der 3. Weltkrieg, wenn die Menschheit total gottlos geworden ist und alles vernichtet wird. Aber die Gläubigen werden vorher gerettet. Von Engeln, die so 'ne Art Spezialeinheit bilden. Am Ende schwebt Jesus auf einer Wolke ein und stellt das Reich Gottes wieder her. So steht es in der Bibel.« – »Meine Oma – also die, die im Schwarzwald wohnt –, die ist auch ziemlich christlich. Sie geht sonntags in die Kirche und hat immer Kerzen angesteckt, wenn wir Klausuren geschrieben haben, aber sie findet es trotzdem voll richtig, dass queere Menschen jetzt heiraten dürfen, weil die Liebe doch das Wichtigste im Christentum ist.« – »Ja, nein, klar – Liebe ... Damit ist für meine Mutter Nächstenliebe gemeint. Das, was wir unter Liebe verstehen, also so was wie zwischen uns, zwischen dir und mir, das ist für sie ›Geschlechtslust‹ – eine von den Fallen, die der Teufel stellt. Berlin, Großstädte überhaupt, bestehen für sie fast nur aus Teufelsfallen. Deshalb wollte sie auch nicht, dass ich mich impfen lasse. Sie glaubt, dass diese ganze Corona-Scheiße ein Weckruf Gottes ist. Wir sollen uns wieder auf das besinnen, was wirklich zählt.« – »Und was zählt wirklich nach ihrer Meinung?« – »Bekehrung, Buße, Beten, sich in der Gemeinde engagieren. Anderen helfen … Was ja nicht falsch sein muss. Aber dass zum Beispiel jetzt die Clubs für Leute mit 2G wieder öffnen, reicht meiner Mutter schon als Beweis, dass diese Impfstoffe bloß entwickelt wurden, damit die Menschen sich wieder hemmungslos ihren Sünden hingeben können.« – »Glaubst du … Hast du früher auch so was geglaubt?« – »Bis elf oder zwölf. Die Freunde von meinen Eltern, also die Leute aus der Gemeinde, zu denen wir … zu der sie gehören, die sehen das ja alle so: dass die Welt verloren ist, dass die meisten Menschen verdammt werden und im ewigen Feuer landen.«

Flammen loderten auf. Die Briketts hinter der Ofenscheibe hatten Feuer gefangen. Urban war in sein Studio geflüchtet. Im Osten brach helles Gelb durch die Wolkenbänder. Er sah auf die Straße hinunter. Das Fensterglas war alt und dünn, dämpfte den Lärm kaum. Aus beiden Richtungen kamen Straßenbahnen, hielten direkt vor dem Haus, Autos stauten sich von Ampel zu Ampel. Radfahrer, Schüler auf E-Rollern fuhren vorbei, wichen Baustellen, Müllhaufen, abgestellten Möbeltrümmern aus. Die Stadt war ein Dreck, ein Loch, eine Foltermaschine, ein überbevölkerter, versiffter, stinkender Käfig, in dem Schnösel, Wichtigtuer, Lackaffen hausten, dumme, großkotzige Gören, chronisch pubertäre Moslems, Vollirre, Alkoholiker und Junkies, schlichte Hohlköpfe, Spießer, Rentner, kein Unterschied zwischen vormaligen Ostlern, vormaligen Westlern, deutschnationalen Spätaussiedlern, ostasiatischen, afrikanischen, orientalischen Vertrags- und Gastarbeitern. Und jetzt war auch noch das Haus, in dem sie eigentlich wohnten, eingerüstet. Ab sieben zitterte es unter den Schlägen der Abrissbirne, brüllten sich polnische Maurer vor dem Fenster Anweisungen zu. Urban wollte weg. Das Erste, was er morgens dachte, war: »Ich muss hier raus.« Aber wohin sollte er gehen? In das Eifel-Kaff, aus dem er vor fünfundzwanzig Jahren geflüchtet war, konnte er nicht zurück. Weder gefiel ihm Hamburg, noch München, noch Köln. Die Dörfer in Brandenburg, wo sich gerade sein halber Bekanntenkreis – die, die es zu Geld gebracht hatten – Datschen, Katen, Resthöfe kauften, waren bevölkert von neuen Nazis und letzten Altsozialisten. Wer wollte ernsthaft dort wohnen? Frankreich wäre eine Möglichkeit – ein Traum. In Frankreich kannte er niemanden. Konnte man an einem Ort, in einer Gegend, einem Land leben, wo man niemanden kannte? Vor allem brauchte er Geld, mindestens 100000. *Woher nehmen, wenn nicht stehlen?* Außerdem hatte er Frau und Kind: Leonie, dreieinhalb Jahre, dazu deren Mutter, Irma, im schönen Alter von vierunddreißig. Irma wollte die Stadt nicht verlassen, sie liebte die Stadt, sie hatte sich nie irgendwo so wohl gefühlt wie hier, nicht an der Cote d'Azur, nicht in New York und nicht in Phuket am Strand. Selbst die Aussicht auf anderthalb Jahre Bauarbeiten nötigten ihr allenfalls ein Achselzucken ab. Irma bewegte sich elegant durch Kunst-, Literatur-, Mode- und Medienszenen, quasselte auf Previews, referierte in Zeitgeist-Labs, tanzte auf sämtlichen Partys. Bis zu Leonies Geburt war sie eine Art IT-GIRL gewesen, Stil-Ikone, Kuratorin, Model, Influencerin, als es das Wort noch gar nicht gab. Im Moment erfand sie sich als URBAN PROFESSIONAL MOTHER neu, schrieb Artikel über Rollenvorbilder, Rollenzuschreibungen, Rollenerwartungen an sie als Mutter, Frau, Künstlerin zwischen Küche und Kreativität, Studio und Wickeltisch. *Der Stern*, das *ZEITmagazin* schickten Reporter und Fotografen für Home Stories, seit letztem Monat hatte sie eine eigene Kolumne im *Tip*. Urban weigerte sich, bei den Terminen dabei zu sein, den Mann an ihrer Seite zu geben, obwohl es ihm vielleicht genützt hätte, sich als Partner eines aufstrebenden Sterns am Himmel des Neo-Feminismus zu präsentieren, der sanfte Held im Hintergrund, der sich ums Kind kümmerte, den Müll runtertrug, der erfolgreichen Frau den Rücken frei hielt. Er hasste die Öffentlichkeit, er hasste Aufmerksamkeit, und er verabscheute Journalisten, obwohl er das bisschen, das er verdiente, ebenfalls für Feuilletonkolumnen, -rezensionen, -portraits bekam. Irma schleppte das Kind, ihrer beider Kind, auf Vernissagen, Lesungen, Empfänge. Leonie patschte in gigantischen Atelierhallen mit den Farben der Kunststars herum, sprang Trampolin auf den Sofas der Galeristen, spuckte Trüffel und Flusskrebse auf Restauranttischdecken. Urban sagte: »Sie braucht mehr Schlaf!« – Irma erwiderte: »Warum soll sie sich hier so langweilen wie du früher in deinem Provinzkaff?« – Urban forderte: »Halt sie wenigstens aus den Medien raus!« – »Dann schreib dein Buch fertig, damit wir Miete zahlen können.« – Er wusste, dass die Diskussionen zu nichts führten, vielleicht wusste Irma es auch. Immer öfter verließ er mitten im Satz die Wohnung, stieg in seinen geliebten, cremefarbenen 200er Mercedes, Baujahr 1980, fuhr zwanzig Minuten, verbarrikadierte sich in seinem Apartment, dem letzten Relikt seines früheren Lebens, zwanzig Quadratmeter Freiheit mit Kohleofen im einzigen unsanierten Haus auf der Danziger Straße für zweihundert Euro im Monat. Gestern war der Streit derart eskaliert, dass er mindestens zwei Nächte fortbleiben musste, um Irma klarzumachen, dass eine Grenze überschritten war – dass *sie* eine Grenze überschritten hatte. Ohne es mit ihm abzusprechen, hatte sie Leonie für ein Fashion Shooting verkauft. Der Fotograf war einer von ihren tausend Hipster-Freunden, die Kampagne sollte für nachhaltige Kindermode werben, Biobaumwolle aus ägyptischer Fairtrade-Produktion, die Entwürfe von einem pakistanisch-dänischen Nachwuchsdesignerpaar: *Jabeer&Niels-*

son, die neue öko-diverse Premiummarke zur Gewissensberuhigung junger Besserverdiener. Es würde Plakate, Wegwerfbeilagen in Qualitätszeitungen, Social-Media-Kampagnen geben. Leonie mit ihren feuerroten Locken sollte den irisch-angelsächsischen Phänotyp repräsentieren, außerdem gab es ein japanisches und ein armenisches Mädchen, einen arabischen Jungen und einen schwarzen, dessen Eltern aus Ghana stammten.

Zumindest in einem Punkt hatte Irma recht: Er musste sein Buch schreiben.

Urban zog die Kaffeedose aus dem Regal, die Dose war leer. Bevor er irgendetwas tun konnte, musste er Kaffee kaufen, Kaffee kochen, Kaffee trinken. Sein Telefon klingelte, Irmas Name leuchtete auf. Er überlegte, ob es irgendeinen Zweck hatte, den gestrigen Streit fortzuführen – hatte es nicht. Er fragte sich, ob er willens war, einzuknicken? Erschrak kurz. Vielleicht rief Irma an, weil etwas mit Leonie war: Die Kleine hatte einen siedenden Kessel vom Herd gezogen, war vom Stuhl gefallen und hatte sich die Zunge abgebissen. Sobald man für ein Kind Verantwortung trug, musste man eigentlich immer ans Telefon gehen. Er ließ es trotzdem klingeln, wartete, dass Irma etwas auf die Mailbox sprach, doch der Apparat meldete nur den verpassten Anruf. Urban zog seine Lederjacke an, griff in die Taschen, ob er eine Maske einstecken hatte, trat ins Treppenhaus.

MICROBLADING ODER PERMANENT MAKE-UP – WAS PASST ZU MEINEM LOOK? Joyce Telschow saß im Morgenmantel am Küchentisch, blätterte durch Modemagazine, Frauenzeitschriften, HARRY WINSTON – RARE JUWELS OF THE WORLD, eine glutäugige Schönheit für BULGARI. Sie hatte frei, dreifach frei: Muriel, ihre jüngere Tochter, war beim Vater; Dina, die ältere, schlief bei ihrem Freund, und Joyce musste nicht zur Arbeit, weil Ines, ihre Teamkollegin, Corona-positiv war. Wie es aussah, hielten diese Impfungen nicht, was man sich von ihnen versprochen hatte. Ihr sollte es recht sein. Seit sechzehn Jahren arbeitete sie als Fluggastkontrolleurin, Vollzeit im Wechselschichtdienst, bis vor kurzem in Tegel, jetzt in Schönefeld. Sie mochte die Arbeit, Flughäfen waren magische Orte. Tag für Tag rauschten Träume von anderen Leben vorbei, und wegen der vergünstigten Angebote für das Airport-Personal wurden sie für Joyce regelmäßig ein bisschen wahr. Zu den Nachteilen des Wechselschichtdienstes gehörte allerdings ein gestörter Schlaf-Wach-Rhythmus. Obwohl kein Wecker geklingelt hatte, es draußen stockdunkel gewesen war, hatte sie ab sechs wach gelegen, war um halb sieben aufgestanden. Sie hatte sich ein Bad eingelassen, Honig-Mandel und Salz aus dem Toten Meer, hatte mit geschlossenen Augen im Wasser getrieben, war sanft überhitzt, schwerelos, hatte die Zeit vergessen, sich selbst. Kein in der Frühmorgenhetze verrutschter Lidstrich, keine fadenscheinige Uniform, keine Laufmasche auf dem Treppenabsatz. Sie hatte sich nicht mit Muriel gestritten, die zu jedem Bissen Frühstück gezwungen werden musste, und Dinas Heulkrämpfe, weil sie unsterblich in ihren Englischlehrer verknallt gewesen war, hatten aufgehört, seit sie zur Therapie ging. Den Englischlehrer hätte Joyce auch genommen, ein süßer Typ, Mitte dreißig, Sportlerschultern, hammermäßiges Lächeln. Aber Dina hatte jetzt stattdessen einen acht Jahre älteren Türken: Emre. Emre war nett, nicht hässlich, trotz Vollbart. Er fuhr Pakete aus, sechs Tage die Woche, hatte eine kleine Wohnung im Wedding und einen Schwarzgurt in Taekwondo. Joyce war trotzdem nicht glücklich damit. Falls etwas Ernstes daraus würde, schlüge irgendwann doch der Moslem durch. Sie hatte nichts gegen Ausländer, war nicht einmal grundsätzlich gegen die Orientalen. Die Männer sahen oft gut aus, viele hatten das, was den Deutschen längst abging: Kraft, Durchsetzungsvermögen, Charme. Aber am Ende gewann immer die dunkle Seite des südlichen Temperaments, genau wie bei den Italienern. Das wusste sie von Dinas Vater, Vittorio. Anfangs war alles Wolke sieben gewesen, rote Rosen, teure Parfüms, Saltimbocca alla Romana, brennender Sambuca mit Kaffeebohne, Bellissima, Principessa, aber nachdem sie das erste Mal zusammen in seinem Abruzzen-Dorf gewesen waren, die Nonna Joyce als ehetaugliche Frau eingestuft hatte, änderte sich der Ton. Wehe, wenn sie nicht ans Telefon ging, bis morgens mit ihren Freundinnen aus war, tanzen, trinken, feiern, wenn sie den Kellner oder den Fahrradmonteur anlachte. Vittorio schrie herum, zertrümmerte Teller, warf Schuhe durchs Zimmer. Schließlich war ihm die Hand ausgerutscht, weil Joyce Gerd, dem Elektriker-Nachbarn, einen Kaffee gekocht hatte, nachdem dieser so nett gewesen war, ihr eine Steckdose in der Küche zu reparieren. Italiener hin, Südländer her, da war er bei ihr an die Falsche geraten. Hinter einen Schlag ins Gesicht gab es kein Zurück, auch wenn da ein Kind, sein Kind, in ihrem Bauch wuchs. Das ganze Schmierentheater, das er anschließend aufführte, Tränen, Kniefälle, Schals von Hermès, Lackpumps von Prada, hatte sie nicht umgestimmt – wahrscheinlich waren es ohnehin bloß chinesische Fakes gewesen. Vittorio hatte später eine Italienerin in Bologna geheiratet, schickte Dina per *Western Union* hundert Euro zum Geburtstag, alle ein bis zwei Jahre rief er mal an. Ansonsten kümmerte er sich einen Scheißdreck um sie. Joyce strich ihre frisch rasierten Beine entlang, die Haut seidenweich, duftig, straff, *Biotherm Lait Corporel*. Für vierundvierzig, zwei Kinder, konnte sie sich sehen lassen. Aber wann immer sie sich mit einem Mann verabredete, hatte der nach »Ich hab auch zwei Töchter, die bei mir wohnen« Dienstreisen, unerwartete und unaufschiebbare Termine. »Ich ruf dich an«, aber natürlich kam nie ein Anruf. Nur neulich dieser grässliche Kerl, Heiner, angeblich Besitzer eines Toner-Geschäfts, der seine Augen nicht von ihrem Dekolleté hatte reißen können, war an weiteren Treffen interessiert gewesen – die Sorte Mann, die mit fünfzig noch Jungfrau war, sich allenfalls mal von einer Nutte einen runterholen ließ. So notgeil war sie nun doch nicht, dass sie sich damit abgeben musste. Ihre Liebhaber waren ausnahmslos ansehnlich gewesen, sie hatte immer viel Spaß gehabt, nur dass ihr eben keiner einen ernstzunehmenden Antrag gemacht hatte, nicht einmal die beiden Arschlöcher, von denen sie schwanger geworden war. Natürlich konnte sie nach wie vor jemanden fürs Bett bekommen, doch die Zeit für Affären, One-Night-Stands war irgendwie vorbei, und bevor sie sich auf so einen Wichser einließ, der am Ende noch ihre Mädchen angrapschte, frühstückte sie lieber allein.

Joyce nippte an ihrem Tee: BITTERE RÜCKKEHR! – PRINZESSIN CHARLENE FREUT SICH AUF IHRE KINDER, DOCH IN MONACO ERWARTEN SIE TAUSEND PROBLEME; LIEBESAUS – GIGI HADID SCHALTET ANWÄLTE EIN; ALEC BALDWIN: WER STEHT IHM JETZT ZUR SEITE? Denen, die alles hatten, ging es auch nicht viel besser.

Urban stellte den Espressokocher auf den Herd. Im Eckladen gegenüber hatten sie nur *Lavazza* gehabt, von heute aus gesehen zweitklassiger Kaffee, trotzdem kein Vergleich mit dem Großtantengesöff damals, zu Hause,

DIE KRÖNUNG – DER BESTE VON JACOBS! Tchibo, Eduscho. Als er nach Berlin gekommen war, hatte *Lavazza* nach Vespa, Mastroianni, Fellini, nach den Lippen von Ornella Muti, einem Blick von Monica Bellucci geklungen.

Urban sah sich, wie er vor zwanzig Jahren hier gestanden hatte, frisch der Provinz entronnen, der Kleinbürgerenge, dem klebrigen Moralismus, frisierten Mofas, tiefergelegten Cabrios, den Fußballvereinsheimbesäufnissen, Dorfdiscoabstürzen. Jetzt saß er morgens um vier auf dem Mehringdamm und aß Currywurst mit Pommes, fuhr bei Sonnenaufgang in den Bahnhof Alexanderplatz ein, torkelte am Kotti der aufgehenden Sonne entgegen. Keiner fragte, wer er war, wo er herkam, welche Zukunft er sich vorstellte. Niemanden interessierte, wann er an der Uni gewesen war, ob er die Vorlesungen zu Gryphius, zu Heine, zu Bachtin gehört, Hausarbeiten geschrieben, Scheine gemacht hatte. Stattdessen LICHTER DER GROSSSTADT, *Zoo Palast, Schultheiss, Berliner Ensemble*, der getriebene Rhythmus von U-Bahn-Rädern auf Schweißnähten, Tà-Tack-Tà-Tack-Tà-Tack, wummernde Ghettoblaster, Martinshörner, Presslufthammer. Im Nordbahnhof sang ein russischer Chansonnier die traurigsten Lieder der Welt, vor dem Kaufhof spielten Panflöten-Indios in bestickten Ponchos. Ganz gleich, wo er hinkam, niemand hatte ihn je gesehen, fast alles, was er tat, tat er zum ersten Mal, groteske Versuche, hinter den Schmerz zu gelangen, taumelnd, zuckend, verdämmernd, überspannt, großmäulig, kindisch. Das Gefühl der Erleichterung, nicht mehr der Einzige zu sein, in dem es brannte, der nach Worten suchte für das Unbegreifliche, das Unerträgliche. Erstmals galt er nicht als Sonderling, weil er den Weg der Sprache, der Kunst beschwor, keine besorgten Blicke mehr: »Und wovon willst du leben?« Sowieso war der Weg kein Weg, war Kopfsprung, Sturz über die Klippe, war freier Fall. Hier standen tausend Versuchsräume, Experimentierfelder offen, an jeder Ecke wurde radikal Abseitiges, exzessiv Sinnloses, vorsätzlich Unverkäufliches produziert, nicht heimlich, verschämt, sondern mit großer Geste, befreiter Stimme. Hirnfeuerwerke, Wortexplosionen, Satzkaskaden, *Russendisko, Surfpoeten, Reformbühne Heim & Welt, der Club der polnischen Versager*. Manchmal hörten Hunderte Gedichten, Geschichten, Poetryslams zu, johlten, pfiffen, verstummten, und manchmal waren es fünf. Überall wurden Ausstellungen eröffnet, gefeiert, zerrissen, waren Ereignis, Aufreger, Stadtgespräch. Die Grenzen zwischen Kunst und Leben, Party und Performance, Theater und Therapie, Vision und Psychose lösten sich auf.

In Münsterkamen hatte es einen einzigen Künstler gegeben, Albert Holst, der alle paar Jahre in der städtischen Galerie ausstellte, Stillleben in der Nachfolge von Morandi, de Staël pinselte. Den alternden Kulturbürgern – Ärzte, Notare, Studienräte – hatte er als ewiger Avantgardist gegolten, über den sich die einen empörten, während die anderen ihn feierten. Und in Prüm hockte Bernd Möbius, Lokalfeuilletonist, zuständig für alle Sparten Kultur, einschließlich des jährlichen Kinderballetts. Möbius hatte mit dreißig einen Roman über die Verstrickungen seines Großonkels in die Enteignung jüdischer Geschäfte veröffentlicht, trug Schnauzbart, Hornbrille, Tweed-Sakko und rauchte Pfeife wie der Nobelpreisträger. Achtmal im Jahr kam das Tourneetheater, spielte Boulevard-Komödien von irgendeinem Fernsehschreiberling, bekannt durch Drehbücher für *Tatort* und *Traumschiff*, dazu unterhaltsam modernisierte Stücke von Moliere, von Shakespeare. Horst Tappert gab den *Geizigen*, Günter Strack den *Falstaff*. Auch Urbans Eltern hatten ein Abonnement gehabt, und seine Mutter beschwerte sich jedes Mal, dass sein Vater während der Vorstellung schnarchte.

Im letzten Schuljahr hatte Urban als Sänger der Punkband *KrachStaubSchweiß* eigene Texte in den Probenkeller geschrien. Hier und da waren sie in Kirmeszelten, auf Provinzfestivals aufgetreten, einmal als Vor-Vorgruppe von Wolf Maahn und Golden Earring, samstagnachmittags um halb vier vor knapp zwanzig Leuten, aber links am Rand der Wiese hatte Katja Wiegand gestanden und war bis zum Ende des letzten Songs geblieben. »*Brich durch zu den Enden des Rings / Brich durch zu den Enden des Rings / Glühender Stahl / glühender Stahl / verbrennt das Fleisch / das Fleisch verbrennt / verbranntes Fleisch / wohin du schaust / Wohin schaust Du?*«

Der Espresso gurgelte aus dem Ausströmer, dasselbe Geräusch, derselbe Duft, wie damals, nachdem er, ohne Katja Wiegand je berührt zu haben, hier aufgeschlagen war, in der Hauptstadt von Ost und West, wo selbst Monica Bellucci niemandem einen Seufzer entlockte.

Aus dem offenen Schultor des Eisenstein-Gymnasiums schrillte die Klingel zur ersten Stunde bis auf die Straße. Frau Malente, Fachlehrerin für Chemie und Physik, überholte im Sturmschritt eine Gruppe von Siebtklässlern, rief: »Jetzt wird's aber Zeit!« – Es galt hauptsächlich ihr selbst. Im vorderen Teil des Parks, fünfzig Meter von der Schule entfernt, halbwegs geschützt von dichten Büschen, fläzten sich Noah, Joost und Mascha in der großen Korbschaukel. Noah hielt die Schaukel mit leichten Tritten gegen die Tragbalken in Bewegung. Auf der Bank daneben saß Snoops, zog Bierflaschen aus seinem Rucksack, ließ die Kronkorken mit dem Feuerzeug durch die Luft fliegen, stand auf, hielt Noah ein Bier hin und eins gab er Mascha. – »Du kannst mit Joost teilen, schließlich vögelt er dich ja auch.« – »Eifersüchtig?« – »Bullshit.« – Die letzte Flasche nahm er selbst, setzte sie an den Hals, trank bis ihm die Luft ausging, rülpste: »Schulz.« – Eigentlich hätte er im Deutsch-Leistungskurs sitzen müssen, genau wie Mascha, während Joost und Noah Geschichte gehabt hätten, aber *Maria Stuart* interessierte wirklich keine

Sau, und warum sollte sich noch irgendein vernünftiger Mensch mit dem MITTELALTER! beschäftigen, da hatten sie ja wohl wirklich den Schuss nicht gehört. Abgesehen davon war es Snoops völlig egal, ob er das Abi schaffte oder nicht. Sein Vater hatte auch nichts abgeschlossen, keine Ausbildung, kein Studium, aber er verdiente als Musikproduzent zehnmal so viel wie die Halbhirne von Lehrern. Irgendetwas in der Art würde ihm schon einfallen, einstweilen kam er mit Ticken gut über die Runden. – »Ey, sauf mir nicht alles weg«, maulte Joost, woraufhin Mascha demonstrativ einen weiteren Schluck aus der Flasche nahm, sich über ihn beugte, ihre Lippen auf seine drückte, ein dünnes Rinnsal Bier aus ihrem in seinen Mund laufen ließ.

ALPHA, BETA, GAMMA, DELTA. Das griechische Alphabet hatte es im Google-Ranking kurzzeitig von Platz vierhundertsechsundzwanzigtausendfünfhundertneunzehn auf sieben geschafft. Die nächste oder übernächste Virusvariante war auf dem Vormarsch. Meldungen von Masseninfektionen nach Partynächten im Berghain trotz 2G oder 3G machten die Runde. Die Stadt verschwamm zwischen Widerstand und Apathie, Hoffnung und Resignation. MORDROHUNGEN, WEIL ER NUR GEIMPFTE INS LOKAL LIESS! CORONALEUGNER PLANEN KELTISCHES BLUTRITUAL VOR DEM REICHSTAG! Dänen,

Schweden, Portugiesen und Spanier, Belgier und Holländer, Franzosen, Israelis, DIE JUGEND DER WELT, die normalerweise jedes Wochenende in Tegel oder Schönefeld landete, Angebote und Preise für Ferienwohnungen, Mitwohngelegenheiten in immer neue Höhen trieb, blieb weg. Auch ohne Ausgangssperre hochgeklappte Bürgersteige, verhängte Fenster. Seit inzwischen zwanzig Monaten kamen Tausende von Erstsemestern nirgends mehr an. Selbst wenn die Eltern aus Offenbach, Bruchsal, Herne Miete für Hauptstadt-Apartments, WG-Zimmer, Wohnheimplätze zahlten, saßen die angehenden Chemiker, Hispanisten, Betriebswirte doch bloß zu Hause vor ihren Bildschirmen, starrten lustlos, mutlos, unkonzentriert auf Vorlesungskonserven, dämmerten vor Livestreams von Seminaren weg, wechselten zu *Pornhub, Counterstrike, Paola Maria, TikTok* ohne vorher, nachher, zwischendurch in Mensen, Cafeterien, an Dönerständen, Spätis abzuhängen, sich zum Kaffee, zum Essen, zum Tanzen, Trinken, Feiern zu verabreden. Ein paar Bars, Kneipen, Clubs, die den Lockdown überlebt hatten, waren geöffnet, doch niemand wusste, welche Locations sich lohnten, wo die neueste Musik im schrägsten Ambiente für die coolsten Leute gespielt wurde. IMPORTANT! WICHTIG! IMPORTANT! WICHTIG! DER NACHWEIS GEIMPFT/GENESEN INKLUSIVE IDENTITÄTSBESTIMMUNG IST ZWINGEND ERFORDERLICH! Den Braven, Bangen, Scheuen, denen, die von klein auf die Warnungen ihrer überbesorgten Erzeuger befolgt hatten, war die Angst zur Grundhaltung geworden. Sie fürchteten sich vor Ansteckung, vor Long Covid, davor, ihre Großeltern zu infizieren, vor der eigenen Verantwortungslosigkeit. Jeder Handschlag, jede Umarmung konnte, wenn nicht den Tod, so doch bleibende Schäden zur Folge haben. Niemand, der halbwegs bei Verstand war, würde sich unter diesen Umständen zum Spaß, aus Langeweile, Übererregung in das, was vom Nachtleben übrig war, stürzen. Selbst die Demonstrationen für das Gute fielen aus. Obwohl es schon wieder viel zu warm für die Jahreszeit war, der Himmel zu blau, Kirschblüte Anfang November, fanden keine *Fridays for Future*-Kundgebungen statt. Niemand ging auf die Straße, damit die Bürgerkriegsflüchtlinge, die durch Belarus irrten, in die EU kommen durften. Wer jetzt demonstrierte, egal für oder gegen was, war Wegbereiter, Helfershelfer einer weiteren Virusmutation, machte sich gemein mit Impfgegnern, Esoterikern, Nazis.

Frau Dr. Böhme war in ein hydraulisches Stahlgestänge gespannt, ihre Unterarme drückten zwei Polsterkissen, die über Seilzüge mit Gewichten verbunden waren, im rechten Winkel zur Seite. Ihre von jahrzehntelangem Sitzen bei gleichzeitiger Verweigerung gymnastischer Ausgleichsübungen chronisch herabgesunkenen Schultern sollten in die Ursprungsposition zurückgezwungen werden. – »Schmerzmittel in der Dosierung, die du gerade schluckst, führen in die Entzugsklinik, das muss ich dir als Psychiaterin doch wohl nicht erklären«, hatte Uwe Olschewski gesagt, Orthopäde und Freund seit gemeinsamen Studientagen in der letzten Phase der DDR. – »Und wenn du zehn Kilo abspecken würdest, wär das für deine Knie auch besser.« – Frau Dr. Böhme schwitzte, japste, zählte: »Dreizehn ... vierzehn ... fünfzehn ... sechzehn ...« – »Machen Sie zwanzig«, sagte der Trainer, ein muskelbepacktes Jüngelchen mit blondierter, pomadestarrer HJ-Frisur, das alle paar Minuten wie aus dem Nichts hinter ihr auftauchte. – »Schön langsam, lieber etwas öfter, dafür mit weniger Gewicht.« – Ihr schoss »Halt die Klappe« durch den Kopf, doch für eine entschlossene Antwort fehlte ihr schlicht die Luft. – »Wir wollen ja auch was für Ihre Kondition und die Erhaltung der Beweglichkeit insgesamt tun.« – Aus seiner ganzen mitleidigen Art sprach die selbstgefällige Arroganz der Jugend. Als wäre es eine persönliche Leistung, drei, vier Jahrzehnte weniger gelebt zu haben. Frau Dr. Böhme war grundsätzlich nicht der Meinung, dass es notwendig oder auch nur sinnvoll war, mit zweiundsechzig den Körper einer Dreißigjährigen spazieren zu führen. Ein Großteil ihrer Patienten bestand aus Jugendlichen, jungen Erwachsenen, dementsprechend war sie Tag für Tag mit den verheerenden Folgen des allgemeinen Fitness-, Schlankheits-, Schönheitswahns konfrontiert. Die einen zogen sich zurück, weil sie sich dick, verpickelt oder sonst irgendwie unansehnlich fühlten, die nächsten hungerten sich gleich mit Vorsatz zu Tode, und die, die gegen den ganzen kapitalistischen Irrsinn rebellierten, richteten sich mit Alkohol und Drogen hin, wie schon die DDR-Punks vor vierzig Jahren. Wie sollten die jungen Leute heutzutage denn lernen, dass es Wichtigeres gab als permanente Selbstoptimierung, Leistungssteigerung, wenn selbst ihre Omas mittlerweile daherkamen, als wollten sie sich für *Germany's Next Topmodel* bewerben? Noch ein paar Jahre, dann würden die Kranken, Schwachen, Alten sich selbst als lebensunwertes Leben einstufen und mit einer Gratis-Pille des Gesundheitsministeriums ins Jenseits befördern: erst der totale Wettbewerb, dann freiwillige Selbstselektion. Ein Menschenbild, von dem Hitler nicht zu träumen gewagt hätte, hatte sich durchgesetzt. Am schlimmsten waren diese pseudolinken Akademikereltern aus dem Westen, die immer locker und verständnisvoll rüberkamen. – »Wir wollen ja einfach nur, dass der Janis, die Maike, der Henry sich ihrer Begabung entsprechend entfalten können.« – Aber wehe, wenn die Sprösslinge mal keine Spitzennoten nach Hause brachten, weil sie gerade, wie es sich für ihr Alter gehörte, von Hormonen geflutet wurden, weil sie diesen ganzen Leistungswahn für faul und hohl hielten oder schlicht keine Lust auf eine von Mutti geplante Karriere als CEO für irgendeinen alles und jeden gewinnmaximierenden Weltkonzern hatten. Dann fiel die letzte Minute Freizeit professioneller Hausaufgabenbetreuung zum Opfer, und wenn das nicht half, lagen sie der Kinderärztin so lange in den Ohren, bis sie ADHS, Burnout oder Depressionen diagnostizierte und eine Therapie-Überweisung schrieb, mit der die Kinder dann bei ihr in der Praxis beziehungsweise inzwischen vor dem Bildschirm aufschlugen. Das Virus sorgte dafür, dass diese bemitleidenswerte Generation jetzt rund um die Uhr unter der Kontrolle ihrer Terror-Eltern stand. – »Zeig mir mal deine Matheaufgaben!« – »Erst müssen wir Vokabeln abhören!« – »Was macht eigentlich dein freiwilliges Zusatzreferat in Physik?« – Kein Wunder, dass die Zahl der Essstörungen, Zwangsneurosen, Selbstverletzungen, Suizidversuche bei Kindern und Jugendlichen noch schneller wuchs als die Infektionszahlen. Natürlich hatte auch der Sozialismus seine Kollateralschäden gehabt, juristisch und seelisch, aber selbst wenn die Statistiken damals geschönt, psychische Erkrankungen infolge von Anpassungsdruck, Stasi-Überwachung, Hospitalismus unter den Teppich gekehrt worden waren – so schlimm wie heute hatte es in den Köpfen und Herzen der sozialistischen Jugend dann doch nicht ausgesehen, da war sich Frau Dr. Böhme ganz sicher.

Stadt ohne Raum. Die Mietpreise explodierten, eine Abstellkammer mit Dusche/WC in Kreuzberg für vierhundert

Euro, WG-Zimmer in Friedrichshain nicht unter fünfhundert. Die, die Geld hatten, brauchten immer mehr Platz, zweihundert Quadratmeter für einen Single, dreihundert für ein kinderloses Paar. WEIL SIE ES SICH WERT SIND. Seit fünfzehn Jahren stieg die Einwohnerzahl kontinuierlich, legale und illegale Arbeitsmigranten, Armutsflüchtlinge, Sklaven, Oligarchensprösslinge, politisch Verfolgte, Abgesandte, Chancenlose. Einige wenige hatten von St. Petersburg, Abu Dhabi, von Shanghai aus international operierende Maklerbüros beauftragt, etwas Ansprechendes in bester Lage zu beschaffen, Geld spielte keine Rolle. Andere waren wochenlang unterwegs gewesen, hatten höchstens einen Zettel mit Adresse in der Tasche, das Papier aufgeweicht, die Schrift verschmiert von Meerwasser, Regen, Schweiß, oder im Handy die Telefonnummer eines Großonkels mit Restaurant in Reinickendorf, eines Cousins vierten Grades, der einen Barber-Shop in Neukölln betrieb. Sicher konnten sie dort jemanden unterbringen, auf einen mehr oder weniger kam es nicht an, die ungeschriebenen Gesetze der Religion, des Stammes ließen ohnehin keine andere Wahl, als dem armen Vetter ein Obdach zu geben. Zuletzt war der Mietendeckel höchstrichterlich gekippt worden. AUS LIEBE ZUR FREIHEIT. ZUKUNFT DURCH LEISTUNG. Beim Volksentscheid hatten 56 Prozent der Wahlberechtigten für *Deutsche Wohnen & Co enteignen* gestimmt. Doch die Aktien der Konzerne stiegen schon wieder. *Wer hat, der hat, und wer nicht hat, dem wird auch das, was er hat, noch genommen werden.* Die siegreiche Kandidatin für das Amt des Regierenden Bürgermeisters verkündete: »Ich möchte nicht in einer Stadt leben, die das Signal sendet, hier wird enteignet.« – Und der Vorstandsvorsitzende des größten Wohnimmobilienunternehmens erklärte: »Wir stehen bereit, um mit der neuen Landesregierung und den relevanten gesellschaftlichen Akteuren der Stadt die Herausforderungen kraftvoll anzugehen.«

Ali Zayed hatte eine Adidas-Sporttasche über der Schulter, eine Plastiktüte mit der Aufschrift HERMÈS in der Hand. Er schaute sich um, sah Leute mit hellen Haaren, weißer Haut: Deutsche, wie er sie sich vorgestellt hatte. Dafür, dass er auf dem Hauptbahnhof der Hauptstadt war, herrschte wenig Betrieb. Die hellhäutigen blonden Frauen gefielen ihm. Er hatte gehört, sie seien leichtlebig, schamlos, aber man konnte Spaß mit ihnen haben, ohne sich Ärger mit Brüdern und Vätern einzuhandeln. Wenn eine von ihnen sich bereitfand, einen zu heiraten, lösten sich alle Behördenprobleme von selbst. Ali Zayed hatte Hunger und Durst. Er trat an den erstbesten Backstand, kaufte ein Croissant. Sein Englisch klang nicht schlecht. Drei Männer mit Offiziersmützen in dunkelblauer Uniform, neongelben Warnwesten patrouillierten durch die Halle. Sie trugen Funkgeräte, Elektroschocker, Handschellen am Gürtel. Was der Schriftzug *DB-Sicherheit* bedeutete, wusste er nicht. Vorsichtshalber drehte er sich weg, wechselte ruhig und entschieden die Richtung, als hätte er ein klares Ziel. Eine Gruppe hochgewachsener Afrikaner in Trainingsanzügen nahm die Rolltreppen zu den Gleisen. Sie sprachen eine Sprache, die völlig anders klang als alles, was er je zuvor gehört hatte. Zwei weitere Uniformierte kamen ihm entgegen, ein Mann und eine Frau in schusssicheren Westen. Der Mann hielt eine MP vor der Brust, daneben der Aufnäher *Polizei.* Ali Zayeds Herzschlag beschleunigte sich, er zog sein Smartphone aus der Hosentasche, tat so, als suche er eine bestimmte Information, überflog die jüngsten Facebook-Nachrichten, um Zeit zu gewinnen: Seine Cousine Samira hatte ein Foto ihres Söhnchens, Hamid, mit einem Katzenbaby im Garten gepostet; Mahmoud posierte mit nacktem Oberkörper in seinem privaten Fitnesskeller, im Hintergrund das Poster mit der Golden Gate Bridge. Aus dem Augenwinkel sah Ali Zayed, dass auch die Polizisten weiterschlenderten. Überhaupt beachtete ihn niemand.

Auch wenn er allein war, seine Ruhe hatte, konnte Urban sich nicht konzentrieren. Er stand auf, ging hin und her, vier Schritte in jede Richtung, dachte »über die allmähliche Verfertigung der Gedanken beim Gehen«, überlegte, ob es nicht »Reden« statt »Gehen« hieß, versuchte zu sprechen, murmelte vor sich hin, war vom Klang der eigenen Stimme befremdet. Vielleicht ließe sich die Blockade lösen, wenn er sich vorsagte, was er schreiben wollte, es mit dem Telefon aufnahm. Er tippte auf *Sprachmemos*, *Neue Aufnahme*. In atemberaubender Geschwindigkeit rasten Zahlen vorbei, Hundertstelsekunden, Zehntelsekunden, Sekunden: eine Minute. Er dachte an Skirennen im Fernsehen, an olympische Hundert-Meter-Läufe. Es war völlig ausgeschlossen, gegen diese erbarmungslose Demonstration ablaufender Zeit, angesichts seines unerbittlich zerrinnenden Lebens etwas Brauchbares zu formulieren.

Vielleicht war der Zeitpunkt gekommen, sich einzugestehen, dass er nicht in der Lage war, diesen Roman zu schreiben. Abgesehen davon, dass der Roman als Kunstform tot war. Oder wenn nicht tot, dann doch zumindest ohne Relevanz. Aber nicht auf diese fundamental widerständige Weise ohne Relevanz, wie jedes bedeutende Kunstwerk ohne Relevanz war: gesellschaftlich, politisch, ökonomisch. Es wollte nichts, stand nur für sich selbst, isoliert, monolithisch – ein in sich verschlossener Block. Das Ergebnis der äußersten Öffnung war die totale Abschottung. Keine sentimentale Liebesgeschichte, keine kritische Bestandsaufnahme, keine Beschwörung, keine Aufarbeitung von irgendetwas. Trotzdem hatte es nichts mit *l'art pour l'art* zu tun. Wen interessierte schon *Kunst um der Kunst willen*. Es ging immer ums Ganze, um alles, um mehr als Leben und Tod.

Urban dachte an Leonie, sein kleines Mädchen. Wie sollte er die Kraft für einen letztgültigen Satz finden, wenn sein Kind Sklavenarbeit machen musste – er selbst zerstritten mit Irma war? Die nicht noch einmal versucht hatte, ihn anzurufen. Warum? Vielleicht saß sie jetzt, in genau diesem Moment, mit Leonie im Notarztwagen, fuhr unter Blaulicht, Martinshorn zur Charité, wo sie die modernsten Spezialbetten für schwere Verbrennungen hatten.

Urban griff erneut nach dem Telefon, wusste, dass Irma seinen Anruf, wenn nichts mit Leonie war – und bestimmt war nichts mit Leonie, sonst hätte sie ihm auf die Mailbox gesprochen, »Komm schnell, es ist etwas Schreckliches passiert!« –, dass Irma den Anruf als Eingeständnis seiner Niederlage werten würde: »Gib wenigstens zu, dass du unrecht hattest!«

Zwischen Standaschenbechern huschten Bettler hin und her, andere verkauften Zeitungen. Ali Zayed wunderte sich über den Müll auf dem Boden, Burgerkartons, Plastiktüten, halbe Brötchen, zertretene Gurken-, Tomatenscheiben. Deutschland war auf der ganzen Welt dafür bekannt, dass hier Ordnung und Sauberkeit herrschten, gefegte Straßen, gewienerte Fußböden, blitzblank geputzte Toiletten. So war eben die hiesige Kultur. Fleiß und Pünktlichkeit gehörten ebenfalls zum deutschen Volkscharakter. Acht Uhr dreißig hieß acht Uhr dreißig und nicht »irgendwann vor dem Mittagsgebet, vielleicht auch danach«. Ali Zayed wollte eines Tages wie ein Deutscher leben. Er stellte sich vor, dass er jeden Morgen im Anzug mit perfekt sitzender Krawatte zur Arbeit fuhr, am Ende des Monats ein ordentliches Gehalt auf sein Konto bekam. Er würde in einem gepflegten Haus eine geräumige Wohnung bewohnen, mit einer schönen Frau, am besten einer Deutschen, die bereit war, sich anständig zu benehmen, zumindest in der Öffentlichkeit. Im Schlafzimmer konnte sie sich gehen lassen, wie die Frauen im Westen das eben machten. Das waren gute Ziele, für die sich die zurückliegenden und die zukünftigen Strapazen lohnten.

Er hatte die Nummer von Hamza Imran in seinem Telefon. Hamza Imran war der Schwager seines Cousins, Noor Ahmad. Hamza lebte seit fünf Jahren hier, zusammen mit Sherin. Sie hatten in Afghanistan geheiratet – eine Liebesheirat, also gab es viele Probleme. Hamza gehörte zu einem schiitischen Tadschikenzweig, Sherin stammte aus einer usbekischen Sunnitenfamilie. Ein Großteil der Verwandtschaft auf beiden Seiten war gegen die Verbindung gewesen, obwohl die Eltern der Hochzeit zugestimmt hatten. Irgendwelche Wirrköpfe hatten dann mehrmals aus vorbeifahrenden Autos auf Hamza geschossen, so dass ihnen nichts anderes übrig geblieben war als zu fliehen. In Deutschland spielte Religion keine Rolle, die Wirtschaft war stark, es wurden immer Arbeitskräfte gesucht, der letzte Krieg lag siebzig Jahre zurück. Hier konnte man ein neues Leben anfangen.

Hamza hatte versprochen ihm zu helfen, bis Ali Zayed in der Lage war, auf eigenen Füßen zu stehen. Von unterwegs aus hatte Ali Zayed ihm regelmäßig Nachrichten geschickt: dass er es bis Istanbul, nach Minsk, über die polnische Grenze geschafft hatte. Doch seit zwei Wochen waren keine Antworten mehr gekommen, die WhatsApp-Häkchen wurden nicht blau. Er versuchte es erneut, wieder meldete sich eine Automatenstimme: »*Die gewählte Rufnummer ist zur Zeit nicht erreichbar, bitte versuchen Sie es zu einem späteren Zeitpunkt noch einmal. The person you have called is temporary not available, please call again later.*«

Irma schloss die Wohnungstür auf, warf ihren Mantel auf die schwere Eichentruhe. »1760« war halbrund oberhalb des schmiedeeisernen Schlosses ins Holz geschnitzt. Die Truhe stammte aus dem Haus ihrer Eltern, wie alle Antiquitäten, die hier standen und die sie mitgenommen hatte, als ihr Vater, der Drecksack, ihre Mutter wegen einer fünfundzwanzig Jahre jüngeren Doktorandin verlassen hatte, so dass das Haus, in dem sie aufgewachsen war, völlig unerwartet hatte verkauft werden müssen. Sie streifte die Schuhe ab, ging ins Wohnzimmer, ließ sich aufs Sofa fallen, schloss die Augen, seufzte, als hoffte sie, dass jemand fragte, was los sei. Aber außer der Katze war niemand da. Die Katze hatte gefressen, schlief zusammengerollt in ihrem Korb. Boden und Wände vibrierten unter den Schlägen des Abbruchhammers im Innenhof. Ein Stoß Dachbalken schwebte am Fenster vorbei. – »So eine Scheiße, so eine verdammte Scheiße!« – Irmas Stimme klang eingeschnürt wie vor einem Weinkrampf, aber sie war nicht die Person, die Weinkrämpfe bekam, nicht einmal wenn ihr eigenes Kind sie auf die fürchterlichste Weise verletzt und gedemütigt hatte: Seit dem Aufstehen war nichts als »Ich will meinen Papa« von ihr zu hören gewesen, beim Waschen, beim Anziehen, beim Frühstück: »Mein Papa, mein Papa, mein Papa.« – Irma hatte es mit »Der Papa muss arbeiten, der Papa hat wichtige Termine …«, schließlich mit »Wir rufen den Papa an« versucht, und Leonie hatte sich schluchzend das Telefon ans Ohr gepresst, aber Urban war nicht rangegangen, hatte wahrscheinlich noch geschlafen oder sich einen runtergeholt. Er machte es sich so verdammt einfach, verschwand, wenn ihm etwas nicht passte, ließ die ach so sensible Künstlerseele raushängen, und Irma konnte zusehen, wie sie zurechtkam. Als wäre sie die Hauptverantwortliche für Leonie, als würde ihre Konzentration nicht auch unter dem Baulärm leiden, als hätte sie nicht mindestens ebenso viele Verpflichtungen wie er, die im Unterschied zu seinen sogar Geld einbrachten. Auf dem ganzen Weg zur Kita hatte sie die abwechselnd wimmernde, kreischende, trotzende Leonie hinter sich hergezerrt, ihr gut zugeredet, geschimpft, sie sich schließlich geschnappt und unter den Arm geklemmt, das letzte Stück getragen. Auf das fröhliche »Guten Morgen, Leonie« der Erzieherin, Melissa, war eine bühnenreife Szene gefolgt. Leonie hatte sich auf den Boden geworfen: »Mein Papa soll kommen, mein Papa soll kommen, ich will zu meinem Papa!« – Irma wäre am liebsten in der Erde versunken, während Inga, Ayşe und Wayne, die gerade Yuki, Mohammed und Amy Mäntel, Mützen und Straßenschuhe auszogen, schmallippig an ihr vorbei- oder kopfschüttelnd zu ihr herübergeschaut hatten. *Rabenmutter, herzloses Monster.* Irma war am Ende regelrecht erleichtert gewesen, Melissa ihr noch immer heulendes Kind zu überlassen. Die Erzieherin wurde schließlich fürs Tränentrocknen und Trösten bezahlt. Doch sobald sie draußen auf der Straße gewesen war, hatte sie sich gehasst. Erbitterung und Wut waren nicht die Empfindungen, die sie ihrem Kind gegenüber haben wollte.

Sie fuhr aus den Polstern, fegte die Mokkatasse, *Meissen, Reicher Drache in Grün*, vom Wohnzimmertisch, die Urban gestern dort hatte stehen lassen – sein Lieblingsstück. Die Tasse knallte gegen die Wand, zerbrach in tausend Stücke, hinterließ einen braunen Fleck, von dem aus zwei Tropfen langsam die Raufasertapete hinunterliefen. Sie stritten sich ständig in letzter Zeit, vordergründig wegen Leonie: Musste das Kind vor Mitternacht ins Bett?

Brauchte es eine Mütze? Durfte es Schokolade essen, jetzt oder später? Mal fand Urban, selbst am Wochenende oder abends, wenn die Bauarbeiten ruhten, dass es zu laut in der Wohnung sei, dass zu viele Leute kämen, mal störten Leonie und sie seine Konzentration durch ihre bloße Anwesenheit, dann wieder waren sie zu viel unterwegs, doch mitgehen wollte er auch nicht, und sobald sie die Wohnung verlassen hatten, fiel ihm die Decke auf den Kopf. Abgesehen von allem anderen ging es natürlich um Sex. Ja, sie war lustlos, fühlte sich müde, angespannt, unattraktiv, weil sie immer noch nicht ihre alte Figur wiederhatte, aber es war eben auch sie, die jede Nacht aufstehen musste, manchmal mehrfach, weil Leonie schlecht träumte, hustete, kotzte. Seit das Kind in der Kita war, brachte es jede Woche einen anderen Infekt mit, bekam keine Luft, röchelte, hatte Fieber, Durchfall, Ausschlag, Läuse, Mundfäule. Urban stopfte sich Ohropax in die Ohren, maulte über den penetranten Geruch, den Zwiebelsäckchen am Bettpfosten verströmten, doch wenn der Kinderarzt Antibiotika verschrieb, malte er chronische Darmentzündungen, Leberschäden als Nebenwirkungen an die Wand. In letzter Zeit schlief er immer öfter in seinem Apartment, weil er nicht arbeiten konnte, wenn er zu wenig Schlaf hatte, und mit Arbeitern, die vor seinem Fenster herumturnten, schon gar nicht. Dabei saß er meistens ohnehin nur zur Tarnung vor dem Computer, schaute sich YouTube-Videos über Ausgrabungen in

Ägypten, Versuche mit hochbegabten Oktopussen im Basler Zoo, Schlittenhundezüchter im Schwarzwald an. Weil er nichts zustande brachte, jammerte er den ganzen Tag oder saß finster in der Ecke, zelebrierte seine bedeutenden Krisen und wunderte sich, dass sie keine Lust auf Sex hatte – längst nicht mehr grundsätzlich, aber eben nicht auf Sex mit ihm. Inzwischen wachte sie wieder fast so oft wie vor der Schwangerschaft aus Träumen auf, durch die sie sich mit irgendjemandem gewälzt hatte, Bekannten und Unbekannten, Männern und Frauen, war nass und gierig, aber sie weckte Urban nicht, stand lieber auf, ging ins Bad, machte es sich selbst, hart und schnell.

Ali Zayed zog die Maske zur Seite, biss in sein Croissant. Er hatte keine Adresse, wusste nicht einmal den Stadtbezirk, in dem Hamza mit Sherin und inzwischen zwei kleinen Kindern lebte. Wo sollte er hin, wen konnte er fragen? Hamza war der einzige Afghane in Berlin, den er kannte, aber Hamzas Telefon war kaputt oder ausgeschaltet oder er hielt sich irgendwo auf, wo er keinen Empfang hatte, was doch eigentlich unvorstellbar war in einem hochentwickelten Land wie Deutschland. Hier schlugen keine Raketen ein, niemand sprengte Funkmasten in die Luft, sabotierte Telekommunikationszentralen. Zwei Tauben landeten unmittelbar vor seinen Füßen, pickten Brotreste auf. Das war ein gutes Omen: Ein Taubenpaar hatte den

Propheten, *sallAllahu alayhi wa sallam*, und seinen Begleiter, Abu Bakr, gerettet, als beide auf der Flucht vor den Mekkanern in letzter Sekunde Unterschlupf in einer Höhle gefunden hatten. Ihm fiel ein, dass Hamza in letzter Zeit häufig Bilder aus einer Shisha-Bar gepostet hatte, offenbar sein neuer Arbeitsplatz. Ali Zayed ging das Instagram-Profil durch, fand Fotos eines schummrigen Ladens, bunte Diskokugelbeleuchtung, in dem nicht nur Wasserpfeife geraucht, sondern auch alle Sorten Alkohol ausgeschenkt wurden. Über die Hashtags gelangte er auf die entsprechende Seite, speicherte die Adresse, wechselte zu Google Maps. Zu Fuß würde er für die Strecke etwa zwei Stunden benötigen. Er klickte auf das Zug-Symbol, erhielt grüne und rote Zahlen und Buchstaben – schwer zu verstehen, was sie bedeuteten, wenn man kein Deutsch sprach. Außerdem hatte er keine Ahnung, welches Ticket er brauchte und wo er es bekam. In Deutschland nahmen sie es mit diesen Dingen sehr genau. Womöglich machte er sich strafbar, wenn er einfach in eine Bahn stieg, wurde aktenkundig, bevor er offiziell überhaupt eingereist war. Es war besser zu laufen.

Das Gefühl der Erleichterung, wenn der Lärm des Baggers plötzlich aufgehört hatte. Alles war zugehängt, vollgestellt mit Kunst, Trödel, Kram: Das Gemälde eines überlebensgroßen Schwarzafrikaners, der ein Huhn über einer riesigen Emailleschüssel rupfte; ein Mädchen in Öl, vielleicht zehn oder elf, die blonden Haare über den Ohren mit hellblauen Schleifen zu Zopfschnecken gebunden, lächelte einer unbekannten Zukunft entgegen: Schützengräben, gefallene Brüder, die Spanische Grippe, galoppierende Inflation; Augen eines halbstarken Gorillas, die sie aus nachtschwarzem Raum ansahen: der Mensch im Tier; Venedig in Grauschattierungen, vierfach gefaltet, Säulen, Kapitelle, 1978 vor Ort laviert. Dazwischen deckenhohe Bücherregale und die verstreuten Reste ihrer zerfallenen Familie in Gestalt alter Möbel. Vor Romanen, Gedichten, Theaterstücken, historischen, philosophischen, literatur- und kunsttheoretischen Haupt- und Nebenwerken, Prachtbänden, bibliophilen Kostbarkeiten standen Spielzeugtraktoren, Flaschenschiffe, eine geschnitzte Madonna, ein eiserner Buddha. Schon vor Leonies Geburt war es ihr zu viel gewesen, aber jetzt, wo das Kind, sein Kind, ihr Kind längst auf eigenen Füßen, mit eigenem Willen die Welt erkunden, begreifen, in Besitz nehmen wollte, bräuchte Irma zehn Paar Augen, um Leonie vor den Sachen und die Sachen vor Leonie zu schützen. Neulich hatte sie einem Eisvogel aus Porzellan den Schnabel abgebrochen. Urban gegenüber hatte Irma der Katze die Schuld gegeben, die bei einer wilden Verfolgungsjagd mit sich selbst ins Regal gesprungen sei, den Vogel vielleicht für lebendig gehalten hatte, solche Dinge passierten. Seitdem sah sie Hass in Urbans Augen, sobald das Tier seine irren fünf Minuten bekam. – »Schaff doch einfach das, was dir wichtig ist, in dein Privatreich«, sagte sie. – »Ich brauche diese Dinge, alles, was du hier siehst, kann eines Tages in meinen Texten auftauchen.« – »Aber wir leben auch in dieser Wohnung, und im Unterschied zu uns hast du ein Ausweichquartier.« – »Willst du mich loswerden?« – Irma hatte einen kurzen Moment »ja« gedacht, es aber doch nicht gesagt, weil es vielleicht wirklich das Ende gewesen wäre. Wenn so ein »ja« erst im Raum stand, gab es kein Zurück mehr. Das wollte sie nicht, jedenfalls noch nicht. Sie brauchten Geduld, jeder mit sich, sie beide miteinander. Im ersten Jahr nach der Geburt eines Kindes lag die Trennungsrate von Paaren am höchsten. Das hatte sie gewusst, das hatte auch Urban gewusst. Danach verbesserte sich die Lage nur unmaßgeblich. Gründe gab es viele, Schlaflosigkeit, körperliche Entfremdung, Überforderung, Ernüchterung. Keine spontanen Reisen zu Ausstellungen, Musikfestivals mehr, kein wildes Zelten am Strand, keine durchtanzten Nächte. Das Kind stand im Zentrum. Es war wichtiger als sein Erzeuger. Objektiv und subjektiv. Ganz gleich, ob es Urban gefiel oder nicht. Die meisten Männer kamen damit schwer zurecht. Urban war acht Jahre älter als Irma, aber er hatte die Frustrationstoleranz eines Dreijährigen. Seit sie ihn kannte, fiel er von einer Krise in die nächste. Als Mensch, Mann, Schriftsteller – jetzt auch als Vater. Ganz gleich, wer er gerade war, er verlangte ihre uneingeschränkte

Aufmerksamkeit. – »Ohne dich zerfalle ich!« – Aber Leonie hatte Hunger, eine volle Windel, musste ins Bett, war krank. Daran änderten auch seine genialen Ideen nichts, seine Schreibkrisen, depressiven Verstimmungen, seine plötzliche Lust auf Sex, die keinen Aufschub duldete und dann doch aufgeschoben wurde. Urban zerfloss in Selbstmitleid oder machte sich Vorwürfe, manchmal saß er wippend wie ein hospitalisierter Affe auf der Bettkante. Er sah sich am Abgrund, gescheitert, finanziell, mental, künstlerisch, schwang düstere Reden über die fatalen Auswirkungen einer vollkommen kommerzialisierten Kultur, über Geschichtsvergessenheit, die Geistlosigkeit der Gegenwart, beschwor ökologische, politische, soziale Weltuntergänge, auf die das absolute Chaos folgen würde, Krieg, Terror, Seuchen, Dürrekatastrophen, Hungersnöte, Sintfluten. Manchmal saß er abends vor der schlafenden Leonie, schaute sie stumm an und brach in Tränen aus, angesichts der bevorstehenden Apokalypse, in die er sein Kind sehenden Auges schickte. Andererseits war ihm der Zustand der Erde, der Gesellschaft vollkommen egal. Seine angebliche Verzweiflung über den bevorstehenden Zusammenbruch führte nicht dazu, dass er sich irgendwo politisch engagierte, eine Bürgerinitiative unterstützte, Vegetarier wurde, seinen uralten, spritschluckenden Mercedes stilllegte oder auch nur während des Zähneputzens den Wasserhahn zudrehte.

Die Maske nervte, der Kaffee schmeckte scheußlich. Immerhin verschaffte er ihm die Möglichkeit, ein paar Minuten durchzuatmen. Jens Biesemann nahm inzwischen fast immer den ICE. Früher war er geflogen, Frankfurt – Berlin, Berlin – München, München – Hamburg, Hamburg – Frankfurt, aber infolge der Pandemie gab es jetzt ohnehin mehr Zugverbindungen als Flüge, und seit Jenny und Lukas sich Nachrichtenpodcasts anhörten, den Social-Media-Kanälen der *Tagesschau* folgten, bei *Fridays for Future* mitgegangen waren, hieß es, sobald er sagte, er sei nächste Woche unterwegs: »Fliegst du?« – »Warum fliegst du?« – »Wieso fährst du nicht Zug?« – Sie hielten ihm Zahlen, Statistiken vor, wahrscheinlich fragwürdige, zu denen man sicher auch andere Zahlen, Gegenstatistiken finden konnte: »Papa, das sind hin und zurück 350 Kilo CO_2.« – »Stell dir das mal in Eimern vor, die allein du in nicht einmal einer Stunde in die Luft bläst.« – »Weißt du, dass der Durchschnittsverbrauch eines Menschen in Äthiopien gerade mal 560 Kilo pro Jahr sind?« – »1500 Kilo CO_2 pro Kopf, das ist die Menge, die die Erde vertragen könnte.« – »Und dann fährst du ja auch noch Autorennen.« – Wahrscheinlich hatte ihre Mutter sie aufgehetzt, war froh, endlich etwas gefunden zu haben, das seine Kinder an ihm hassen konnten. Wobei Silvana wirklich die Letzte war, die das Recht hatte, ihm Ressourcenverschwendung vorzuhalten. Sie war nach der Scheidung in dem riesigen Haus mit dem selbst im Winter geheizten

Außenpool geblieben, ließ jede Nacht die Festbeleuchtung im Garten brennen, weil es so hübsch aussah, fuhr mit ihrem Cayenne zum Supermarkt, obwohl sie ebenso gut laufen konnte. Seit einiger Zeit versuchte sie, ihrer stagnierenden Karriere mit Schlagern à la *Mein Freund der Baum, 2.0* neuen Schwung zu verleihen. Statt sich im *Dschungelcamp* Stiersamen über den Kopf schütten zu lassen, saß sie als klimaaktivistische Veganerin in Talkshows. Im Prinzip wäre es ihm völlig egal gewesen, welches Fähnchen Silvana in welchen Wind hängte, aber ein gutes Verhältnis zu Jenny und Lukas lag ihm doch sehr am Herzen. In gewisser Weise hatten sie ja auch recht. Alle Wege- und Wartezeiten zusammengerechnet, waren die meisten Inlandsflüge Unsinn, und jetzt, wo er vorher Corona-Tests machen musste, zusätzlich Impfzertifikate kontrolliert wurden, dauerte alles noch länger. Im Übrigen hatte er schon vor zehn Jahren angefangen, seine Unternehmensgruppe ökologisch umzubauen. Das Mietshaus, das er in Berlin gekauft hatte, wurde von Dirk Mahnfeld, einem der Vorreiter im Bereich ressourcenschonenden Bauens, saniert und erweitert. Soweit das möglich war, kamen Naturmaterialien zum Einsatz, Holz statt Stahlbeton, Thermohanf statt Styropor, aber Abflussrohre waren nun mal aus Plastik.

Er schaute aus dem Fenster, der Zug nahm eine scharfe Kurve. Sie hatten die ehemalige Grenze zum Ostblock hinter sich gelassen, fuhren durch Sachsen-Anhalt, vielleicht

Brandenburg. In seinem Kopf war das alles noch immer die DDR. Während seiner Kindheit und Jugend hatte hier Erich Honecker als Staatsratsvorsitzender geherrscht, länger als Kohl und Merkel Bundeskanzler gewesen waren. *Den Sozialismus in seinem Lauf / halten weder Ochs noch Esel auf.* Sonnenbeschienene Äcker, Pappelalleen, Waldstücke, hier und da grasten Pferde, weideten zottelige Rinder. Die letzten Stürme hatten tiefe Schneisen in Kiefernschonungen geschlagen, die Trockenheit der vergangenen Sommer die Birken sterben lassen. Jens Biesemann mochte Birken. Sie erinnerten ihn an Schweden, und Schweden gab einem irgendwie ein gutes Gefühl. Zerfallene Bahnhöfe, eingestürzte Schweinemastanlagen abgewickelter LPGs, an deren Stelle bis heute nichts getreten war. Nach rentabler Landwirtschaft sah das alles nicht aus. Die Dörfer wirkten, als wäre die Zeit in den Achtzigern stehen geblieben. Wenn man sich die jüngsten Wahlergebnisse, die Impfstatistiken anschaute, war das mit der Einheit auch nach dreißig Jahren allenfalls eine Zukunftsvision, die noch dazu von immer weniger Menschen geteilt wurde, auf beiden Seiten. Er nahm sich da nicht aus. Offenbar hatten die SED-Kader es geschafft, ihre provinziellen Minderwertigkeitskomplexe an mindestens zwei Nachfolgegenerationen weiterzureichen. Die Leute hatten noch immer sozialistische Rundumversorgung im Kopf, ergingen sich in Selbstmitleid. Duckmäuser, die während der ersten Hälfte ihres Lebens alles abgenickt hatten, was von den

Knallchargen aus der Partei gekommen war, gerierten sich jetzt, wo es keinerlei Risiko bedeutete, als Freiheitskämpfer. Mit dieser Mentalität ließ sich nichts aufbauen. Hunderte Milliarden – erst D-Mark, dann Euro – waren in die neuen Länder gepumpt worden, ohne dass hier auch nur ein einziger unternehmerischer Kopf so etwas wie eine zukunftsweisende Technologie oder ein halbwegs originelles Produkt entwickelt hätte, das sich am Weltmarkt behauptete. Das wichtigste Exportgut waren noch immer Weihnachtspyramiden aus dem Erzgebirge. Jetzt kam Elon Musk und zeigte ihnen, samt ihren gewählten Vertretern, mal … – Gut, ehrlicherweise musste man sagen: Er zeigte gerade dem ganzen verzagten, überbürokratisierten, innovations- und industriefeindlichen Jammertalland, wie man den Bau einer Autofabrik in Rekordzeit organisierte. Und ringsherum blieb immer noch genug Brache, dass die Wölfe aus den ehemaligen sozialistischen Bruderländern Platz für neue Rudelgründungen fanden.

Bitte! Helfen! Bisschen Kleingeld!« – Die Hand war schmutzig, die Augen trüb. Ali Zayed wunderte sich, dass mitten in Deutschland so viele Leute bettelten, junge, gesunde Menschen, die sämtliche Gliedmaßen hatten, weder hinkten noch entstellt waren von Krankheiten, Unfällen, Gefechten, Minen. Eine alte Frau mit gerötetem Gesicht, langen grauen Haaren hielt ihm eine Zeitung hin: »Die neue Ausgabe der Motz?« – »Sorry, no German« – »Money. Help!« – Sie tat ihm leid. Er dachte, dass es seine religiöse Pflicht wäre, den Bettlern etwas zu geben. Zu Hause, nach dem Freitagsgebet, hatte er immer Almosen verteilt, im Ramadan sowieso, auch sonst, wenn er in der Stadt unterwegs gewesen war. – »Jedes Mal, wenn du das Haus verlässt, solltest du Geld für die Armen bereithalten, dann wirst du auf deinen Wegen geschützt sein, In sha Allah.« – So hatte er es von seinem Vater gelernt. Der Prophet, *sallAllahu alayhi wa sallam*, hatte gesagt: »Das Almosen tilgt die Sünden, so wie Wasser das Feuer löscht.« – Sein Vater hatte Geld, Dollars, die direkt von den Amerikanern stammten. Ali Zayed wusste nicht, was seine Aufgabe beim Wiederaufbau der Infrastruktur gewesen war, nur dass sein Vater alles getan hatte, um ihm die Flucht nach Deutschland zu ermöglichen. Fünfhundert Dollar waren in die Jacke eingenäht, siebenhundert im doppelten Boden der Tasche, dreihundert in Schuhsohlenhohlräumen. Zweihundert hatte er hinter der Grenze in Euro umgetauscht. Die brauchte er, bis er einen sicheren Ort gefunden hatte, um die Jacke aufzutrennen, den Taschenboden herauszunehmen, die Schuhe auseinanderzuschneiden. Wie durch ein Wunder war es ihm gelungen, einen Großteil des Geldes in den vergangenen drei Wochen vor allen zu schützen, mit denen er unterwegs zu tun gehabt hatte. Aber mehr als tausend Dollar waren trotzdem weg, die

Prepaid-Karte, Bestechung, räuberische Grenzsoldaten, Wucherpreise von Schleppern, Wucherpreise in Nachtlagern, Wucherpreise für Essen. Doch Allah in seiner Barmherzigkeit und Güte hatte ihm immer wieder Wege geöffnet. – »Eine kleine Spende.« – Ali Zayed griff in die Hosentasche, zögerte, gab dann doch nichts. Er verließ die Zone der Bettler, schaute auf sein Smartphone, ging weiter Richtung Hauptstraße. Vor ihm fuhr eine Tram in die überdachte Haltestelle, eine zweite folgte mit kurzem Abstand. Alles sah sehr modern aus, wie in einem Science-Fiction-Film, doch wenige Meter hinter der Haltestelle türmten sich Sandhügel auf, flatterten weiß-rote Absperrbänder, blaue Rohre waren freistehend über die Fahrbahn gespannt, nicht anders als in Kabul. Eine Menge Leute, Junge, Alte, Dunkelhäutige, eine Ostasiatin stiegen aus, zogen Koffer, trugen Reisetaschen, strömten zur Ampel. Sie blieben tatsächlich stehen und warteten auf Grün, obwohl gar kein Auto kam. Eine Frau mit feuerrot gefärbten Haaren, grell geschminkten Lippen, trug einen zotteligen weißen Hund auf dem Arm, wie man es von Bildern amerikanischer Filmdiven kannte. Ali Zayed überquerte die Straße, stand vor einem großen Hotelgebäude. Er hatte keine Ahnung, was ein Hotelzimmer in Deutschland kostete, ob man ihm dort ohne Ausweispapiere ein Zimmer gab. Vielleicht würde die Frau, die er durch die Glasfront an der Rezeption sitzen sah, Verdacht schöpfen, die Polizei rufen. Neben dem

Hoteleingang befand sich ein Burger-Grill, der geöffnet war. Er hatte noch immer Hunger.

Burger bestanden sicherlich auch in Deutschland aus reinem Rindfleisch.

Irma blieben drei Stunden Zeit. Um halb eins musste sie Leonie in der Kita abholen, von dort brächte sie ein Produktionsfahrer zum Studio. Wie lange das Shooting dauern würde, wusste niemand. Immerhin zahlten sie 1500 Euro für die Bilder. Irma ging DER HASS AUF MEIN KIND als Überschrift für ihre nächste Kolumne im Kopf herum. Die Formulierung fühlte sich an, als würde sie sich selbst von innen die Lippe zerbeißen. *Regretting motherhood* war ein Thema, das in der Luft lag, aber auch immer noch tabuisiert wurde. Mit etwas Glück würde der Titel einen Shitstorm provozieren, so dass die Debatte noch einmal neu aufflammte, diesmal mit Breitenwirkung in allen Medien und ihr selbst im Zentrum: PROFESSIONAL MOM VS. PRENZL-MUTTI. Natürlich hasste sie Leonie nicht, aber es gab im Leben jeder Mutter Punkte, an denen plötzlich heftige negative Gefühle dem Kind gegenüber durchbrachen. Problematisch wurde es erst, wenn man sie verdrängte, statt sich ihrer bewusst zu werden. Irma klappte den Laptop auf, öffnete ein neues Dokument, schrieb: »Wir alle kennen solche Situationen«, brach ab. Erst musste sie die Tasche mit den Sachen packen, die Leonie nachher brauchte. Marc, der Fotograf, den sie noch aus der Zeit kannte, als er hauptsächlich in der freien Theaterszene unterwegs gewesen war, hatte gesagt: »Es kann zwischendrin schon echt lange Wartezeiten geben. Wir haben zwar eine 1a-Kinderbetreuung gebucht, aber manche Kids fremdeln ja auch, insofern wäre es cool, wenn ihr eure Kleinen, also die, die gerade nicht dran sind, notfalls backstage selbst ein bisschen entertainen könntet, dass nicht das totale Chaos ausbricht.« – Irma holte Leonies Lieblingsstofftier, den Jack-Russell-Terrier *Hexie,* der ganz plattgelegen war, weil Leonie nicht nur mit ihm spielte, sondern auch auf ihm schlief; außerdem ein Kinderkartenspiel mit lustigen Tieren, Affe, Panda, Kamel, Pinguin, Nashorn, Löwe, von denen sie außerdem jeweils ein Exemplar aus der *Schleich*-Tier-Kiste holte, weil Leonie beim Kartenspielen den Bildern gern echte Figuren zuordnete. Sie war extrem weit für ihr Alter, hatte genaue Vorstellungen, welche realen Vorgänge hinter den Kartenkonstellationen standen. Melissa sagte auch immer: »Leonie bringt unglaublich originelle Ideen in die Gruppe ein.« – Zum Glück brauchte sie inzwischen auch nachts keine Windeln mehr. Ein frischer Schlüpfer für alle Fälle war trotzdem nicht falsch. Dazu eine Tupper-Dose mit Apfelvierteln, Orangenschnitzen, Trauben; die Packung mit den Reiswaffeln. Wobei es ja auch ein Catering gab.

Monsieur Entremont saß im Fond eines samt Fahrer gemieteten 7er BMWs, mit dem Dr. Peter Nüßlein, Präsident der *Berliner Literarischen Gesellschaft*, ihn vom Flughafen abgeholt hatte. Monsieur Entremont schwieg, während Dr. Nüßlein in leidlichem Französisch mit einem grässlichen, durch die FFP2-Maske noch dazu extrem schwammigen Akzent seine große Freude darüber zum Ausdruck brachte, dass der weltberühmte Schriftsteller sich trotz der widrigen Umstände, der Lästigkeit des Reisens im Allgemeinen und der Beschwernisse dieser merkwürdigen Zeit im Besonderen bereitgefunden habe, persönlich zur Verleihung des *Bruno-Lankwitz-Preises für Europäische Literatur* nach Berlin zu kommen. Monsieur Entremont hatte Kopfschmerzen und bereute längst wieder, sich auf diese völlig überflüssige Veranstaltung eingelassen zu haben. Die 30000 Euro Preisgeld, die das Einzige waren, was ihn an dem ganzen Unsinn interessierte, wären ihm auch überwiesen worden, wenn er einfach mittels Live-Schaltung auf einen Großbildschirm in der *Akademie der Künste* seine Dankesrede vom Schreibtisch in Paris aus gehalten hätte. Sowieso würde den versammelten Bourgeois die Spucke wegbleiben, sobald er den Mund aufmachte. Vielleicht auch nicht. Er holte seine *Gitanes* aus einer der vielen Taschen des Parkas, sah das Abschreckungsbild auf der Packung, faulige Zähne, entzündetes Zahnfleisch, Lücken, dachte an die grässlichen Zustände in seinem eigenen Mund, zog eine Zigarette heraus und zündete sie an. Dr. Nüßlein räusperte sich, zerkaute eine Entschuldigung, brach mitten im Satz ab, seine Augen flatterten nervös, geradezu ängstlich, während er weiterhin lächelte wie ein glücklicher Idiot. Wahrscheinlich rechnete er damit, dass der Fahrer auf das Rauchverbot im Wagen hinweisen würde, fürchtete, dass Monsieur Entremont sich nicht darum scherte, was Monsieur Entremont tatsächlich nicht vorhatte, weniger wegen der Nikotinzufuhr, die er vorhin im Flugzeug mit Hilfe von Kaugummis sichergestellt hatte, sondern weil er sehen wollte, wohin sich die Geschichte entwickelte, wenn er die Vorschriften der Limousinen-Shuttle-Gesellschaft einfach ignorierte. Ob der Fahrer ihn tatsächlich handgreiflich hinauswerfen würde? Das gäbe ein schönes Video für die Social-Media-Kanäle, würde die Vorbestellungen seines übernächste Woche in fünfzehn Sprachen gleichzeitig erscheinenden neuen Romans im Zweifel verdoppeln, gerade wenn tatsächlich noch Polizisten ins Spiel kämen: uniformierte Deutsche, die einen berühmten französischen Schriftsteller aus dem Wagen zerrten, ihn gegen den Bordstein schleuderten, ihm das Knie zwischen die Schulterblätter rammten, während er schon auf dem Boden läge. Solche Bilder hatten auch fünfundsiebzig Jahre nach dem Krieg immer noch Strahlkraft, zumindest in Frankreich, Belgien, Holland, wahrscheinlich auch in Polen, Tschechien und Russland. Doch dem Fahrer, Frisur und Bart nach zu urteilen Araber, schien der

Umstand, dass er einen rauchenden Passagier an Bord hatte, völlig egal zu sein. Dr. Nüßlein hingegen begann laut zu husten, demonstrativ oder weil ihm einfach keine Formulierung einfiel, mit der er Monsieur Entremont auf das Rauchverbot hinweisen konnte, ohne dass dieser womöglich einen seiner gefürchteten Wutanfälle bekam und am Ende die ganze Veranstaltung platzen ließ. Drei Zentimeter Asche an der Spitze der Zigarette brachen ab und fielen auf Monsieur Entremonts übereinandergeschlagene Beine, von wo er sie mit zwei nachlässigen Wischern auf den Boden beförderte. Er sah vorn, unterhalb der Mittelkonsole, tatsächlich ein kleines weißes Zigarettensymbol, beugte sich vor, öffnete die Klappe und drückte die halb gerauchte *Gitanes* hinein. Dr. Nüßlein lachte, als wäre das Ausdrücken einer Kippe so komisch wie eine Grimasse von Louis de Funés, räusperte sich und begann über den profunden Anarchismus zu referieren, der sich gleichsam als Leitmotiv sowohl durch Monsieur Entremonts Bücher als auch durch seine öffentlichen Auftritte ziehe, wahrscheinlich ein Schlüssel zum Werkverständnis, ohne den auch die Skandale, die Entremonts Einlassungen immer wieder verursacht hätten, Leserinnen und Leser auf eine völlig falsche Spur setzten, wobei er selbst, trotz aller grundsätzlichen Sympathie, Zigarettenrauch leider wegen seiner – infolge kindlichen Asthmas – geschwächten Atemwege schlecht vertrage, aber das eine habe ja nichts mit dem anderen zu tun. Auch ihm bereite die zunehmende Reglementierung und Regulierung von allem zunehmend Bauchschmerzen, wobei eine gewisse Sensibilität in manchen Themenbereichen natürlich zu begrüßen sei: Bestimmte strukturelle Verletzungen historischen Ursprungs dürften vielleicht doch zu Recht den Anspruch erheben, künftig von offenkundigem Zynismus verschont zu werden. Monsieur Entremont schloss die Augen und kicherte, obwohl es natürlich kindisch, um nicht zu sagen vollkommen ungehörig war, sich über den albernen deutschen Akzent seines Gastgebers lustig zu machen.

Frau Dr. Böhme schaute auf die Uhr, sie musste sich beeilen, in einer Dreiviertelstunde begannen die heutigen Online-Therapiesitzungen, vorher sollte sie einen Blick in die Krankenakten werfen, das Gedächtnis wurde nicht besser mit den Jahren. Im Moment hatte sie ein halbes Dutzend Neupatienten, junge Leute, Mädchen vor allem, die unter anderen Umständen vermutlich normal gestört durchs Leben gekommen wären, aber infolge der Pandemie alle möglichen Phobien, Blockaden, Psychosen entwickelten. Wie sollte es auch anders sein? Die Teenagerjahre waren dazu da, dass man sich ausprobierte, in Beziehungen, Freundschaften, Konflikten, sexuell, dass man Spaß hatte oder Liebeskummer, Anerkennung und Ablehnung erhielt, lernte, mit dem einen wie mit dem anderen umzugehen, das ganze Paket großer und kleiner Gefühle eben, ohne die jeder Mensch früher oder später in Apathie oder Wahnsinn abglitt. Stattdessen hockten sie seit inzwischen siebzehn Monaten tagaus, tagein vor ihren verdammten Bildschirmen, bewunderten irgendwelche amerikanischen Hupfdohlen, verglichen deren professionell trainierte Photoshop-Körper mit ihren eigenen Hintern, und natürlich hatte manch eine da auch mit sechzehn schon weiche Stellen. Die DNA-Sequenzen fürs Bindegewebe wiesen genauso große Unterschiede auf wie die für die Augenfarbe, und wenn man nicht den ganzen Tag auf der Gymnastikmatte herumhampelte, gab es unter Umständen relativ früh nach, was für die Lust beim Sex im Übrigen völlig unerheblich war. Frau Dr. Böhme schloss ihr Fahrrad vom Ständer, beim Hinunterbeugen schmerzten verschiedene Muskelpartien, vermutlich ein gutes Zeichen, wobei sie nach wie vor zweifelte, ob bestimmte Gelenkreizungen durch das Training nicht eher verschlimmert als verbessert wurden. Andererseits würde Uwe ihr keinen Quatsch verordnen, auch wenn sie schon lange nicht mehr miteinander geschlafen hatten, bestimmt zehn Jahre … oder zwölf. Es ließe sich genau feststellen: Das letzte Mal hatten sie es gemacht, als Obama zum ersten schwarzen Präsidenten der USA gewählt worden war. Allerdings müsste sie jetzt auch nachschauen, in welchem Jahr das gewesen war. Wenig später hatte Uwe Annette kennengelernt, eine Patientin, immerhin nicht übermäßig viel jünger als er, aber anders als während seiner beiden Ehen waren sie seitdem nicht mehr gelegentlich miteinander ins Bett gegangen. In dieser Hinsicht hatte es zwischen ihnen perfekt gepasst, trotzdem war ihnen beiden immer klar gewesen, dass ein gemeinsames Leben keine Option darstellte. Frau Dr. Böhme bedauerte, dass es mit dieser – wie sollte man es nennen: Lebensaffäre? – vorbei war. Andererseits hörte sie aus Uwes Andeutungen in letzter Zeit heraus, dass Annette mit ihrer besitzergreifenden Art ihn zunehmend nervte: »Stell dir vor: Sie ist gekränkt, wenn ich alleine ins Kino gehe, dabei findet sie die Filme, die mir gefallen, entweder schwierig oder deprimierend oder zu kompliziert.« – Sexuell schien sie auch nicht gerade herausragend begabt zu sein. Frau Dr. Böhme respektierte natürlich, dass Uwe sich gebunden fühlte, falls er aber doch mal wieder Lust auf einen vergammelten Nachmittag im Bett hatte, musste er halt den ersten Schritt machen. Sie wollte da nicht krisenverschärfend wirken. Wahrscheinlich sähen sie sich heute Abend in der *Akademie der Künste*, wenn dieser sonderbare französische Schriftsteller, bei dem man nicht genau wusste, ob er ein Linksanarchist oder ein verkappter Rechter war, den *Bruno-Lankwitz-Preis* bekam. Sie hatte Uwe gar nicht noch einmal gefragt, ob er sich zu der Veranstaltung angemeldet hatte, am Ende durfte er vielleicht doch nicht allein aus dem Haus.

Emre warf die Sackkarre auf die Ladefläche des gelben Lieferwagens, schloss die Türen, sprang in die Fahrerkabine, schaute auf sein Telefon, kein Anruf in Abwesenheit, startete den Motor, fuhr eine, zwei, drei, vier Hausnummern weiter. Er beeilte sich immer, aber heute besonders. Dina hatte um halb zwei einen Termin bei Dr. Henrici. Emre kannte sich mit Frauenärzten kein bisschen aus, war aber sicher, dass der Arzt ihre Schwangerschaft bestätigen würde. Seit neun Wochen hatte sie ihre Tage nicht gehabt und von Samstag an insgesamt drei Tests gemacht, die alle positiv gewesen waren. Er würde seine Tour unterbrechen, um sie von der Praxis abzuholen. Emre wollte Dina in die Arme nehmen, ihr versichern, dass alles gut werden würde, dass sie sich keine Sorgen machen musste. Er verdiente genug, um eine Familie zu ernähren, das war das Wichtigste. Mit 2500 Euro im Monat kämen sie über die Runden. Wenn sie erst verheiratet waren, musste er weniger Steuern zahlen, Kindergeld gab es außerdem. Seine Familie würde Dina lieben, auch wenn sie schon mit ihm geschlafen hatte, ohne dass sie verheiratet waren. Emres Mutter hatte in dieser Hinsicht eine ziemlich traditionelle Einstellung. Sie fand, die Frau musste dafür sorgen, dass der Mann gar nicht erst die Gelegenheit bekam, zu weit zu gehen. Aber sie lebte inzwischen seit vierunddreißig Jahren in Deutschland, wusste, dass die Verhältnisse hier anders waren als in Anatolien. Dina hatte einen anständigen Charakter, das merkte man sofort. Emre war ihr erster Mann gewesen. Natürlich hatte sie es auch gewollt, kein bisschen weniger als er. In Dinas Familie, also für ihre Mutter, spielte Religion keine Rolle, nicht einmal das Christentum, dementsprechend war die Frage, ob sie vor der Ehe Sex haben sollten, für Dina gar kein Thema. Das Einzige, was zählte, war die Liebe, und dass er es wirklich ernst meinte. Nach dem ersten Kuss hatten sie sich drei Monate Zeit gelassen. Trotzdem war es natürlich gegen die Regeln der Scharia gewesen. Emre bereute ein bisschen, dass er Dina nicht davon überzeugt hatte, bei Sheikh Mohammed Ibrahim in der Moschee eine Nikah-Zeremonie zu machen. Sheikh Mohammed Ibrahim schloss mehr oder weniger jede Woche nach der Unterweisung Ehen, auch ohne dass die Leute irgendwelche Papiere vom Standesamt vorlegten. Der Islam war eine einfache und realistische Religion. Wenn zwei Leute Sex haben wollten, was in der Natur der Menschen lag, sobald sie erwachsen waren, mussten sie unkompliziert heiraten können, denn wichtiger als alles andere war, dass der Segen Allahs auf der Verbindung lag. – »Warum wollt ihr die deutsche Bürokratie reich machen? Die hilft euch sonst doch auch nicht«, sagte der Sheikh. Emre hatte sich nicht getraut, Dina eine islamische Hochzeit vorzuschlagen. Sie war gerade erst achtzehn geworden. In Deutschland heiratete niemand in diesem Alter. Viele heirateten überhaupt nicht, wobei Emre nicht verstand, welche Vorteile das haben sollte. Es hätte Dina vielleicht verschreckt, wenn er ihr damit gekommen wäre. Andererseits war sie schon einige Male mit ihm bei den Freitagsversammlungen gewesen. Sie mochte Sheikh Mohammed Ibrahim, und der Sheikh hatte ihm gleich beim ersten Mal gesagt: »Sie ist ein gutes Mädchen, nimm sie zur Frau, aber sieh zu, dass ihr Nikah bei uns macht, bevor das Feuer euch verbrennt.«

Dina stieg aus der Straßenbahn, sie war viel zu früh, nahm die Maske vom Mund. Allein in Emres Wohnung hatte sie es vor Unruhe, Freude, Verzweiflung, Hilflosigkeit nicht ausgehalten, obwohl oder weil die Situation, die Lage, ihr Zustand eindeutig waren. Die Sprechstundenhilfe hatte am Telefon gesagt: »Wenn Sie einen positiven Schwangerschaftstest haben, Frau Telschow – und Sie haben ja gleich drei –, dann sind Sie auch schwanger.« – Sie bog vor der Backsteinkirche in die Melanchthon-Straße, in der sich die Praxis von Dr. Henrici befand, spürte, wie ihr Herzschlag sich beschleunigte, als sie den Eingang passierte, ging zehn Minuten geradeaus, kehrte um, überlegte, als sie erneut an der Praxis vorbeikam, ob sie schon klingeln, sich ins Wartezimmer setzen sollte. Andererseits hatte sie noch fast zwei Stunden Zeit. Ebenso gut konnte sie nebenan ins *Café Del Monte* gehen. Wobei es bestimmt besser war, wenn sie auf Kaffee verzichtete. Koffein war Gift für Embryonen oder Föten. Auf jeden Fall sollte sie etwas essen, wenigstens eine Kleinigkeit, obwohl sie überhaupt keinen Hunger hatte.

Vielleicht ein Tramezzino mit Tomate, Mozzarella, das war leicht, dazu Kräutertee. Außer Emre wusste niemand, dass sie vielleicht, wahrscheinlich – dass ein Kind in ihr wuchs. Ihre beste Freundin, Ella, hatte neulich gesagt: »Hast du dir schon mal klargemacht, dass wir jetzt in einem Alter sind, wo man nicht mehr zu hundert Prozent sicher weiß, ob man »Scheiße« oder »Herzlichen Glückwunsch« sagen soll, wenn eine von uns mit der Nachricht kommt, dass sie schwanger ist.« – Dina waren Röte und Hitze in die Wangen gestiegen, was Ella zum Glück nicht bemerkt hatte. Zu diesem Zeitpunkt war die Schwangerschaft ja nur eine Möglichkeit gewesen. Dina bekam ihre Tage ohnehin nicht sehr regelmäßig, manchmal blieben sie aufgrund von Stress oder auch einfach nur so sechs, sieben Wochen lang aus. Doch als Ella diese Bemerkung gemacht hatte, war da schon dieses andere Gefühl gewesen. Dina hatte trotzdem nichts gesagt, auch weil Ella es bestimmt falsch gefunden hätte, wenn Dina jetzt, gerade mal ein halbes Jahr nach dem Abitur, schwanger wäre, ihr vielleicht sogar raten würde, das Kind abzutreiben. Fest stand: Sie liebte Emre und Emre liebte sie, das war die Hauptsache. Aber auch wenn er in Deutschland geboren war, kam er natürlich aus einer anderen Kultur, wo die Religion eine große Rolle spielte, die Familie über allem stand. Dinas Mutter mochte Emre, aber sie sagte auch: »Du willst Jura studieren, Anwältin werden, Richterin, nach dem Studium kannst du dir mehr oder weniger aussuchen, in welchem Unternehmen du Karriere machst. Und Emre fährt Pakete aus. Das ist ein Riesenunterschied, rein vom Sozialen her, es wird zu Konflikten führen, vielleicht nicht für dich, aber auf jeden Fall für ihn. Außerdem ist er Moslem, und selbst wenn er jetzt so tut, als wäre das alles gar kein Problem, glaub mir, Männer, die in solchen Religionen aufgewachsen sind, wollen am Ende immer, dass du dich als Frau unterordnest, ich weiß, wovon ich rede, dein Vater hat mich zwar ohne mit der Wimper zu zucken gevögelt, obwohl wir nicht verheiratet waren, aber sobald er mich geschwängert hatte, war er der Meinung, er hätte zu bestimmen, und natürlich hätte ich ihn eigentlich heiraten müssen, weil du ja auf keinen Fall unehelich auf die Welt kommen durftest.« – Dina hatte gedacht: »Hättest du ihn doch geheiratet damals, dann stünde ich nicht mein ganzes Leben lang ohne Vater da.« – Sie wollte auf jeden Fall eine richtige Familie. Es hätte nicht jetzt schon sein müssen, aber wenn es so war, dann konnte sie sich wahrscheinlich darüber freuen. Emre hatte am Samstag, als der erste Test positiv gewesen war, sofort klargestellt, dass er das auf jeden Fall mit ihr zusammen durchziehen würde: »Ich wollte dich sowieso heiraten und Kinder mit dir haben, Süße«, hatte er gesagt, »man muss damit ja nicht bis vierzig oder so warten, wie die Deutschen das machen, obwohl es voll gegen die Natur ist, achtzehn und sechsundzwanzig passt doch perfekt, meine Mutter war siebzehn, mein Vater vierundzwanzig, ganz normal, das ist auch viel gesünder, gerade mit Behinderungen und diesen Sachen, Gendefekte, je älter man ist, desto mehr Risiko gibt es damit.«

Ich muss jetzt, wo wir in Berlin sind, doch noch mal sagen, wie großartig ich es finde, dass wir es geschafft haben, unter den gegenwärtigen Bedingungen zumindest in dieser Rumpfrunde eine Exkursion zu machen, und zwar nicht irgendeine, sondern dass wir tatsächlich Bernard Entremont live erleben werden, den umstrittensten, aber sicher auch interessantesten französischen Autor der Gegenwart.« – Während seine Assistentin, Dr. Astrid Wrangel, die an einer Habilitation über *Die Auswirkungen von Pierre Lotis Orientalismus auf die französische Kolonialpolitik* arbeitete, den gemieteten Renault Trafic zum Hotel in der Nähe des Alexanderplatzes steuerte, hatte Prof. Spettmann auf dem Beifahrersitz den Gurt gelockert und sich umgedreht, damit er den anderen Studentinnen und Studenten ins Gesicht sehen konnte, vor allem Elaine Bettray, die vierundzwanzig, halb Koreanerin, halb Deutschfranzösin und so schön war, dass regelmäßig sowohl Männer als auch Frauen zusammenhangloses Zeug brabbelten, wenn sie ihr unvorbereitet gegenüberstanden. Prof. Spettmann lief in Elaines Anwesenheit zu Hochform auf. Sobald sie ihm zuhörte, flogen seine Worte elegant und pfeilschnell dahin wie ein Schwarm Seeschwalben über der Wasseroberfläche. Zumindest hatte er selbst diesen Eindruck. – »Wenn ich mich recht entsinne, ist es die erste öffentliche Veranstaltung von Bernard Entremont in Deutschland seit über vier Jahren, und es wird – laut Verlagshomepage – auf absehbare Zeit auch die einzige bleiben. Insofern können wir uns sehr glücklich schätzen, dass es, dank der Hilfe meines alten Freundes Peter Nüßlein, mit den Karten geklappt hat, und natürlich vor allem, dass die Preisverleihung überhaupt öffentlich stattfindet, angesichts der drastisch gestiegenen Infektionszahlen: Delta geht ja gerade durch die Decke, zumindest was die mediale Aufmerksamkeit anlangt. Das wird natürlich nicht ohne Folgen bleiben, wie schon im vergangenen Jahr muss als Erstes wieder die Kultur dran glauben. Gestern kam ein Extra-Newsletter von unserem Literaturhaus – ich weiß nicht, ob Sie es gesehen haben –, dass ab nächste Woche alle Präsenzveranstaltungen ausfallen. Die Zeiten, in denen der Literaturbetrieb von Desperados bevölkert war, die für einen guten Satz ihr Leben geopfert hätten, sind leider vorbei, heute besteht die Szene zu neunzig Prozent aus Hypochondern im Self-Care-Modus.« – Elaine war es von klein auf gewohnt, dass alle irgendwie reagierten, sobald sie den Raum betrat, sie hielt eine bestimmte Art von überdrehtem Gehabe, hauptsächlich bei Männern, ebenso für natürlich, wie sie bis heute nicht auf die Idee gekommen war, die grundlose Giftigkeit mancher Frauen mit ihrer eigenen Erscheinung in Verbindung zu bringen. Prof. Spettmanns Begeisterung für Bernard Entremonts Bücher teilte sie ebenso wenig wie Martin Schäfer neben ihr, im Gegenteil, sie hielten Entremont für ein reaktionäres, xenophobes, misogynes Arschloch. Dass Astrid als Lesbe Entremont-Fan war, konnte sie sich auch kaum vorstellen, aber Astrid hielt sich mit persönlichen Werturteilen konsequent zurück. Angeblich war ihr wissenschaftliche Objektivität wichtiger als persönliche Meinungen oder der Charakter einer Autor:in. Seit Elaine Entremonts Roman *Sur command* gelesen hatte, in dem sich ein französischer Provinzbeamter per Katalog ein Mädchen von den Philippinen zum Heiraten kaufte, und dann auf Google-Bilder gestoßen war, die Bernard Entremont mit seiner zweiten Frau, einer zwanzig Jahre jüngeren Thailänderin, zeigten, hasste sie ihn regelrecht. Ganz egal, wie er sie kennengelernt hatte, ob tatsächlich über ein neokolonialistisch-kriminelles Kindfrauen-Handelsportal oder beim Empfang des thailändischen Botschafters in Paris –, allein dass er seine Frau, die mittlerweile seine zweite Ex-Frau war, vor der gesamten Weltöffentlichkeit als Ware, als Investitionsobjekt hatte dastehen lassen, zeigte, dass er eine absolut widerliche Person war. Selbst wenn er der größte Stilist aller Zeiten gewesen wäre, was Elaine stark bezweifelte, hatte sie keinerlei Verständnis dafür, dass ein deutscher Literaturverein nach *MeToo* und den ganzen Sexismus-Debatten der letzten drei Jahre so jemanden mit einem Preis auszeichnete. Mindestens ebenso sehr kotzte es sie an, dass Prof. Spettmann einfach nicht aufhörte zu reden und ihr dabei die ganze Zeit auf diese hündisch triefende Weise in die Augen schaute. – »Ich weiß natürlich, Elaine, was Sie von Bernard Entremont und seinen Büchern halten, gerade auch vor dem Hintergrund ihrer eigenen asia… Ich bin da zumindest teilweise durchaus bei Ihnen, man muss Entremonts Weltsicht weder teilen noch schätzen, umso großartiger finde ich es, großartig und professionell, dass Sie heute trotzdem dabei sind.«

Irma hatte eine Dreiviertelstunde lang vergeblich versucht, sich auf ihre Kolumne zu konzentrieren. Nach »ganz egal, was man uns Müttern seit Jahrtausenden einzureden versucht, Gefühlsreflexe lassen sich prinzipiell nicht kontrollieren, sie tauchen auf wie« war ihr der Staub ins Auge gesprungen, der in der niedrig stehenden Herbstsonne eine hellgraue Schicht auf der Ablage bildete. Natürlich hatte sie die Arbeit unterbrochen, um ihn wegzuwischen, sich gleichzeitig geärgert: Urban hätte den Staub einfach Staub sein lassen. Bei dem Satz »Eines Tages taucht dann die brutale Erkenntnis aus den inneren Dunkelkammern auf, dass sich auch mein geliebtes Kind in ein Monster verwandeln kann« hatte sie Urbans Chaos-Pyramide aus aufgeschlagenen und ineinandergeschobenen Büchern auf dem Wohnzimmertisch derart in Rage gebracht, dass sie aufgesprungen war, jeden einzelnen Band zugeknallt, den ganzen Stoß in sein Zimmer verfrachtet hatte. Im selben Moment war in der Baugrube, fast unmittelbar unter ihr, eine Riesenfräse zum Einsatz gekommen, die Reste von Vorkriegskellerwänden abraspelte. Es schien, als erzitterte sogar die Schrift auf dem Bildschirm. Nach einem kurzen Schreianfall war Irma mitsamt Laptop und Kindertasche ins *Coffeelovers* gegangen, um wenigstens ein bisschen zu arbeiten, ehe sie den Nachmittag über Leonie beim Shooting bespaßen musste. Sie hatte sich einen Flat White bestellt, ihr Textdokument geöffnet, als Mariann Krüger, Schauspielerin, Salonière, außerdem Frau des Architekten Dirk Mahnfeld, der für den Um- und Neubau in und an ihrem Haus verantwortlich war, zur Tür hereinkam. Irma setzte einen hoch konzentrierten Gesichtsausdruck auf, um zu signalisieren, dass sie auf keinen Fall gestört werden durfte, doch das *Coffeelovers* war nicht groß, weder gab es tote Winkel, noch Säulen oder Wandvorsprünge, hinter denen sie sich hätte wegducken können. Mariann sah sie sofort, kam auf sie zu: »Irma, wie schön, ich hatte dich sowieso kontaktieren wollen, Glückwunsch, großartig, dass du jetzt diese Kolumne hast, genau so was wollte ich auch immer machen, als Lore und Alex klein waren, aber ich hatte halt gleich zwei von den Bälgern, um die ich mich kümmern musste, mit lediglich anderthalb Jahren Abstand dazwischen, dazu meinen eigentlichen Beruf, außerdem ging

Dirks Karriere damals richtig steil nach oben, ich finde es absolut toll, dass endlich jemand diese ganzen Themen so offen anspricht, ich setz mich mal zu dir.« – Irma kannte Mariann schon lange, mochte sie manchmal, fand sie bei nächster Gelegenheit zum Kotzen, eine geniale Vermittlerin, eine intrigante Ziege. Als Dirk Mahnfeld wegen einer seiner blutjungen Mitarbeiterinnen, einer wirklich sehr hübschen Spanierin, deren Namen Irma vergessen hatte, ausgezogen war, hatte Mariann ihr leidgetan, ihr zugleich Bewunderung abgenötigt, denn Mariann benahm sich in der Öffentlichkeit, als sei alles wie immer, ließ sich kein bisschen anmerken, wie verletzend, demütigend es für sie sein musste, kurz nach ihrem fünfzigsten Geburtstag, als Mahnfeld noch eine Riesenparty für sie organisiert hatte, abgelegt zu werden wie ein zerschlissener Morgenmantel. – »Ich bin vor dem Baulärm aus der Wohnung geflüchtet«, sagte Irma, und Mariann verdrehte die Augen: »Du Arme, es wird ja gerade überall gebaut, Dirk kann sich kaum retten vor Aufträgen.« – Offenbar wusste sie nicht, dass ihr Mann auch für das Haus zuständig war, in dem Irma mit Urban und Leonie wohnte. Allerdings tauchte er dort so gut wie nie auf. Meistens kam eine seiner Unterarchitektinnen, Nicoletta Casa-irgendwas, um den Fortgang der Arbeiten zu überwachen. Auf der Homepage seines Büros präsentierte er vier ausnehmend schicke, südeuropäische beziehungsweise arabischstämmige Frauen, die in seinem Namen, unter dem Dach seiner Firma, ihre eigenen Entwürfe umsetzen konnten. Irma fragte sich, ob das Frauenförderung war oder eine besonders perfide Form des Machismo, wunderte sich, dass Mariann nach dieser Vorgeschichte den Architektinnen-Harem ihres Mannes offenbar immer noch hinnahm. Sobald Geld im Spiel, die Firmenkonstruktionen kompliziert waren, gab es die absonderlichsten Beziehungsmodelle, manche Leute, meistens die Frauen, hielten Dinge aus, für die sie unter anderen Umständen eine Härtefallscheidung erzwungen hätten. – »Wenn du Lust hast, kommt doch heute Abend zu uns, wir machen ein bisschen was Informelles nach der Preisverleihung, da seid ihr doch sicher auch.« – »Urban geht für *Die Hauptstadtzeitung* hin, er liest auch immer Entremonts Bücher.« – »Der soll ja ein ausgemachtes Ekel sein, sagen die meisten, die ihn schon mal persönlich getroffen haben, wobei ich auch zwei oder drei andere Meinungen gehört habe. Nüßlein hat mich gefragt, ob ich nicht ein bisschen was Nettes arrangieren kann, halb privat, eine Mischung aus coolen und wichtigen Leuten, also »wichtig« im Sinne von repräsentativ. Ich würde mich jedenfalls wahnsinnig freuen, wenn ihr kämt, du kannst gern die Kleine, wie heißt sie noch?« – »Leonie.« – »Bring sie ruhig mit, ich meine, du hast sie doch sowieso immer dabei, und es gibt dem Ganzen ein bisschen was Familiäreres. Vielleicht magst du ja auch nachher was drüber schreiben.«

Auf mehreren Bildschirmen flimmerten Nachrichten. Ali Zayed hatte einen Cheeseburger mit Pommes frites gegessen, eine Cola getrunken. Der Burger war in Ordnung gewesen, allerdings auch nicht besser als bei *Chief* in Kabul. Er bestellte einen zweiten. Die Bedienung gefiel ihm. Trotz der Maske sah er, dass sie ihn anlachte. Den hohen Wangenknochen nach zu urteilen, war sie keine Deutsche, sondern Türkin, vielleicht sogar Hazara. Sie hatte endlose Wimpern und lange knallbunte Fingernägel. So etwas stand jetzt, bei den Taliban, wieder unter Strafe. Wahrscheinlich gab es Stockschläge oder Peitschenhiebe, weil man mit aufgeklebten Fingernägeln die vorgeschriebenen Gebete nicht ordnungsgemäß verrichten konnte. Das Wasser musste bei der Waschung den Nagel benetzen, sonst war sie ungültig. In seinen Kreisen hatten sich längst nicht alle Frauen an diese Regel gehalten, außerdem gab es Speziallack, den man abziehen konnte wie einen Gummifilm. Seine Schwester Fatima benutzte ihn manchmal. Sie war sehr geschickt damit, aber es sah trotzdem längst nicht so sexy aus wie bei der Bedienung. Was Ali Zayed im Falle seiner Schwester auch inakzeptabel gefunden hätte. Er wischte sich die Hände an der Serviette ab, merkte, dass er Durst hatte. In Deutschland trank man Bier, das gehörte sich so. Bier war von der Religion her verboten, aber nicht so streng wie Wein. Im Koran kam Bier nicht vor. Bevor die Taliban zurückgekehrt waren, hatte es auch in Kabul Mittel und Wege gegeben,

Bier zu besorgen, wenn man genug Geld hatte oder Kontakte zu Westlern. Sein Vater war manchmal spätabends ziemlich komisch gewesen, hatte seltsam fade aus dem Mund gerochen, wenn er von Besprechungen mit den Amerikanern nach Hause gekommen war. – »Er trinkt Bier mit ihnen«, hatte Mustafa, Ali Zayeds ältester Bruder, gesagt. »Ich weiß, wie es riecht, Mahmoud besorgt uns auch manchmal welches.« – Ali Zayed überlegte: Es wäre sicherlich gut zur Tarnung, wenn er Bier trinken würde. Dann käme niemand auf die Idee, ihn für einen Afghanen zu halten. In seiner jetzigen Situation war das auf jeden Fall ein Argument. Er sollte versuchen, sich wie ein Deutscher zu verhalten. Ali Zayed winkte der Bedienung: »One Beer, please.« – »We have *Astra, San Miguel, Berliner Kindl* …« – »Difficult decision. Which one would you recommend?« – »I don't drink beer.« – »Ok, I take the first one.« – »One *Astra*.« – Ihre Augen leuchteten. – »What's your name?«, fragte er. – »Rabi'a.« – »You have such a beautiful name.«

Die *Grabbe-Buchhandlung* war die einzige weit und breit, die nicht nur das tagesaktuelle Sortiment vorrätig hatte, sondern auch zahlreiche Backlist-Titel verfügbar hielt, vor allem natürlich die Bücher der Autoren, die der Besitzerin, Berthe Weghorst, persönlich am Herzen lagen, dazu Klassikerausgaben, wissenschaftliche Veröffentlichungen, eine Menge Lyrik. Normalerweise mied Urban Buchhandlungen. Obwohl er wusste, dass es falsch war, bestellte er lieber im Internet. Buchhandlungen führten ihm gnadenlos sein eigenes Scheitern vor Augen. Doch gelegentlich bildete er sich ein, es könnte helfen, etwas lösen, aufbrechen, anstoßen, und er würde vielleicht noch einmal dieses Gefühl gespannter Erregung spüren, das er als Sechzehn-, Siebzehnjähriger gehabt hatte, wenn er in der *Münsterkamener Bücherstube* eine Neuerscheinung nach der anderen zur Hand genommen, sich durch unbekannte Möglichkeiten des Satzbaus, der Form, des Erzählens geblättert hatte, atemlos ein paar Seiten lang einer fremden, verstörenden Stimme gefolgt war, durch immer neue Türen aus Sprache unbekannte Ausdrucksräume betreten hatte. Auf dem Tisch der aktuellen Titel kannte er noch immer die Hälfte der deutschen Autoren persönlich: die Vätergeneration, deren Bücher er als Jugendlicher gelesen hatte; die unmaßgeblich Älteren, die gefeiert oder geschlachtet worden waren, als er schon wusste, dass er selbst eines Tages ein Buch haben würde; die Gleichaltrigen, die wie er vor zehn oder fünfzehn Jahren ihre Debüts veröffentlicht hatten, aber im Unterschied zu ihm seither in stupider Regelmäßigkeit neue Romane auf den Markt warfen, während Urban nach seinem gefeierten Erstling *Einbrechende Märkte* und dem weitgehend untergegangenen zweiten Buch *Nebenkriegsschauplätze* seit inzwischen elf Jahren nichts mehr zustande brachte. Mittlerweile lagen hier die Bücher der nächsten, wenn nicht sogar übernächsten Generation im Stapel, trugen Aufkleber wie *Shortlist Deutscher Buchpreis, Spiegel-Bestseller.* Die Namen kannte er allenfalls vom Hörensagen, ihre Bücher schlug er so gut wie nie auf: Wenn sie Kraft hatten, deprimierte es ihn, wenn nicht, spürte er eine Mischung aus Neid und Häme, was für ein Blödsinn es heutzutage zwischen zwei Buchdeckel schaffte. Er griff nach der Neuübersetzung von Orwells *1984*, hörte eine Frauenstimme mit deutlich österreichischem Akzent unmittelbar hinter sich: »Herr Fischer, san Sie das?« – Urban erschrak, drehte sich um, sah sich der noch immer überaus eindrucksvollen Gestalt Roswita Pichlers gegenüber. Roswita Pichler hatte damals für *DIE ZEIT* die einzige relevante Rezension von *Nebenkriegsschauplätze* geschrieben und Urban zu einer der wichtigsten Stimmen der jungen deutschen Literatur erklärt. – »Ich warte ja Saison für Saison auf ein neues Buch von Ihnen, werde aber mit schöner Regelmäßigkeit enttäuscht.« – In den Neunzigerjahren war Roswita Pichler der weibliche Widerpart des Großkritikers Wenzel Sturm-Moskovici in der Fernsehsendung *Das Bücherduell* gewesen, hatte einmal im Monat gegen dessen aggressive Feier gehobener Unterhaltungsromane eine Lanze für das Unangepasste, Experimentelle, Schwierige gebrochen. – »Ich bin dran«, sagte Urban, »aber die Sprache ... Wie findet man einen Satz, der noch tragfähig ist? Mit der Literatur ist es doch inzwischen wie mit der Fotografie. Alle knipsen – alle schreiben, der ganze Quatsch wird gnadenlos über sämtliche Social-Media-Kanäle veröffentlicht, es gibt einfach nichts, was nicht schon tausendfach gezeigt beziehungsweise gesagt worden ist. Trotzdem hoffe ich, dass im Lauf des nächsten Jahres ein Buch fertig wird. Wobei wir ja auch ein Kind haben. Was die Sache nicht einfacher macht …« – »Mit der reizenden Irma Rudolph, wenn ich fragen darf?« – »Ja, genau.« – »Das letzte Mal, dass wir uns gesehen haben … Wie lange ist das her? Doch sicher zehn Jahre. Wohnen Sie noch in diesen Palästen für Arbeiter, Karl-Marx-Allee? Sie wollten mich immer mal mit auf den Wochenmarkt nehmen, weil es da diesen Grillwagen mit *den besten Bratwürsten des gesamten Universums* gibt – das war Ihre Formulierung.« – Urban wurde rot. Irgendetwas in der Art dämmerte ihm. Es war peinlich, dass Roswita Pichler, die inzwischen vermutlich auf die achtzig zuging, sich präzise an eine Verabredung erinnerte, die ihm selbst bis zu diesem Moment vollständig aus dem Gedächtnis gefallen war. – »Da wohnen wir schon länger nicht mehr. Wir mussten umziehen, als Irma schwanger war, für zwei Leute mit Kind wäre die Wohnung dann doch zu klein gewesen, zumal Schreiben mit einem schreienden Säugling – inzwischen muss man schon sagen: einem Kleinkind – noch mal eine ganz eigene Herausforderung darstellt.« – »Und worum geht's in Ihrem neuen Roman, wenn ich fragen darf?« – Urban staunte, dass sie tatsächlich noch immer ein ernsthaftes Interesse an ihm und seiner Arbeit zu haben schien, jedenfalls hielt sie sich nicht lange mit Nettigkeiten auf. – »Wie gesagt, es ist nicht einfach, eine bestimmte Art von Literatur, wie sie mir vorschwebt, steht gerade nicht besonders hoch im Kurs.« – »Ach was, reden Sie sich da bloß nichts ein von wegen ich bin so verkannt, die Zeitläufte sind gegen mich: Schauen Sie sich um. Hier auf den Tischen, in den Regalen, alles voll mit Neuerscheinungen. Aber eine vorherrschende Ästhetik, die alles andere verdrängen würde, kann ich beim besten Willen nirgends erkennen. Und natürlich wird jemand wie Sie Aufmerksamkeit bekommen, wenn endlich ein neues Buch da ist.« – Urban wollte widersprechen, doch er hatte viel zu wenig Aktuelles gelesen, um argumentieren zu können, und das, was er aus der neuesten Produktion kannte, Bernard Entremont zum Beispiel, sprach tatsächlich gegen seine These. »Oder sind Sie faul? Es gibt ja Schriftsteller, die einfach nicht die nötige Disziplin aufbringen, sich Morgen für Morgen, meinethalben auch Nacht für Nacht an den Schreibtisch zu zwingen und so lange sitzen zu bleiben, bis da zumindest ein paar Sätze stehen. Ich kann Ihnen nur dringend raten, vergeuden Sie Ihre Begabung nicht, Kind hin, Kind her. Und verlassen Sie sich nicht auf Ihre Frau: So ist das mit dem Feminismus nicht gemeint, dass die Männer sich jetzt zurücklehnen und von erfolgreichen Frauen aushalten lassen.« – Urban sah sich auf das Format eines Fünftklässlers geschrumpft, der von der Schulleiterin zusammengestaucht wurde, weil er die gesamte Tafelkreide mit Öl getränkt hatte. Er starrte auf seine Fußspitze, zeichnete imaginäre Halbkreise aufs Parkett, schüttelte den Kopf: »Nein, ich glaube nicht, dass ich faul bin.« – Allerdings waren sowohl sein Vater als auch die meisten Lehrer dieser Ansicht gewesen. – »Gehen Sie heute Abend zu Entremont?«, fragte Roswita Pichler. Urban nickte. – »Ich weiß nicht, ob Sie seine Bücher schätzen, man kann ja geteilter Meinung über ihn sein, aber wenn man ihn sich anschaut: ein kettenrauchender Alkoholiker, politisch wirr, vielleicht auch einfach nur ein genialer Provokateur – und ich will lieber nicht wissen, wie es in seiner Küche aussieht –, aber irgendwie schafft er es, alle drei bis vier Jahre ein neues Buch zu schreiben, in dem er sich verlässlich gegen alles positioniert, was gerade en vogue ist.« – Urban hatte ihrer Übergriffigkeit nichts entgegenzusetzen. Ihm fehlten die Kraft und der Wille, sich zu behaupten gegen Roswita Pichler, gegen die Erwartungen des unbekannten Lesers, des anonymen Kritikers, selbst wenn es sie nur in seinem Kopf gab, gegen die eigene Müdigkeit, die Leere. Wahrscheinlich war er nach zwei Büchern einfach ausgeschrieben gewesen. Es lag nicht an der Sprache, nicht an den Umständen, weder an der Branche noch an den Lesern, es lag ausschließlich an ihm, und trotzdem war er ganz und gar unschuldig, so wie auch Leonie keine Schuld traf, vermutlich nicht einmal Irma, Irma hatte schon viele

Leute inspiriert, zu Höchstleistungen angestachelt, zum Leuchten gebracht, Künstler, Musiker, Theatervisionäre, Filmemacher – nur ihn eben nicht.

Ali Zayed starrte auf den Bildschirm, der seinem Tisch am nächsten montiert war: weiße Räume, Absperrbänder, Menschen mit Masken, die weit voneinander entfernt in Wartehallen saßen, sich die Hände desinfizierten. Es konnte ein Flughafenterminal sein oder ein Krankenhaus. Zwei behandschuhte Riesenhände, die eine Spritze aufzogen, darunter lief ein Schriftband: + ROBERT KOCH-INSTITUT MELDET NEUEN HÖCHSTSTAND BEI DER INZIDENZ + »Robert« war ein Vorname, den er von einem Fußballer kannte. Eine blonde Frau mittleren Alters rückte ins Bild, vermutlich die Moderatorin, bewegte die Lippen, + BUNDESINNENMINISTER ZUR FLÜCHTLINGSSITUATION: »DAS KÖNNEN POLEN ODER DEUTSCHLAND NICHT ALLEINE BEWÄLTIGEN« + Mütter mit Kindern, Alte unter Kopftüchern, junge Männer, die sich an Lagerfeuern wärmten. Er erkannte niemanden wieder. Stacheldrahtrollen, Zelte, noch mehr Stacheldraht, blaue Rauchschwaden, patrouillierende Soldaten, die MPs im Anschlag. Genau so hatte Ali Zayed vor einer Woche auch kampiert, ohne Plan, hungrig, frierend, abwechselnd verzweifelt und voller Hoffnung, dass sich ein Weg finden würde. Dann war dieser Mann im Lager aufgetaucht, Jewgenij, hatte ihn zur Seite genommen, ihm einen Dienstausweis gezeigt, eine Plastikkarte mit Passbild, kyrillischer Schrift. Ali Zayed konnte nicht lesen, was dort stand, zu wem oder was Jewgenij gehörte, Militär, Geheimdienst, Grenzpolizei. Er wusste auch nicht, weshalb gerade er ausgewählt worden war und einen Tag später dieser komische Syrer, Khaled, der sich für etwas Besseres hielt. Vielleicht hatte Jewgenij aus irgendeinem Indiz geschlossen, dass Ali Zayed Geld hatte, dass es sich in seinem Fall lohnen könnte, ihn über die Grenze zu bringen, und bei den meisten anderen nicht. Absperrbänder, Polizeiwagen mit Blaulicht, ein Offizier, der eine Pressekonferenz gab + SICHERHEITSKRÄFTE ERSCHIESSEN MESSER-ANGREIFER IN OSLO + CREW-2 SICHER VON DER ISS ZURÜCKGEKEHRT + Das Weltall, ein Raumschiff schwebte dahin, aus einer grauen schmutzigen Kapsel stieg ein Astronaut, wurde herzlich begrüßt, auf eine Trage geleitet, medizinisch versorgt. Die Bedienung, Rabi'a, stellte Ali Zayed das erste Bier seines Lebens hin: »Cheers.« – Es hatte eine leuchtend goldene Farbe und eine dichte weiße Schaumkrone. Er hob das Glas an die Lippen, nahm einen großen Schluck. Das war nun also eines der berühmtesten und beliebtesten Getränke der Welt. Es schmeckte eigenartig, bitter, nicht im eigentlichen Sinne gut. Die Art, wie es die Kehle hinunterlief, fühlte sich anders als bei Cola oder Sprite an, sanfter, feiner, man wollte am liebsten gar nicht mehr aufhören zu trinken. Ali Zayed nahm das halbleere Glas vom Mund, stieß einen Seufzer der Zufriedenheit aus, wischte sich mit dem Handrücken den Schaum von der Oberlippe, wie er es in amerikanischen Filmen gesehen hatte. Er wunderte sich und wunderte sich nicht, dass nichts geschah, obwohl er doch eine Verbotslinie übertreten hatte, eine Sünde beging. Er horchte in sich hinein, ob er erste Anfänge dieser Verwandlung spürte, die der Alkohol in den Menschen auslöste, so dass sie sich zu unberechenbaren Schreckbildern aufblähten wie der *Hulk* im Zorn oder zu erbärmlichen Würmern schrumpften, die sich in der eigenen Kotze wälzten, wirres Zeug stammelten. Ali Zayed fühlte nichts dergleichen. Das Bier hinterließ einen schalen Nachgeschmack, der verflog, sobald er den nächsten Schluck trank. Er stand auf, machte drei Schritte, um zu probieren, ob er noch gerade gehen konnte oder schon schwankte. Die Bewegungen fühlten sich an wie immer, keinerlei Unsicherheit in den Beinen, die darauf hindeutete, dass er in wenigen Augenblicken taumeln, stürzen würde. Er setzte sich wieder, lächelte Rabi'a zu, die einen fragenden Ausdruck in den Augen hatte – auch etwas Verschmitztes. Er fragte sich, wie ihre Lippen, ihre Nase unter der Maske geformt waren? Vielleicht hatten die Prediger doch unrecht gehabt, vielleicht sogar absichtlich gelogen, um die Gläubigen in Angst vor Allah, vor Schaitan, vor dem Feuer der Hölle zu halten, wenn sie diese grauenvollen Gespenster an die Wand malten, zu denen der Alkohol die Menschen angeblich machte. Weder hatte Ali Zayed den Wunsch, jemanden zu beleidigen oder gar zu schlagen, noch wollte er mit Geld um sich werfen, obszöne Reden führen, tanzen, nichts von alledem, im Gegenteil, er spürte, wie sich ein Gefühl der Entspannung, der ruhigen Freundlichkeit in ihm ausbreitete, das doch bestimmt nicht gegen den Willen Allahs war. Nach dem letzten Schluck winkte er Rabi'a zu sich, bestellte »One more please«, nicht weil er Durst hatte, sondern weil er einen Grund brauchte, noch eine Weile in ihrer Nähe zu sitzen.

Emre klingelte bei *Bäumler*. »Hallo«, meldete sich eine Frauenstimme. – »Ich hab zwei Sendungen für Sie.« – »Dritter Stock, bitte.« – Er hob die beiden schwersten Pakete von der Sackkarre. Dem Schriftzug *DOG-DELI* und dem aufgedruckten Band aus Dalmatinerköpfen nach zu urteilen, enthielten sie Hundefutter. Jedes wog mindestens fünfzehn Kilo. Er hätte sie auch in den Spätkauf zwei Straßen weiter bringen, eine Benachrichtigung in den Briefkasten werfen können, dass er niemanden angetroffen hätte, doch die Frau, für die sie bestimmt waren, kam seit Wochen mit Krücken an die Tür. Emre wollte ein guter Paketbote sein, einer, dem die Leute vertrauten, bei dem sie sich freuten, wenn er kam, nicht nur wegen der Sachen, die er brachte, sondern weil er selbst, als Mensch, ihnen ein gutes Gefühl gab. Abgesehen davon betrachtete er seine

Arbeit als Training, als Sport. Er war sehr viel stärker geworden, seit er diesen Job hatte. Sein Bizeps, seine Oberschenkelmuskeln konnten sich wirklich sehen lassen. Für einen gleichmäßigen Muskelaufbau, der nicht bloß eine gute Figur machte, sondern explosive Energie freisetzte, war richtige Arbeit besser als die Apparate im Fitnessstudio. Das Hin- und Herwuchten der Pakete, die Schlepperei, das endlose Treppensteigen, Hunderte von Höhenmetern jeden Tag, rauf und runter, sorgten dafür, dass er beim Taekwondo eine enorme Wucht in seine Schläge und Tritte legen konnte, dass seine Blocks jedem Angriff standgehalten hätten. Emre lernte Taekwondo, seit er zwölf war, von Anfang im Dojo des Großmeisters Markus Bayer. Ohne die Disziplin, die Philosophie des Taekwondo wäre er nicht der Mann geworden, der er war. Er hatte es bis zum Schwarzgurt geschafft, seitdem musste er ein Vorbild sein, nicht nur im Dojo, sondern in jeder Lebenslage. Heute am frühen Abend stand eine weitere Teilprüfung für den 2. Dan an. Es war ein ungünstiger Zeitpunkt, aber als der Termin angesetzt worden war, hatte Emre nicht ahnen können, dass Dina an genau diesem Tag ihren ersten Untersuchungstermin wegen der Schwangerschaft haben würde. Natürlich hatte er überlegt, die Prüfung abzusagen, doch der Großmeister verstand in diesen Dingen keinen Spaß. Wenn jemand das Taekwondo nicht so ernst nahm, als ginge es um Leben und Tod, »weil es nämlich um Leben und Tod geht«, schnitt Markus Bayer einen manchmal wochenlang. Eine Prüfungsabsage ohne absolut zwingenden Grund konnte dazu führen, dass er den ganzen Prozess unterbrach, erst Monate später wieder fragte, ob man mittlerweile wisse, welche Bedeutung Taekwondo für einen habe und wer der eigentliche Gegner sei. Der Termin stand auch in Dinas Kalender. Sie hatte mitkommen, zuschauen wollen, aber vermutlich war es ihr in der Aufregung entfallen. Dina ging bestimmt davon aus, dass sie und Emre ihren ersten offiziellen Abend als werdende Eltern zu zweit verbrachten. Vielleicht wollte sie auch mit ihm zu Joyce gehen, um ihr zu erzählen, dass sie in sieben oder acht Monaten Großmutter wurde. Emre fürchtete sich ein bisschen vor diesem Gespräch. Er wusste von Dina, dass Joyce immer an die falschen Männer geriet und überzeugt war, dass eine Frau sich im Zweifel nur auf sich selbst verlassen konnte. Vielleicht würde Dina aber auch bei ihrem Plan bleiben und mit ihm ins Dojo gehen. Sie hatte schon öfter beim Training, bei Wettkämpfen zugeschaut. Gerade in dieser neuen Situation, in der sie, neben Freude und Glück, auch Unsicherheit, wahrscheinlich sogar Angst hatte, konnte es eine Beruhigung sein zu sehen, dass der Mann, mit dem sie fortan durchs Leben ging, Klarheit, Kraft und Zuversicht ausstrahlte. Außerdem fand Dina den Großmeister lustig, besonders wenn er seine langen Motivationsansprachen hielt, bestückt mit asiatischen Weisheiten, witzigen Sprüchen und eigenen Erfahrungen. Dass Markus Bayer bei aller Lockerheit plötzlich todernst und knallhart werden konnte, hatte sie noch nicht erlebt. Emre überlegte hin und her, was er tun sollte. Auf jeden Fall wäre es das Beste, offen und ehrlich mit Dina zu sprechen, nachher, wenn er sie abholte.

Dina hatte doch nichts gegessen, nur Kamillentee mit Honig getrunken. Beim Lesen der Speisekarte war ihr plötzlich schlecht geworden, zum ersten Mal seit dem positiven Test, doch bestimmt hatte es nichts mit der Schwangerschaft zu tun, war bloß eine Folge der Nervosität. Abgesehen davon wollte sie sich erst bei Dr. Henrici erkundigen, ob es Dinge gab, die sie ab jetzt auf jeden Fall meiden sollte. Alkohol, Kaffee, Zigaretten natürlich. Nicht mehr zu rauchen würde ihr schwerfallen, aber wenn es um ihr Kind ging, vielleicht auch nicht so sehr. Sie meinte sich zu erinnern, dass in bestimmten Speisen für den Fötus gefährliche Bakterien oder Viren steckten, in rohem Fisch, Salami, Schinken zum Beispiel – was sie als Vegetarierin nicht betraf. Katzen sollte sie künftig aus dem Weg gehen. Es war lange her, dass sie diese Dinge im Biologie-Unterricht durchgenommen hatten, vier oder fünf Jahre. Im Grunde war es viel zu früh gewesen. Zu der Zeit hatte noch kaum jemand in der Klasse Sex gehabt, hier und da wurde geknutscht oder am Rande von Partys, auf Schulfahrten ein bisschen rumgemacht. Ella und sie hatten sich gegenseitig die Ansätze ihrer Brüste gezeigt, bei

Ella waren sie früher gekommen als bei Dina, sie hatten sich gegenseitig betastet, wie sich die knubbeligen Warzen anfühlten. Im Unterricht war es hauptsächlich um Verhütung gegangen. Jeder durfte ein Kondom über einen abgesägten Besenstiel ziehen. Die Möglichkeiten zur Abtreibung wurden erläutert für den Fall, dass es mit der Verhütung doch nicht geklappt hatte. Am Schluss gab es Broschüren von *pro familia*. Dass ein Mädchen in den nächsten fünf oder zehn Jahren schwanger werden und das Kind tatsächlich austragen wollte, war nicht vorgesehen gewesen. Dina schaute auf die Uhr. Noch immer blieb eine Dreiviertelstunde Zeit bis zum Untersuchungstermin. Sie bezahlte ihren Kamillentee, drei Euro achtzig, setzte die Maske auf, zog die Jacke an, nahm ihre Tasche von der Stuhllehne, trat auf die Straße, wandte sich nach links, klingelte zwei Häuser weiter an der Praxis von Dr. Henrici. Über dem Anmeldetresen hing eine Plexiglasscheibe von der Decke zum Schutz vor den Viren. Die Sprechstundenhilfe hieß »Schwester Hatiçe«. Sie trug denselben Vornamen wie Emres Mutter, was Dina erst jetzt auffiel, obwohl sie schon öfter mit ihr zu tun gehabt hatte. In diesem Moment kam es ihr wie ein Zeichen vor. – »Ich hatte angerufen, wegen der Schwangerschaft.« – »Frau Telschow?« – »Genau. Ich bin ein bisschen früher.« – »Das macht nichts. Sagen Sie mir doch gerade noch mal, wann Sie zuletzt Ihre Periode hatten.« – Schwester Hatiçe schaute sie weder mitleidig noch skeptisch an, im Gegenteil. Sie fragte auch nicht als Erstes, ob Dina das Kind behalten wolle oder gekommen sei, um über eine Abtreibung zu sprechen. – »Das war am 1. September, aber ich hatte sie davor nicht besonders regelmäßig.« – »Das spielt keine Rolle. Also ziemlich genau vor neun Wochen. Dann sollten wir nachher beim Ultraschall normalerweise schon das kleine Herz schlagen hören. Ich geb Ihnen mal einen Becher für die Urinprobe, wir müssen wegen einer Chlamydien-Infektion schauen, das könnte sonst später zu Komplikationen führen. Wo die Toilette ist, wissen Sie ja.« – Dina erschrak. Zwar war Emre ihr erster Mann gewesen, sie aber nicht seine erste Frau. Wie viele er vor ihr gehabt hatte, wusste sie nicht, es war ihm peinlich gewesen darüber zu reden. – »Ich weiß nicht, ob ich jetzt gleich schon kann.« – »Sie sind ja früh, da haben wir ein bisschen Zeit. Nehmen Sie einfach Platz.« – Dina war verwirrt, wie unspektakulär alles vonstattenging, Wiegen, Blutdruckmessen, aber keine Fragebögen, auch sonst nichts, was Schwester Hatiçe beziehungsweise Dr. Henrici unbedingt wissen musste. Offenbar – natürlich – war eine Schwangerschaft für die Sprechstundenhilfe, den Arzt reine Routine, sie hatten täglich damit zu tun, wohingegen es für sie, wie vermutlich für alle Schwangeren, die das erste Kind erwarteten, die größte Veränderung ihres bisherigen Lebens darstellte. Dina setzte sich ins Wartezimmer. Drei ältere Frauen blätterten Magazine durch. Einem Mädchen, jünger als sie selbst, liefen stumm die Tränen, wurden vom Maskenrand aufgesaugt. Die meisten starrten auf ihre Telefone. Wenn alle, die hiersaßen, vor ihr dran waren, konnte es dauern. Dina spürte in sich hinein, ob es schon Sinn hatte, zur Toilette zu gehen? In zehn Minuten vielleicht. Wie gut, dass sie wenigstens einen Tee getrunken hatte. Sie bekam ein Kind. In ihr wuchs ein neuer Mensch, den es bislang nicht gegeben hatte. Sie ernährte und beschützte ihn. Wenn sie darüber nachsann, war es so unvorstellbar wie der Tod, das endgültige Verschwinden von jemandem, den man liebte – ihrer Mutter, ihrer Schwester oder von Emre. Ihr wurde schwindlig von all den fremden Gedanken. Sie schüttelte reflexhaft den Kopf, zog ebenfalls ihr Smartphone aus der Handtasche.

ELLA: *Was machst du, geht's dir gut?*

MAMA: *Willst du zum Abendessen kommen?*

EMRE: *Sag mir, wann du dran bist, Süße, dann hole ich dich ab. Ich liebe dich!*

Sie öffnete nur Emres Nachricht, antwortete ausschließlich ihm: *Weiß noch nicht, wie lange ich warten muss, ist ziemlich voll hier, ich liebe dich auch!*

Emre lächelte, küsste den Bildschirm, schickte Dina drei verschiedene Emojis: das große rote Herz, den Kussmund mit Herz, drei ums Gesicht kreisende Herzen, startete den Wagen, behielt das Telefon in der Hand, fuhr weiter. Für die nächsten beiden Hausnummern hatte er heute nichts. Er lag gut in der Zeit. Plötzlich ein Schrecken, ihm trat Schweiß auf die Stirn. Was er nicht bedacht hatte: Er durfte Dina nicht im Lieferwagen mitnehmen. Es war streng verboten. In so einer Ausnahmesituation wäre es ihm eigentlich egal gewesen, obwohl er sich sonst immer an alle Vorschriften des Arbeitgebers hielt. Als Türke stand er stärker unter Beobachtung als ein deutscher Fahrer. Auf Ärger, bloß weil er cool rüberkommen wollte, konnte er verzichten. Vor allem durfte er jetzt, wo er Vater wurde, auf keinen Fall seinen Job verlieren, kein Risiko eingehen. In den meisten Ländern der Welt hätte jeder vernünftig denkende Mensch Verständnis dafür gehabt, dass einer seine frisch schwangere Frau – selbst wenn sie im Moment noch nur seine Freundin war –, wenn er sie mit dem Dienstfahrzeug von ihrem ersten Gynäkologen-Termin abholte. Aber Deutschland war anders in dieser Hinsicht. Familie, Kinder standen nicht automatisch über allem. Wenn man in der Türkei wegen solcher Angelegenheiten gegen ein Verbot verstieß, gab es immer Möglichkeiten für Ausnahmen. – »Mein Vater hat Herzprobleme, ich muss ihn ins Krankenhaus bringen.« – »Das ist meine Mutter, sie kann schlecht laufen und ist bei ihrer Schwester zum Tee eingeladen, was soll ich machen?« – Jeder Vorgesetzte, Polizist, Richter würde in so einem Fall ein Auge zudrücken, ihn wahrscheinlich sogar loben, weil er sich gut um seine Eltern kümmerte. Das war auch von Seiten der Religion das Wichtigste: Einmal hatte ein Mann den Propheten gefragt: »Wer hat das größte Recht auf meine Anwesenheit?« – »Deine Mutter.« – »Und dann?« – »Deine Mutter.« – »Und dann?« – »Deine Mutter.« – »Und dann?« – »Dann dein Vater.« – In Deutschland hatten viele andere Sachen einen höheren Stellenwert. Arbeit und Privatleben durften auf keinen Fall vermischt werden, außerdem hatte es mit der Versicherung zu tun. Dina war in seinem Wagen nicht versichert. Falls es zu einem Unfall kam, sie mit dem Kopf gegen die Windschutzscheibe schlug, weil er scharf bremsen musste, oder wenn der Gurt sich so stark in ihren Unterleib schnitt, dass sie das Kind verlor, würde niemand die Kosten für Ärzte, Krankenhausaufenthalte oder was auch immer bezahlt werden musste, übernehmen. Und weil er massiv gegen seinen Arbeitsvertrag verstoßen hatte, würde er seine Stelle verlieren, konnte nicht einmal mehr selbst dafür aufkommen.

Ali Zayed leerte das zweite Glas, dachte, dass er aufstehen und gehen sollte. Zwei Bier waren genug fürs erste Mal. Sein Leben in Deutschland fing ja gerade erst an. Auf den Bildschirmen lief ein Golfturnier, endlose grüne Wiesen, hier und da eine Sandkuhle, Leute, die in kleinen Elektrofahrzeugen herumgefahren wurden, mit einem Metallschläger eine weiße Kugel durch die Gegend schossen, die am Ende in einem Loch versenkt werden musste. Er verstand schon nicht, wie sich jemand stundenlang mit etwas derart Langweiligem beschäftigen konnte, aber weshalb es auch noch im Fernsehen übertragen wurde, war ihm völlig schleierhaft. Rabi'a stand hinter der Theke. Sie las und tippte Nachrichten auf ihrem Handy. Dem Namen nach stammte sie aus einer islamischen Familie, aber sie bedeckte ihr Haar nicht, arbeitete in einem Restaurant, wo Alkohol ausgeschenkt und neben Burgern auch Spareribs serviert wurden. In Deutschland – für Deutsche – was das normal, aber wie fühlte sie sich, wenn sie die ganze Zeit über etwas tat, was verboten war, damit sogar ihren Lebensunterhalt verdiente? Er dachte an Hamza Imran, der ebenfalls in einem Lokal arbeitete, wo es Alkohol gab, allerdings war es ein Unterschied, ob es sich um einen Mann oder um eine Frau handelte. Unverheiratete Männer, wie zum Beispiel sein ältester Bruder Mustafa, hatten manchmal wilde Zeiten, in denen sie sich nicht so genau an die religiöse Vorschriften hielten. Ali Zayed kannte trotzdem niemanden, der Schweinefleisch gegessen hätte. Wieder wählte er die Nummer von Hamza Imran und diesmal nahm tatsächlich jemand ab: »Salam aleykum.« – Hamza Imrans Stimme klang mürrisch. Weder begrüßte er ihn mit Namen, noch fragte er, wie es ihm ging. Nichts von alledem, mit dem man normalerweise ein Telefongespräch begann, kam ihm über die Lippen. – »Aleykum salam, mein Bruder, wie geht es dir?«, sagte Ali Zayed. – »Alhamdulillah« – »Ich habe es geschafft, ich bin in Deutschland, in Berlin, wo steckst du die ganze Zeit?« – »Viel zu tun, Arbeit, Familie.« – »Hauptsache, jetzt habe ich dich erwischt, wo kann ich dich treffen?« – »Im Moment schlecht. Ich bin unterwegs. Nachher, sagen wir gegen sechs, halb sieben. Du kannst in *Aladins Shisha-Lounge* kommen, ich schicke dir die Adresse.« – »Ich danke Dir, Bruder …« – Hamza Imran hatte schon aufgelegt. Im nächsten Moment leuchtete auf Ali Zayeds Telefon die WhatsApp-Nachricht mit der Google-Maps-Karte auf.

Prof. Bernburger twitterte: *WELTÄRZTEPRÄSIDENT HAT RECHT, WENN ER VON TYRANNEI DER UNGEIMPFTEN SPRICHT!*, während sein Fahrer den Dienstwagen an den Gebäuden der Charité vorbeisteuerte. Prof. Bernburger war weder sentimental noch übermäßig stolz auf Deutschland, trotzdem fiel ihm jedes Mal, wenn er diese Strecke fuhr, ein, dass hier Robert Koch die Erreger für Tuberkulose und Milzbrand entdeckt hatte – Meilensteine in der Geschichte der modernen Medizin. Hundertvierzig Jahre später war in diesen Laboren von Prof. Garbsen der allererste Diagnostiktest für das Corona-Virus entwickelt worden. Die Charité war eines der führenden medizinischen Institute weltweit, wobei Prof. Bernburger Prof. Garbsens mediale Omnipräsenz mittlerweile übertrieben fand. Garbsen war eine Mischung aus Priester und Popstar. Seine ruhige sachliche Art flößte den Leuten Vertrauen ein. Wenn er lächelte, schöpften sie Hoffnung, dass alles doch noch zu einem guten Ende käme. Damit war er in der Szene der Irrationalisten, Querdenker, Verschwörungsgläubigen zur Hassfigur geworden. Er benötigte rund um die Uhr Personenschutz, wie ein Politiker oder Wirtschaftsführer während der Hochphase des RAF-Terrors. Prof. Bernburger überlegte, dass es gut wäre, zeitnah zusammen mit Garbsen eine Pressekonferenz anzuberaumen. Wenn sie beide als prominenteste Gesichter der Pandemiebekämpfung gemeinsam aufträten, würde es noch einmal seinen eigenen Anspruch auf das Gesundheitsministerium bekräftigen. Wissenschaft und Politik gingen Hand in Hand! Prof. Bernburger setzte einen weiteren Tweet ab: *WIR BRAUCHEN SCHNELLSTENS 2G, DAMIT DIE IMPFQUOTE STEIGT!* – Er warf einen Blick auf seinen Sohn, Felix, der auf der anderen Seite der Rückbank kauerte und schlief oder zumindest so tat. Sie hatten ihn um sieben Uhr in Bonn eingeladen. Er war ungewaschen und düster gewesen, hatte mit Mühe ein »Hallo« herausgebracht, sich in die Ecke gequetscht und die Augen geschlossen. Prof. Bernburger hatte übers Wochenende seinen Wahlkreis im Rheinland besucht, um sich Rückendeckung bei den dortigen Parteifreunden zu holen. Seine Arbeit im bisherigen Verlauf der Pandemie war bei der Bundestagswahl mit dem besten Ergebnis seiner Karriere belohnt worden, fast 51 Prozent der Erststimmen, in absoluten Zahlen 81 000, dazu immerhin 36 Prozent der Zweitstimmen. Damit hatte er deutlich über dem Bundesergebnis seiner Partei gelegen. Schon vor der Wahl waren die Umfragen eindeutig gewesen: Die Leute wollten ihn in einer wichtigeren Rolle. Jetzt, nachdem die Sozialdemokraten entgegen aller Vorhersagen gewonnen hatten, bedeutete das: Sie wollten ihn als Gesundheitsminister. In Kürze, vermutlich schon in wenigen Tagen, musste sich jemand hinstellen und schlüssig begründen, warum trotz der Impfkampagne, trotz aller gegenteiligen Versicherungen seitens der Koalitionspartner vor einer Woche, erneut drastische Beschränkungen, Einschnitte, Härten notwendig wurden, um die nächste Welle zu brechen. Gerade im Hinblick auf Kindergärten und Schulen, aber auch in Sachen Freizeit, Kultur, Unterhaltungsangebot war die Geduld bei vielen im Land erschöpft. Wenn die Menschen den Glauben an die Politik nicht gänzlich verlieren sollten, brauchte es jemanden in vorderster Front, der in der Bevölkerung uneingeschränktes Vertrauen genoss. Umso weniger verstand er, weshalb der künftige Bundeskanzler noch immer zögerte, ihm das Amt anzutragen, ganz gleich welche Interessen die Verhandlungsführer der beiden anderen Parteien geltend machten. Fast alle Ressorts waren inzwischen verteilt. In der Presse wurde bereits über ein Zerwürfnis spekuliert, denn was die Kompetenz im Bereich der Pandemiebekämpfung anlangte, die zweifellos noch mindestens die erste Hälfte der Legislaturperiode beherrschen würde, saß niemand im Bundestag, der es auch nur annähernd mit Prof. Bernburger aufnehmen konnte. Da durfte seine Nominierung doch nicht daran scheitern, dass er parteiintern keine Seilschaften hinter sich versammelt, sich aus den Flügelkämpfen herausgehalten hatte. Weder verdankte er seine Karriere einem der Granden im Hintergrund, noch war ihm eine der aktuellen Führungsfiguren wegen früherer Dienste verpflichtet. Seine Position beruhte ausschließlich auf Expertise und unablässiger harter Arbeit. Trotzdem hätte er gern gewusst, wer von seinen sogenannten Parteifreunden vergangene Woche die Presse auf ein fünf Jahre altes Zitat seiner geschiedenen Frau hingewiesen hatte: »Rolf Bernburger ist ein zwangsneurotischer Technokrat, für die Patienten kann man nur froh sein, dass er nicht Arzt geworden ist, aber als Minister wäre er der Super-GAU.« – Zum Glück war lediglich ein kleiner Teil der Journalisten darauf angesprungen. Den Anthroposophen unter den Medizinern, zu deren prominentesten Figuren seine Ex-Frau, Prof. Dr. Anke Frenkel, gehörte, blies gerade scharfer Wind ins Gesicht. Niemand in der seriöseren Hauptstadtpresse wollte in Verdacht geraten, mit antiaufklärerischen, pseudowissenschaftlichen Gruppierungen zu sympathisieren. Zum Glück. Prof. Bernburger schüttelte den Kopf, während sein Blick erneut auf seinen schlafenden Sohn fiel. Er sah seiner Mutter ähnlicher als ihm, das sagten alle. Obwohl das Semester bereits vor fünf Wochen begonnen hatte, wollte er jetzt, mitten in der Woche, Schulfreunde in Berlin besuchen. – »Läuft sowieso alles online, kann ich mir auch bei dir am Wohnzimmertisch angucken, du bist ja eh nicht da.« – Wenn sie eine normale Vater-Sohn-Beziehung gehabt hätten, hätte Prof. Bernburger ihm einen Vortrag über fehlende Ambitionen, Verantwortung der eigenen Begabung gegenüber gehalten, aber ihrer beider Verhältnis war seit der Scheidung von Anke vor vierzehn Jahren angespannt. Die Pandemie hatte alles noch schwieriger gemacht. Felix stand offen auf Seiten seiner Mutter, deren Abgleiten in Esoterik und Hokuspokus damals einer, wenn nicht der Hauptgrund für die Zerrüttung ihrer Ehe gewesen war. Dabei hatte alles ganz harmlos angefangen. Während des Studiums waren sie beide durchaus offen für alternative Heilverfahren gewesen, hatten über ganzheitliche Ansätze nachgedacht, sich für ethnomedizinische Forschung interessiert. Gerade Letztere hatte ja hier und da durchaus pharmakologische Neuentdeckungen auf den Weg gebracht. Damals, Anfang der 1980er-Jahre, als die New-Age-Bewegung die Diskurse bestimmte, schickten alle Hochschulen, die es sich leisten konnten, Wissenschaftler in den Dschungel, um die Heilpflanzen der indigenen Völker zu sammeln. Doch nachdem Anke eine Fortbildung in der Schweiz bei einem Enkel oder Urenkel des Müsli-Birchers gemacht hatte, war sie innerhalb kürzester Zeit zur Fanatikerin mutiert, hatte mit Biotensoren, Pendeln, Apparaten für Erdakkupunktur experimentiert, vermittels derer sich angeblich alle Arten negativer Energieströme, Wasseradern, Magnetfelder erst aufspüren, dann neutralisieren ließen. Nachdem er schließlich ausgezogen war, hatte sie die Kinder regelmäßig zu Geistheiler-Workshops, Wünschelruten-Seminaren, Schamanismus-Kursen geschleppt. Felix war nach dem Abitur eine Zeitlang im Reservat eines nordamerikanischen Indianerstammes gewesen, um bei einem berühmten Medizinmann auf *Visionssuche* zu gehen, doch offenbar hatten sie ihn bald wieder fortgejagt. Dementsprechend überrascht und froh war Prof. Bernburger gewesen, als Felix ihn am Sonntag gefragt hatte, ob er mit ihm nach Berlin fahren, ein paar Tage bei ihm wohnen könne. Vielleicht hatte Felix ihr Verhältnis überdacht, wollte es auf eine neue Basis stellen, sei es, weil er endlich erwachsen wurde oder weil er sich selbstständig informiert hatte, wie bedrohlich das Virus wirklich war, statt das Geschwätz seiner Mutter nachzubeten. Leider würde Prof. Bernburger nicht viel Zeit haben. Trotzdem hatte er sich vorgenommen, das eine oder andere ruhige Gespräch bei einer Flasche Wein mit seinem Sohn zu führen. Im Grunde kannten sie sich kaum. Die wenigen Wochenenden, die sie in den vergangenen Jahren zusammen verbracht hatten, waren immer von Arbeit überschattet gewesen, selbst die Versuche, als Felix dreizehn, vierzehn, fünfzehn gewesen war, gemeinsam Urlaub in den Bergen zu machen, hatten die Entfremdung eher verschärft. Felix war die gesamte Zeit über mit seinem Handy beschäftigt gewesen, hatte Spielchen gespielt, Videoclips angeschaut, mit Freunden Nachrichten ausgetauscht, statt mit seinem Vater zu reden. Das Einzige, wofür Felix sich gelegentlich gewinnen ließ, waren ein paar Runden an dem *Leonardt*-Turnierkickertisch, den Prof. Bernburger im Wohnzimmer stehen hatte.

Monsieur Entremont hatte gut gegessen, Wiener Schnitzel mit Kartoffel- und Gurkensalat, dazu zwei Gläser sehr dünnen deutschen Rotwein getrunken, obwohl Dr. Nüßlein alles darangesetzt hatte, ihn von einem Riesling aus dem Rheingau zu überzeugen. Von Riesling, von Weißwein überhaupt, bekam er Sodbrennen, ganz gleich, ob die Flasche aus dem Rheingau, dem Elsass oder Burgund stammte. Er war froh, für ein paar Stunden seine Ruhe zu haben, ehe er einer Journalistin der *Hauptstadtzeitung* unten im Foyer ein Interview geben sollte. Angeblich sprach sie fließend Französisch, hoffentlich sah sie auch gut aus. Monsieur Entremont warf seinen Parka über einen der grün-beige-rot gestreiften Polstersessel, ließ sich aufs Bett fallen. Dr. Nüßlein hatte ihm ein Zimmer im *Kempinski* gebucht, unmittelbar neben der *Akademie der Künste*, so dass er zur Preisverleihung nur wenige Schritte gehen musste. Sein Zimmer war in Ordnung – weniger spektakulär als Name und Geschichte des Hauses es hätten erwarten lassen. Das Bett aus dunkelrotem Mahagoni wurde von einem Baldachin beschirmt, um die Märchenträume dümmlicher Provinzbräute wahr werden zu lassen, die hier ihre Hochzeitsnächte verbrachten. Das Design von Kommode, Tisch und Lampen imitierte amerikanisches Art déco, der dunkelblaue Teppich mit dem Drachenmotiv in der Mitte war vermutlich in China geknüpft worden. Konfektionierter Reiche-Leute-Chic, wie man ihn überall auf der Welt fand. Monsieur Entremont interessierte sich nicht für diese Art Luxus. Als Dr. Nüßlein ihn gefragt hatte, ob er mit einer Übernachtung im *Kempinski* einverstanden sei, war er davon ausgegangen, dass es dort Raucherzimmer gab. Die Möglichkeit, ein Raucherzimmer zu beziehen, war aus seiner Sicht das einzige relevante Unterscheidungskriterium für Hotels. Doch beim Einchecken hatte sich herausgestellt, dass es sich um ein reines Nichtraucherhotel handelte. Er musste sogar eine Erklärung unterschreiben, dass er über das Sonderreinigungsentgelt in Höhe von fünfhundert Euro informiert worden sei, das im Falle eines Verstoßes gegen das Rauchverbot erhoben wurde. Er überlegte, ob er trotzdem rauchen sollte? Wenn die Putzfrau morgen, nachdem er abgereist war, den Geruch von kaltem Rauch erschnupperte und an die Rezeption meldete, damit die Strafzahlung erhoben werden konnte, müssten Nüßlein und seine Gesellschaft eben dafür aufkommen. Sie würden ihm kaum das Preisgeld kürzen. Und wenn schon. Fünfhundert Euro mehr oder weniger spielten keine Rolle. Sein neuer Roman hatte allein in Frankreich eine Startauflage von 150000 Exemplaren. Allerdings gab es bestimmt einen Rauchmelder im Zimmer – vorgeblich aus Brandschutzgründen, de facto zur Beweissicherung. Monsieur Entremont richtete sich auf, sah gleich die kleine runde Sonde, die über dem Baldachin an die Decke montiert war und an ein Ufo erinnerte. Vermutlich war das Ding so eingestellt, dass es schon nach wenigen Zügen ein schrilles Heulen ausstieß. Binnen zwei Minuten stünde irgendein Trottel vor der Tür, würde den Alarm ausschalten und ihn ein Schuldeingeständnis samt Rechnung unterschreiben lassen. Um den Rauch einer einzigen Zigarette zu inhalieren, müsste er wahrscheinlich drei bis vier Anläufe nehmen, jeder würde gesondert kassiert. Parafaschistische Gesundheitsfanatiker hatten in der gesamten westlichen Hemisphäre die Herrschaft über das Leben an sich gerissen. Es war sinnlos, dagegen anzukämpfen, vor allem, wenn man einfach in Ruhe rauchen wollte, diese kleinen Momente intimen Todesgedenkens genießen, erleiden – *meditatio mortis*, wie die stoischen Philosophen es genannt hatten. Monsieur Entremont trat ans Fenster, das bis zum Boden reichte, aber nicht auf einen Balkon führte. Es ließ lediglich einen halben Fußbreit Freiheit, dann folgte ein schmiedeeisernes Gitter. Er konnte versuchen, sich hinauszulehnen wie ein Pennäler im Landschulheim, und den Rauch so kraftvoll wie möglich zur Seite blasen. Von unten würden Passanten, Touristen, andere Hotelgäste heraufschauen, Fotos machen, nicht weil sie ihn, den weltbekannten Schriftsteller, Bernard Entremont, erkannt hätten, sondern wegen der Lächerlichkeit seines Anblicks. Früher oder später käme ein militanter Nichtraucher vorbei, der nichts Besseres zu tun hätte, als den Pagen vor der Tür, dem Mädchen an der Rezeption Meldung zu machen, dass dort oben im dritten Stock, soundsovieltes Zimmer von rechts, ein Mann stehe und das Rauchverbot missachte, was doch sicher eine Beeinträchtigung, wenn nicht sogar eine Gefährdung der übrigen Gäste darstelle. Monsieur Entremont öffnete das Fenster, streckte seine Hand hinaus. Die Luft war angenehm für Anfang November, regelrecht lau. Wenn der Klimawandel zur Folge hatte, dass Nordeuropa mediterran wurde, sollte es ihm recht sein. Unmittelbar an den Pariser Platz schloss sich der Boulevard Unter den Linden an. Er erinnerte sich, dass es dort Straßencafés gab, die Pariser Straßencafés nachahmten, nicht besonders gut, genau genommen sogar auf eine ganz und gar abscheuliche Weise, ein gelackter Paris-Ersatz für amerikanische Touristen, denen das echte alte Europa zu abgeranzt, zu unhygienisch, zu unspektakulär war, aber man konnte draußen sitzen, schlechten Wein trinken, rauchen und sich vorstellen, wie Hitler hier im offenen Mercedes mit weithin leuchtendem Stern auf dem Kühler von den Volksmassen bejubelt worden war.

Felix hatte sein Gepäck in der Wohnung des Vaters abgestellt, der Vater hatte ihm hastig einen Schlüssel in die Hand gedrückt, ihm Handtücher und die Kaffeemaschine gezeigt, war aus der Tür gestürzt, die Treppen hinunter zum Wagen gerannt, der nächste, der übernächste – hundert Termine warteten auf ihn, er war krank, besessen, ein Fanatiker, zerfressen von Angst, Eifer, Wahn, als hielten eiserne Hände seine Brust umschlossen, pressten die Lebensgeister aus ihm heraus, Tag für Tag, Nacht für Nacht. Es war ein erbärmlicher Zustand, in den sein Vater sich selbst manövriert hatte, vermutlich war er nicht mehr zu retten. Felix verließ jetzt ebenfalls Hals über Kopf die Wohnung, weil er es hier oben einfach nicht aushielt. Er fragte sich, weshalb die Leute den Irrsinn im Blick, in jeder Geste des berühmten und beliebten Gesundheitsexperten Prof. Dr. Rolf Bernburger nicht sahen, wenn dieser Interviews, Erklärungen, Kommentare abgab, seine unzähligen Talkshow-Auftritte absolvierte. Alles an seinem Vater verströmte die zerstörerische Energie eines kranken Geistes. Sick, sick, sick. Er hatte sich trotzdem entschlossen, sich mit ihm zu treffen, so etwas wie eine Aussöhnung zu versuchen, nicht wegen des Vaters, sondern weil der schwelende Konflikt ihm selbst nicht guttat. Wobei er streng genommen gar nicht mit seinem Vater zerstritten war, ein Zerwürfnis im eigentlichen Sinne hatte es nie gegeben, sie lebten einfach in vollkommen verschiedenen Welten, zwischen denen es keine Verbindungstür gab. Felix trat auf die Straße, die Sonne schien. Eine Mutter mit schwarzer FFP2-Maske über Mund und Nase schob einen doppelstöckigen Kinderwagen, passierte den Eingang: Oben saß ein Junge, höchstens ein Jahr alt, der eine Marienkäfermütze trug, unten lag ein kleines Mädchen und schlief. Felix wollte schreien, laut schreien, hielt aber den Impuls zurück, dachte: Liebe, es musste doch noch Liebe geben in den Herzen der Menschen, echte, elementare Gefühle, die sich nicht hinter Masken und Angst verschanzt hatten, deeper instincts, true mindfulness, mother's love. Die Leute konnten doch nicht so vollständig abgestumpft sein, dass selbst ihr Unterbewusstsein keine Reaktion auf den öffentlichen Wahnsinn mehr zeigte. Wo sollte das alles enden, wenn schon die jungen Mütter vor den eigenen Kindern ihr Gesicht versteckten? Wie sollten diese Kinder lernen, was ein Lächeln war, wie die Beruhigung, die von den Zügen der Mutter ausging, erfahren? Härte, Kälte, Vereinzelung waren die Folge: no mercy. Hinter den Masken erstarb jede Regung. Begegnung, Freude, Lachen wurden im Keim erstickt, niemand sollte mehr Ehrlichkeit von Lüge, Offenheit von Falschheit unterscheiden können. Das totale Misstrauen aller gegen alle war das Ziel, und während die Menschen einander nur noch als tödliche Bedrohung, Ansteckungsgefahr, Virenüberträger sahen, verschaffte sich der Staat durch die Impfkampagne die totale Herrschaft über jede einzelne Körperzelle. Mit Hilfe der gleichgeschalteten DNA ließen sich über die semipermeable Membran der Leib-Geist-Schranke die Seelen versklaven, bis sie jeden Widerstand aufgaben, ohne zu merken, dass sie aufgegeben hatten, gehorsam ausführten, dachten, glaubten, fühlten, was ihnen eingeflüstert, versprochen, befohlen wurde. *The stupidity of the chicken.* IHR SEID NICHTS ALS HOCHKOMPLEXE MATERIE, UND EUER ZIEL IST DER IMMERWÄHRENDE KONSUM – UNENDLICHER SPASS! Dabei war der Mensch doch dazu bestimmt, Mittler zu sein zwischen Engel und Tier, zwischen den Mächten des Himmels und den Kräften der Natur. Er war der Träger des universellen Bewusstseins, Hüter des spirituellen Wissens, Gefäß des Göttlichen Lichts. Die sogenannte Corona-Pandemie war von einer global operierenden Junta hinter den Pseudoregierungen im Osten wie im Westen, in China, den USA, Europa und Russland entwickelt und verbreitet worden, damit die Angst grenzenlos wurde. Leute in Angst ließen sich lenken wie Schafe, die zur Schlachtbank geführt wurden. Am Ende dieses Prozesses bliebe nichts übrig von dem, was den Menschen zum Menschen machte. Felix bog nach links, überquerte die große Kreuzung. Er wusste nicht, wohin er ging, hatte kein Ziel, seine Füße bewegten sich vorwärts, ein Nervenimpuls, ein unterbewusster Drang: Sein innerer Kompass würde ihn leiten, ihn dorthin führen, wo er jetzt, in diesem einen einmaligen Moment, seine Bestimmung erfüllte. Es gab keine Zufälle. Eine Gruppe Schüler kam ihm entgegen, offenbar war der Unterricht beendet, Opfer auch sie, indoktriniert, manipuliert, versklavt. Er ging zügig. Er schwitzte. Die Straße führte auf einen Park zu. Er sah Spielplatzgeräte, eine große Schaukel, in der vier Jugendliche hingen, ein Mädchen, drei Jungs, vielleicht siebzehn, achtzehn, gerade erwachsen geworden. Sie bildeten ein Knäuel aus Armen und Beinen, reichten eine Zigarette, einen Joint reihum. Rauch stieg auf. Der süße Duft von Gras wehte ihm in die Nase. Felix ahnte Widerstandsgeist, spürte, dass ihre Aura angegriffen, aber ihr Geist noch nicht zerstört war. Diese Menschen wehrten sich, obwohl sie es vermutlich gar nicht wussten. Sie brauchten Unterstützung – seine Unterstützung. Felix ging auf sie zu, blieb in zwei Metern Abstand vor der Schaukel stehen, sagte: »Hey.« – Vier Paar Augen wandten sich ihm zu, schauten ihn an. – »Ist was?«, fragte das Mädchen. Felix lächelte: »Ihr seht aus wie freie Individuen, so was findet man selten heutzutage.« – Einer der Jungs, der halblange dunkelblonde Locken trug, sagte: »Was willst du? Schickt dich jemand? Von der Schule oder so?« – »Nein, ich gehöre zu niemandem. I am a free spirit: Felix. Und ihr?« – »Mascha.« – »Joost.« – »Wieso willst du das wissen?« – »Wir *sind* unsere Namen.« – »Wenn ich mein Name bin, warum soll ich ihn dir dann sagen? Ich kenn dich doch gar nicht.« – »Damit wir uns kennenlernen können.« – »Ah, cool.« – »Wir müssen uns zusammentun. Gemeinschaften von Gleichgesinnten bilden, wenn wir nicht untergehen wollen. Versteht ihr, was ich meine?« – Mascha und Joost sahen sich an, Noah schüttelte den Kopf. – »Wir werden von allen Seiten eingekreist, in unserer Substanz bedroht.« – »Ist ja crazy. Und wer sagt das?« – »Ich hab eine Zeitlang bei einem Mann des Wissens gelebt und von ihm gelernt.« – »Und was wusste der so, der *Mann des Wissens*?« – »Er hatte das alte heilige Wissen, wie es in seinem Volk über Jahrtausende weitergegeben wurde. Lakota, Sioux. Schon mal gehört? Die Erde wird sich reinigen, hat er gesagt.« – »Ist der irre?«, fragte Joost. – »Keine Ahnung«, sagte Snoops. – »Die Welt, so wie wir sie kennen, hat keine Zukunft: Immer mehr besitzen wollen, größere Häuser, schnellere Autos, teurere Klamotten, fast, fast, fast, big, big, big ... – das geht alles nur, weil wir die Natur ausbeuten, die Erde immer weiter zerstören – weil wir unsere Seelen verkaufen.« – »Safe. Ich mein, das weiß man ja. Aber was schlägt der Typ vor?«, fragte Mascha. Noah trat den Joint aus, kicherte leise. – »Wir müssen zum wahren Menschsein zurückkehren, lernen, dass es nicht darauf ankommt, wie viel Kohle oder wie viele Follower du hast, wir müssen finally raus aus der Matrix, in die uns die Herrschenden gesperrt haben, aus der Totalillusion. I mean: Wie viele Stunden Netflix guckt ihr am Tag, wie viele Stunden zockt ihr? Habt ihr mal ausgerechnet, also wenn ihr das alles zusammennehmt, wie viel Lebenszeit ihr in virtual reality verbringt? Das ist genau so geplant von den Eliten im Hintergrund, also von denen, die wirklich die Macht haben ... Nicht die Pappfiguren, die im Bundestag sitzen, für die wir alle vier Jahre ein Kreuzchen machen – gut, ich nicht mehr, ich bin raus, es ist sowieso egal, weil sie alle vom selben Zentrum aus gesteuert werden. Glaubt mir, ich weiß, wovon ich rede, mein Vater ist einer von denen.« – »Er spinnt«, sagte Snoops. – »Und wer ist dein Vater?«, fragte Mascha. – »Ihr habt ihn bestimmt im Fernsehen gesehen, er steht quasi dauernd vor irgend 'ner Kamera.« – »Ok, wie heißt er? Müssen wir ja wissen.« – »Professor Bernburger.« – »Das ist der Gesundheitsfuzzi in den komischen karierten Anzügen, oder?« – »Genau.« – »Und der ist dein Vater.« – »Ja. Leider.« – »Wieso sollen wir das glauben?« – »Warum sollte ich euch Scheiße erzählen?« – »Leute erzählen den ganzen Tag Scheiße. Ist normal, oder? Hast du doch gerade selbst gesagt: dass wir verarscht werden.« – »Ich kann euch seine Wohnung zeigen. Da stehen Personenschützer auf der Straße.« – »Was beweist das?« – »Ich kann den Personenschützern sagen, dass ihr meine Freunde seid und dass es in Ordnung ist, wenn ich euch mit raufnehme.« – Mascha sah Leon an, dann Snoops, dann Joost. – »Und?« – »Wir können zum Beispiel kickern. Mein Vater hat einen Wettkampftisch, echt geiles Teil – das Beste an ihm.« – Snoops hielt Mascha sein Handy hin: »Zumindest das scheint zu stimmen, guck: PROFESSOR BERNBURGER LIEBT TISCHFUSSBALL UND DER SCHAUSPIELER GERD HAGEN WILKE IST SEIN LIEBLINGSGEGNER.« – »Genau. Sag ich doch. Wir können uns nachher bei mir vor der Haustür treffen. Sagen wir gegen neun, Rathenow-Straße 18.«

Das Burger-Restaurant war jetzt gut gefüllt, hauptsächlich mit Leuten, die aus dem Bahnhof kamen, einzelne Männer, Geschäftsleute, jüngere Paare, wenige mit kleinen Kindern, die Hunger hatten, quengelten, schrien, heulten. Ali Zayed wunderte sich, wie viele Menschen sich allein in ein Restaurant setzten, aßen und tranken, dass überhaupt keine vielköpfigen Familien zum Essen gingen, nirgends Onkel, Tanten, Großeltern mit am Tisch saßen. Er sah nur ein einziges Paar, das mehr als ein Kind hatte, und dieses Paar schien arabischer oder persischer Herkunft zu sein, jedenfalls waren alle vier schwarzhaarig, hatten auch nicht die Züge von Europäern. Zu Hause wurde erzählt, die Deutschen bräuchten deshalb so viele Arbeitskräfte aus anderen Ländern, weil sie kaum noch Kinder bekämen, das liege zum einen daran, weil die Frauen arbeiten und ihr eigenes Geld verdienen wollten, zum anderen, weil es hier so viele Schwule gab. Sein Bruder hatte sogar behauptet, die Deutschen – die Leute im Westen insgesamt – hätten lieber Hunde als Kinder, sie gäben genauso viel Geld für Hundesofas, Hundekleidung, Hundeschmuck, Hundemedizin aus wie reiche Afghanen für ihre Söhne und Töchter. Allerdings wurde immer viel Unsinn über die Lebensweisen in fremden Ländern erzählt, selbst über die anderen Stämme in seinem eigenen Land gab es komische Gerüchte. Neulich hatte ihm jemand erzählt, die Hazara wären gar keine Gläubigen, sondern würden, wie ihre mongolischen Vorfahren, noch immer heimlich Buddha anbeten, deshalb dürfe man sie töten. Ali Zayed wollte sich Deutschland mit eigenen Augen anschauen, sich erst dann ein Urteil bilden. Sein Blick folgte Rabi'a, die alle Hände voll zu tun hatte, ebenso geschickt wie schnell Tabletts mit Getränken, Teller mit Burgern, Pommes frites, Salat an die Tische trug. Immerhin stand jetzt ein Mann hinter der Theke, der Bier zapfte, Wein, Cola, Sprudelwasser ausschenkte. Ali Zayed wollte gehen und nicht gehen, wenigstens noch zwei, drei Sätze mit ihr wechseln, sie fragen, ob er sie vielleicht wiedersehen könnte, hatte abwechselnd Mut und keinen Mut, schob seinen Aufbruch wieder und wieder hinaus. Er schaute erneut auf sein Telefon. Google Maps zeigte mehrere Wege zu *Aladins Shisha-Lounge*, die alle etwa gleich lang dauerten. Die Erleichterung, es nach Berlin geschafft zu haben, wo er sicher war, wo ein Mensch eine Zukunft hatte, ein freies Leben führen konnte, wechselte sich mit Angst ab. Es war das erste Mal, dass er vollkommen allein in einer fremden Stadt in einem fremden Land war, ohne das weitverzweigte Familiennetz, das zu Hause in nahezu jeden Winkel seiner Provinz, wenn nicht des ganzen Landes reichte. Egal, wohin er fuhr, es fand sich immer ein entfernter Verwandter, der einem ein Bett gab, mit seinen eigenen wiederum unendlich weit reichenden Kontakten behilflich sein konnte, das Problem zu lösen, dessentwegen man gekommen war. Hier kannte er lediglich Hamza Imran. Ali Zayed hatte nicht erst seit dem kühlen Telefonat vorhin den Eindruck, dass sich dessen Freude über seine Ankunft in Grenzen hielt. Er winkte Rabi'a zu sich, sie kam heran, fragte: »One more?« – »No, the check please.« – Sie gab dem Kollegen hinter der Theke Bescheid, dass er ihr einen Beleg ausdruckte, war schon wieder zurück: »Thirtyfive Euro and seventy cents«, sagte sie, legte ihm den Zettel hin. Das war eine Menge Geld. Andererseits auch nicht viel, wenn er es mit den dreißig, vierzig, fünfzig Dollar verglich, die er in Weißrussland, in Polen für schlechtes Brot, saure Gurken, ölige Fischkonserven, Corned-Beef-Dosen, warme Cola bezahlt hatte. Er legte ihr einen Fünfziger hin, überlegte, während sie das Rückgeld zählte, ob und wie viel Tip er ihr geben sollte. – »And fourteen thirty back.« – Er schob die Münzen in ihre Richtung, fasste sich ein Herz: »Your name, Rabi'a, it's an islamic name. There is a famous saint woman, Rabi'a from Basra.« – »My family is Turkish.« – »We can meet again, I invite you for ...« – »No, sorry.« – »But ...« – »I am engaged.« – Sie drehte sich um, war schon auf dem Weg zur Durchreiche, um die nächsten Teller mit Burgern zu holen, lief durch seinen Blick hindurch, ohne ihn noch einmal anzusehen, geschweige denn zu lächeln. Ali Zayed runzelte die Stirn, zuckte mit den

Achseln. Es wäre schön gewesen, gleich am ersten Morgen eine Frau kennenzulernen, die sich hier auskannte, halb deutsch, halb türkisch. Einerseits. Andererseits: Was sollte er mit einer Frau, die sich vom erstbesten wildfremden Mann einladen ließ? Er konnte wiederkommen morgen, übermorgen, nächste Woche, in einem Monat, bis sie sah, dass er es ernst meinte, und eines Tages würde sie den Blick senken, leicht erröten, kichern, vorschlagen, dass er ihre Eltern kennenlernte. Wobei: Eigentlich hätte er doch lieber eine von den ganz hellen deutschen Frauen.

Emre hatte für heute fast alles ausgeliefert, nur die Pakete, deren Empfänger nicht zu Hause waren und bei denen sich kein Nachbar bereit erklärt hatte, sie anzunehmen, lagen noch im Wagen. Er würde sie zum Spätkauf bringen, dort ausbuchen, zum Zentrallager fahren, in seinen Seat Ibiza umsteigen, sich auf den Weg nach Hause machen. Er wartete auf Nachricht von Dina. Das konnte dauern. Wartezimmer waren oft voll, und wenn man kurzfristig einen Termin bekommen hatte, musste man sich hinten anstellen. Trotzdem wurde er allmählich unruhig. Heute Morgen, als er aus dem Haus gegangen war, hatte er sich alles noch ganz einfach vorgestellt: Der Arzt würde Dina untersuchen, letzte Zweifel, dass sie schwanger war, ausräumen, abklären, was sich eben zu diesem frühen Zeitpunkt schon abklären ließe. Bestimmt wäre alles in Ordnung. Dina ging es gut, weder litt sie unter Kreislaufproblemen, noch kotzte sie, hatte auch kein unbändiges Verlangen nach sauren Gurken, eingelegten Heringen oder was immer schwangere Frauen unbedingt essen mussten. Obwohl Dina erst achtzehn war, hatte sie nicht schockiert gewirkt oder zu weinen begonnen, als der erste Test positiv ausgefallen war, sondern seltsam erstaunt gelächelt, langsam den Kopf geschüttelt. – »Das ist eigentlich schön, oder?«, hatte sie gesagt, halb zu ihm, halb zu sich selbst. – »Alhamdulillah, das ist hammermäßig.« – »Du freust dich auch, Emre, oder? Du möchtest eine Familie mit mir, ganz normal, eine, wie du sie auch hast? Bitte sag es ehrlich.« – »In sha Allah werden wir eine Familie, so wie es sein soll.« – Dann hatten sie lange Arm in Arm auf dem Bett gelegen, sich verschiedene Arten Zukunft ausgemalt. – »Wo möchtest du leben, Dina?« – »Ich weiß nicht, ich stelle mir vor, wir wohnen alle zusammen in einem großen Haus, deine Familie, meine Mutter, vielleicht meine Oma, du und ich.« – »Es wäre vielleicht auch schön, in Anatolien auf dem Land zu sein, mit Tieren und großem Garten, wir bauen unsere eigenen Tomaten, Auberginen, Gurken an.« – »Oder wir ziehen ans Meer. Ich würde gern am Meer wohnen.« – »In der Türkei haben wir das beste Meer, das du dir überhaupt vorstellen kannst, blau wie der Türkis von meinem Ring, noch blauer. Dort gibt es Verwandte von meinem Vater, die uns helfen können, wenn wir ein Haus suchen.« – Emre hatte sie noch immer nicht gefragt, ob sie ihn heiraten würde, islamisch zuerst, dann vor dem deutschen Standesamt, damit es in finanziellen Angelegenheiten, aber auch mit Vaterschaftsanerkennung, gemeinsamer Verantwortung für ihr Kind keine Probleme gäbe. Er musste dringend mit Sheikh Mohammed Ibrahim sprechen, wie sich möglichst bald eine Nikah-Zeremonie organisieren ließe, aber auch so, dass seine Familie zufrieden wäre. Wenn sie es schnell genug schafften, innerhalb von ein, zwei Wochen, würde niemand merken, dass Dina schon schwanger gewesen war, als sie geheiratet hatten. Das wäre zwar nicht zwingend notwendig, denn natürlich gab es in der türkischen Community Sex zwischen Leuten, die nicht verheiratet waren, und natürlich wurde oft abgetrieben – er wusste es von mindestens zwei Mädchen –, weil sonst große Aufregung drohte. Aber wenn man Nikah machte, sprach anschließend meistens keiner mehr darüber. Solange der Mann beziehungsweise künftige Vater Türke war und seine Freundin die Deutsche, stellte es sowieso fast nie ein Problem dar. Erst wenn das Mädchen beziehungsweise die Frau eine türkische Familie hatte, gab es Schwierigkeiten. So oder so litt ihr Ruf. Einige von Emres Tanten, Großtanten sowohl in Deutschland als auch in der Türkei zerrissen sich noch nach Jahrzehnten verächtlich das Maul, wenn öffentlich geworden war, dass irgendeine Cousine oder Nichte unverheiratet Sex gehabt hatte. Aber seine Mutter und sein Vater mochten Dina.

Rein vom Typ her hatte sich der italienische Anteil bei ihr durchgesetzt. Man konnte sie genauso gut für eine Türkin halten. Wobei eine Italienerin auch in Ordnung war. Er durfte als Moslem eine christliche Frau heiraten, eine Ungläubige hingegen nicht. Dina hatte zwar nicht direkt etwas mit dem Christentum zu tun, aber ungläubig war sie auf keinen Fall. Wenn sie noch ein paarmal mit ihm zu den Unterweisungen von Sheikh Mohammed Ibrahim ging, würde der Sheikh ihr schließlich vorsprechen, spontan, irgendwann nach Mitternacht, *aschhadu an la ilaha illa llah wa aschhadu anna muhammadan rasul allah*, und Dina würde ihm nachsprechen, vor zwanzig, dreißig, vielleicht fünfzig Zeugen. Solange Emre zu Sheikh Mohammed Ibrahim ging, war es noch nie vorgekommen, dass sich jemand geweigert hatte, die Shahada zu wiederholen.

Backsteinummauerte Leere, innen gnadenlos weiß. Das Fotostudio wirkte überdimensioniert wie eine Empfangshalle von Albert Speer. Kabeltrommeln, Stative, Bildschirme in allen Größen. Konzentrierte Hektik zwischen Stellwänden, Tuchbahnen, Rollschränken. Irgendwo schrie ein Kind wie am Spieß. Junge dünne Frauen in kurzen Röcken, junge dünne Männer in engen Hosen, kaum unterscheidbar langbeinig, schmalhüftig, perfekt nachlässig frisiert, trugen Kladden, Kleider, Getränke, telefonierten, glichen Informationen auf Tablets ab, gingen in den Hof, um hastig eine halbe Zigarette zu rauchen. Kaskaden synchron geschalteter Blitzlichter durchzuckten den Raum, wurden von Decken, Reflektoren, Schirmen zurückgeworfen, umgeleitet, abgefangen, im Zentrum hyperrealistische Projektionen einer orientalischen Altstadt, echter Sand, Originalgestrüpp, ein antiker Holzkarren aus Zypern, Ägypten, Marokko, in den ein leibhaftiger Esel eingespannt war. Marc Jongens stand zwischen Kameras, strich sich eine Strähne schweres Haar hinters Ohr, runzelte die Stirn, trat an ein mobiles Großdisplay, begutachtete Testfotos. Leonie fragte: »Kann ich den Esel streicheln?« – Ihre Stimmung hatte sich während der Stunden im Kindergarten entschieden verbessert. – »Nachher bestimmt, wir fragen den Marc.« – »Jetzt?« – Eine Frau, lackschwarzer Bubikopf, ausgelatschte, knöchelhohe *Chucks*, kam auf sie zu, hatte eine Plastikkarte mit Foto und Namen auf der Brust hängen, *Jenny Bächli, Head Assistent, ConcretePics*: »Wie kann ich euch helfen?« – »Das ist Leonie, sie soll für die *Jabeer&Nielsson*-Kampagne fotografiert werden. Und ich bin Irma, die Mom.« – »Ah, yes, amazing, dass ihr schon da seid, ich bring euch zum fitting, wobei ja noch Zeit ist, aber backstage gibt's auch ganz viele voll coole Sachen für dich zum Spielen, Leonie, und was zu essen, du hast doch bestimmt Hunger …« – »Kann ich den Esel streicheln?« – »Klar, sie heißt Elsie, wollen wir mal zusammen zu ihr gehen? Darf sie?« – »Darf ich, Mama?« – Irma dachte an die großen

Zähne, die kräftigen Kiefermuskeln, die Esel hatten, erinnerte sich, wie sie als Kind von so einem Scheißvieh in den Arm gebissen worden war, wollte »nein« sagen, aber »nein« war keine Option, wenn sie nicht die nächste Heulkrise riskieren wollte. Ein verheultes Kind konnte man nicht fotografieren, und ohne Fotos gab es kein Geld, das wusste auch Jenny Bächli, wahrscheinlich hatte man sie eigens gecoacht, wie sie das Vertrauen der Kleinen gewann, die coole Tante oder erwachsene Schwester, mit der man superspannende Sachen machen konnte, die sämtliche Wünsche erfüllte, und wenn das nicht reichte, Wünsche erfand, die sich ein Kinderhirn gar nicht ausdenken konnte, nur um sie zu erfüllen, die alles erlaubte, was Mütter und Väter verboten, dabei immer gigantisch toll aussah. Irma bemerkte – verabscheute die unterwürfige Bewunderung in Leonies Augen, rang sich ein Lächeln ab, einen lockeren Tonfall: »Klar, darf sie.« – Sie hasste Jenny schon jetzt, die sauber, drahtige Souveränität, mit der sie auftrat, der Leonie gleich auf den Leim gegangen war, hinterherlief, wie ein dummes Gänsekind, das im entscheidenden Moment auf das falsche Bezugswesen geprägt worden war. Irma stand einen Moment still verloren da, dachte, jetzt kann ich eigentlich grad wieder gehen, mein Kind braucht mich nicht während der nächsten vier Stunden. Das wäre eine Entscheidung, wie ihre eigene Mutter sie gefällt hätte: Die Oma wohnt jetzt hier und passt auf dich auf, bis Mama und Papa aus Guatemala zurück sind. Irma hatte ein anderes Verhältnis zu ihrem Kind gewollt, weder die autoritär-bigotte Art der Großmutter, noch den als lässige Freizügigkeit getarnten Egoismus der Mutter. Die Väter konnte man in allen drei Generationen gleichermaßen vergessen. Irmas Blick fiel auf einen hochgewachsenen, wahnsinnig schönen, orientalisch aussehenden Mann, der sich weiter hinten an der Catering-Theke mit einer ebenso umwerfenden Afrikanerin unterhielt. Die Afrikanerin hatte ein hauteng geschnittenes Kleid aus traditionellem gelb-rot-grün gemustertem Stoff mit einer dunkelblauen Lederjacke und High Heels kombiniert – wahrscheinlich die Mutter des Jungen aus Ghana, der mit Leonie fotografiert werden sollte. Bei dem Mann handelte es sich um Mr. Jabeer Khan persönlich, angeblich der gestalterische Kopf der Marke, während Asger Nielsson, so hatte ihr zumindest Marc Jongens erzählt, für die ökonomische Seite verantwortlich zeichnete. Jabeer Khan lehnte am Tresen, hielt eine schlanke Dose Cola Zero in der Hand, die er ab und zu übertrieben lässig an die Lippen setzte, während die Afrikanerin eine sicher wahnsinnig angesagte grünliche Limonade, deren Label Irma noch nie gesehen hatte, durch einen Strohhalm saugte. Irma folgte den ebenso weichen wie nachdrücklichen Gesten, mit denen Jabeer Khans Linke unterstrich, was er in weichem Englisch mit leichtem indopakistanischem Akzent sagte, wie er immer wieder fast, aber eben nur fast den Unterarm seiner Gesprächspartnerin berührte. Vermutlich war er schwul, vielleicht auch nicht, seine Augen signalisierten, dass er sie absolut hinreißend fand. Irma sah an sich herunter. Natürlich hatte sie sich ein Kleid angezogen, das etwas hermachte, *Kings of Indigo*, dunkelblau mit schmalen hellen Längsstreifen, geschnitten wie ein Trenchcoat mit geknotetem Gürtel, es kaschierte ihre immer noch zu vollen Hüften, doch die Unterschenkel wirkten dadurch umso stämmiger, daran änderte auch die Body-Shaping-Strumpfhose nichts. Objektiv betrachtet war die Afrikanerin kein bisschen dünner als sie – warum sah es bei ihr bloß so gut aus? – »Hey, Irma, schön, dass du da bist, hat alles geklappt mit dem Wagen?« – Marc Jongens trat von hinten an sie heran, legte ihr die Hand in den Nacken, küsste sie rechts und links durch seine FFP2-Maske auf die Wangen. – »Alles easy. Ich bin ein bisschen im Stress, muss übermorgen einen Text fertig haben.« – »Bist du schon lange hier? Willst du was trinken?« – »Zehn Minuten, Leonie hat sich gleich selbstständig gemacht.« – »Jenny, oder? Jenny ist ein Genie mit Kindern, keine Ahnung, wie sie das macht, absolutely magic, ich buche sie immer, wenn ich kids fashion habe. Cooles Outfit, übrigens.« – »Danke.« – Vor gefühlt hundert Jahren hatten sie mal betrunken rumgemacht, aber dann, vor ihrer Haustür, war Marc plötzlich eingefallen, seine Zunge noch in ihrem Mund, seine Hand in ihrem Slip, dass seine Freundin es zwar hinnahm, wenn er sich spätnachts zu ihr ins Bett schob, aber ein Riesentheater veranstaltete, wenn er gar nicht nach Hause kam. – »Geht's dir gut?« – »Geht super.« – »Und mit Urban?« – »War schon besser …« – »Sorry, ich muss gleich wieder ran, wir reden nachher.«

Es tut mir wahnsinnig leid, Urban, du weißt, wie sehr ich deine Arbeit schätze, aber Entremont hat darauf bestanden, von jemandem interviewt zu werden, der absolut einwandfrei Französisch spricht, außerdem wollte er lieber eine Frau … – Das mit der Frau wäre vielleicht noch verhandelbar gewesen, aber dein Französisch ist grottig, das hast du selbst gesagt, und wenn ich die Chance habe, ein Exklusiv-Interview mit ihm zu bekommen, kann ich nicht abends noch jemand anderen zur Preisverleihung schicken. Ich lass dich auf der Liste, damit du wenigstens nachher zur Veranstaltung reinkommst, aber die Geschichte macht Eugenie Grasser, sorry …« – Urban schwieg – was hätte er auch erwidern sollen? –, starrte ratlos durch die Gegend, gegenüber das *Deutsche Historische Museum*, das eine Ausstellung mit Nazi-Künstlern zeigte, hörte eine Weile der Stille am anderen Ende der Leitung zu, ging ziellos weiter. Ein ganzseitiger Artikel mit Foto hätte vier-, fünfhundert Euro gebracht, außerdem wäre sein Name an prominenter Stelle aufgetaucht, was vielleicht etwas genützt hätte, wollte er tatsächlich in absehbarer Zeit versuchen, einen neuen Buchvertrag zu bekommen. Wenn sich schon kaum noch jemand an Urban Fischer, den Autor von *Einbrechende Märkte* und *Nebenkriegsschauplätze* erinnerte, dann eben an den, der das umfänglichste und tiefgründigste Interview mit Bernard Entremont geführt hatte, ein Gespräch zweier Schriftsteller auf Augenhöhe, messerscharfe Gegenwartsanalyse, pointierte Polemik, ein großes Lesevergnügen, zugleich ein düsterer Abgesang auf den Menschen als Ganzen. Daraus wurde nun nichts. Blankenburg hatte sich für Eugenie Grasser entschieden, die weder etwas von Literatur verstand noch besonders intelligente Artikel schrieb, dafür aber perfekt Französisch sprach, außerdem ein hübsches Gesicht und einen geilen Arsch hatte, Qualitäten, die Entremont, nach allem, was man hörte, noch am ehesten dazu brachten, mehr als die üblichen, inzwischen in zahlreichen Varianten gedruckten Provokationen von sich zu geben. Urban war enttäuscht, gekränkt, aber er machte sich keine Illusionen: Obwohl es kaum einen Gegenwartsautor gab, dessen Bücher ihm so viel bedeuteten wie die von Bernard Entremont, wäre ihm vor lauter Respekt und Befangenheit vermutlich kein gutes Interview gelungen, abgesehen davon, dass Entremont völlig unberechenbar war, heute charmant, freundlich, am nächsten Tag gallig, beleidigend oder einsilbig bis zur Totalverweigerung. Urbans Blick blieb an dem bronzenen Reiterstandbild Friedrich II., »des Großen«, in der Mitte der Straße hängen, Sklavenhalter, Soldatenschinder, notorischer Vertragsbrecher, der den modernen »Präventivschlag« erfunden, »Interessenskriege« für legitim erklärt und sich mit dem geldgeilen, selbstverliebten Hochstapler Voltaire einen von wechselseitiger Anbiederung triefenden Briefwechsel geliefert hatte. Es wäre interessant gewesen, sich mit Entremont über Voltaire, über die französische Aufklärung insgesamt zu unterhalten. Seine Bewunderer sagten, Entremont sei deren nihilistisch verdunkelter Erbe, während die Kritiker ihm vorwarfen, eine Art gottlosen Klerikalfaschismus zu propagieren.

Urban zog weiter in Richtung *Kempinski*, obwohl er dort nichts mehr zu tun hatte. Die Straßencafés waren geöffnet, aber trotz des sonnigen Wetters wenig besucht. Nach einem halbwegs normalen Sommer gingen die Touristenzahlen jetzt wieder drastisch zurück. Niemand hatte Lust, nach kleinteiligen Ausweis-, Impfstatus-, Schnelltestkontrollen dann doch wieder nur mit einer Maske im Gesicht in einem besucherreduzierten Club zu tanzen, Mozartarien durch das eigene Atemgeräusch unter dem Zellstoff zu hören, in der Gemäldegalerie Holbein, Vermeer, Rembrandt durch die Nebelwände beschlagener Brillengläser zu betrachten. Ein offener Doppeldeckerbus, der für Stadtrundfahrten beliebt war, hielt wenige Meter vor ihm. Oben saß lediglich ein Rentnerehepaar. Der Herr deutete mit dem Finger auf das Gebäude der *Komischen Oper*. Einem riesigen Plakat zufolge spielten sie heute Abend *Hippolyte et Aricie* von Rameau. Für Rameau hatte auch Voltaire Libretti geschrieben. Urban schüttelte den Kopf über die zufällige Zusammenballung französischer Motive, die jeder kritische Romanleser für überkonstruiert gehalten hätte, und als wollte der Weltgeist ihn endgültig zum Gespött machen, sah er im Außenbereich des *Quattro formaggi*, eines italienischen Restaurants für Opernliebhaber, Bildungsreisende, hinter Blumenkübeln, antikisierten Laternen aus Gusseisen den leibhaftigen Bernard Entremont vor einem Glas Rotwein sitzen. Eine brennende Zigarette hing zwischen seinen Lippen, er las ein zerfleddertes, in hellbeiges Bütten gebundenes Buch. Urban blieb stehen, drehte sich von ihm weg, um Zeit zu gewinnen. Zeit für was? *Bonsoir, Monsieur Entremont, excusez moi s'il vous plait … je suis … je admir … mon français est … je ne sais pas.* Da Urban am Morgen, beim Verlassen der Wohnung, angenommen hatte, später mit Bernard Entremont zu sprechen, steckten dessen drei letzte Romane in seiner Umhängetasche. Er konnte ihn um eine Widmung bitten, irgendetwas sagen – trotz allem besser auf Englisch. Es musste interessant, eigensinnig, originell klingen und dabei doch eine konsequente Fortsetzung Entremont'scher Gedanken sein, so dass dieser ihn erst erstaunt, regelrecht frappiert anschauen und dann bitten würde, sich auf ein Glas Wein zu ihm zu setzen. Eine Gruppe, vermutlich Studenten, die einen älteren Mann umringte und den Gesten zufolge über irgendetwas heftig stritt, hatte das *Café Einstein* gegenüber verlassen, überquerte die Straße, kam direkt auf Urban zu. Er meinte, den Professor oder was immer er war, zu kennen, vielleicht von einem Vortrag, einer Podiumsdiskussion, einem Fernsehkommentar, im selben Moment fiel sein Blick auf eine junge Frau, deren zur Hälfte oder einem Viertel asiatische Züge von derart überirdischer Schönheit waren, dass Urban die Anwesenheit Bernard Entremonts unmittelbar hinter sich beinahe vergaß, stattdessen sie mit halboffenem Mund und geradezu schwachsinnigem Gesichtsausdruck anstarrte, bis der Kommilitone neben ihr plötzlich mit dem Finger zu den Tischen deutete und rief: »Ich fass es nicht, guckt mal, da vorn sitzt er, theoretisch können wir ihn fragen.« – »Nur zu, wenn jemand Mut hat, wobei er bestimmt seine Ruhe haben will«, sagte der Professor, fixierte gleichzeitig Urban, halb fragend, halb erkennend. – »Dann soll er sich halt nicht in aller Öffentlichkeit draußen hinsetzen.« – »Na ja, er ist jetzt auch nicht Ronaldo oder Brad Pitt.« – »Sorry, der Typ sieht aus wie ein Penner.« – Die schöne Halbasiatin schwieg, aus ihrer Miene sprach eine absolut unbeschreibliche Mischung von schlechter Laune und anarchischer Ironie. Bernard Entremont begriff, dass man ihn erkannt hatte, zuckte kurz hoch, als wollte er weglaufen, zog dann seinen Kopf tiefer in den olivgrünen Parka, was aber nichts nützte. Astrid Wrangel, Martin Schäfer und Sven Laumann, der Entremont für einen verkannten Radikalmoralisten hielt, traten direkt an dessen Tisch. Astrid Wrangel sagte, ohne eine Spur von Scheu oder Unsicherheit: »Désolé de vous déranger, Monsieur Entremont, nous sommes en train de nous disputer pour savoir si le sexisme, la misogynie dans vos livres, représente votre propre opinion ou si vous critiquez en fait cette attitude par ce moyen?« – Prof. Spettmann schüttelte den Kopf, lachte kurz auf, sah dann wieder Urban an: »Sagen Sie, Sie sind doch Urban Fischer, der Autor von *Einbrechende Märkte*, oder? Ist schon länger her, aber der Roman hat mich seinerzeit sehr beeindruckt. Klaus Spettmann, Institut für Romanistik, Göttingen. Wir, also meine Student:innen und ich, sind wegen Bernard Entremont hier – Sie vermutlich auch. Die Verbindung liegt ja auf der Hand, was mir aber auch jetzt erst auffällt.« – Urban war so perplex, dass ihn heute bereits zum zweiten Mal jemand als den Schriftsteller erkannte, der er war oder besser: gewesen war. Wobei er mit Roswita Pichler damals immerhin zu tun gehabt hatte, den Namen Klaus Spettmann hörte er dagegen zum ersten Mal. – »Ja, nein, doch, natürlich, das freut mich.« – »Ich nehme an, Sie kennen Entremont persönlich, blöde Frage – sonst wären Sie ja nicht hier.« – »Seine Bücher.« – »Elaine, kommen Sie mal her: Insgeheim, also wenn ich Ihre sonstigen Einlassungen zum Maßstab nehme, teilen Sie doch Bernard Entremonts Fundamentalpessimismus, selbst wenn Sie sein Frauenbild oder besser: seinen Blick auf Frauen hassen, was ja durchaus nicht dasselbe ist, haben Sie mal *Einbrechende Märkte* von Urban Fischer … – Ich darf euch kurz vorstellen, Elaine Bettray, eine Studentin von mir, sehr begabt – Urban Fischer einer der interessantesten Autoren der jüngeren Generation.« – Urbans Blick kippte, stürzte, ging unter im Schwarz der Augen Elaine Bettrays. Aus der Schwärze stieg ein spöttisches, vielleicht auch andeutungsvolles Lächeln, von dem er nicht wusste, aber doch annahm, annehmen wollte, dass es ihm galt, dass er es zumindest ausgelöst hatte. – »Freut mich«, sagte Elaine und streckte ihm auf eine altmodische Weise die Hand entgegen, während hinter ihnen plötzlich ein Stuhl umkippte, Glas zu Bruch ging, französische und deutsche Halbsätze, wirr, verärgert, entschuldigend, halblaut und sehr laut, durcheinandergerufen wurden, eine italienische Männerstimme zu beschwichtigen versuchte: »Scusi, per favore, Signori – Signorina.« – Urban drehte sich um, sah den Kellner im weißen Hemd, einer schwarzen, auf Kante gebügelten Hose herbeieilen, und rund um den Tisch, an dem eben noch Bernard Entremont gesessen hatte, den aufdringlichen, übergriffigen Teil von Prof. Spettmanns Studenten, die sich vollkommen konsterniert anstarrten. Von Martin Schäfers Gesicht tropfte Rotwein auf seinen bereits dunkel eingefärbten Pullover. Urban sah gerade noch den letzten Zipfel von Entremonts Parka in der Tür des Restaurants verschwinden. – »Porca miseria!«, schimpfte der Kellner, der erst jetzt wirklich zu begreifen schien, was passiert war: »Haben Sie meine Gäste belästigt, vai al diavolo, gehen Sie sofort weg, sonst hole ich die Polizei!« – »Man kann euch aber auch nicht eine Minute aus den Augen lassen«, rief Prof. Spettmann. Urban stand noch immer Elaine gegenüber, die hinter vorgehaltener Hand lautlos zu kichern anfing. Ihr ganzer Oberkörper bebte. Ohne die Mischung aus Staunen und Schadenfreude in ihrem Blick hätte man es mit stummem Schluchzen verwechseln können. Urban tat so, als lache er mit ihr, suchte nach Worten: »Und Sie hassen die Bücher von Entremont?« – Elaine winkte ab. – »Gut, aus der Perspektive einer jungen Frau verstehe ich das sogar.« – Er dachte an Irma, die sich weigerte, Entremonts Bücher zu lesen, ärgerte sich, dass sie gerade jetzt in seinem Kopf auftauchte, als würde der Gedanke an sie wie mit Leuchtschrift auf seiner Stirn erscheinen und Elaine verraten, dass er zwar nicht verheiratet, aber doch gebunden war, durch früher regelmäßigen, jetzt sporadischen Geschlechtsverkehr, der zwischenzeitlich zu einer Schwangerschaft geführt, ein Kind ins Dasein gebracht hatte, Komplikationen über Komplikationen. Auf jeden Fall war es gut, ein Glücksfall, dass der Professor ihn erkannt und als Autor eines herausragenden Romans vorgestellt hatte, so musste er sich nicht selbst etwas aus den Fingern saugen, um sich wichtigzumachen. Grundsätzlich war es immer besser, sich nach der Frau zu erkundigen, ihr zu signalisieren, dass man Interesse an dem hatte, womit sie sich beschäftigte, statt sich selbst in den Vordergrund zu quatschen:

»Schreibst du auch?«, fragte er, dachte im selben Moment, dass es eine wirklich idiotische Frage war, auf die, wenn sie mit »ja« antwortete, seinerseits das Angebot folgen müsste, etwas von ihr zu lesen, es eventuell seinem Agenten, Lektor, Verleger weiterzuempfehlen, andererseits wäre, nachdem Prof. Spettmann Urbans Arbeit als bedeutsam dargestellt hatte, vermutlich auch er selbst, obwohl zwanzig Jahre älter als Elaine, für sie von einem gewissen Interesse. – »Nein, wirklich nicht«, sagte sie, »es gibt schon so viele schlechte Bücher, denen muss ich nicht noch eins hinzufügen.« – »Also«, rief Prof. Spettmann, »bevor es hier zu weiteren Gewalteskalationen kommt, würde ich vorschlagen, wir bewegen uns Richtung Museum.« – »Was schaut ihr euch an?« – »Irgendwas mit *Gottbegnadeten* – die Karrieren von Hitlers Lieblingsmalern in der BRD oder so.«

Urban hatte sich nicht der Gruppe angeschlossen, obwohl er auch noch nicht in dieser Ausstellung gewesen war, hatte zu Prof. Spettmann »Wir sehen uns später« gesagt und zu Elaine gewandt »Bis nachher – ich freu mich«, war im selben Moment rot geworden. Sicher verabscheute sie Entremont auch deshalb, weil die Männer in seinen Romanen samt und sonders geile alte Säcke waren, die von schönen jungen Frauen, noch besser Mädchen, träumten, die an ihren Schwänzen lutschten. Er fürchtete, dass sich sein »ich freu mich« genauso schmierig angehört hatte, wie ein Entremont'scher Antiheld in einer vergleichbaren Situation geklungen hätte, doch Elaine hatte sich im Weggehen noch einmal zu ihm umgedreht, gelächelt und so etwas wie ein Winken angedeutet.

Er ging in der vagen Hoffnung, vielleicht doch noch mit Bernard Entremont ins Gespräch zu kommen, Richtung *Kempinski*, ohne unterwegs einen klaren Gedanken, geschweige denn einen Plan fassen zu können, so sehr war er erschüttert vom Anblick Elaines. Aus einem lächerlichen Impuls heraus, der Minderwertigkeit, Größenwahn, der Vision eines Ereignisses entstieg, das es nicht gab und auch nicht geben würde, schritt er die gesamte Länge des roten Baldachins vor dem Eingang ab und betrat die Empfangshalle. Zuletzt war er vor vier oder fünf Jahren hier gewesen. Damals hatte er ein Interview mit der kanadischen Starautorin Meredith Woodhouse geführt, unmittelbar nachdem diese wieder einmal nicht den Nobelpreis bekommen hatte. Einige wenige Leute, vielleicht ein Dutzend, saßen in den grau marmorierten Sesseln vor Kaffeetassen, Champagnerkelchen. Im Zentrum der Halle plätscherte Wasser aus Löwenköpfen in das marmorne Becken der bronzenen Brunnensäule. Das Geräusch drang bis in die letzten Winkel des Raums. Über den Löwenköpfen bildeten acht indische Elefanten einen Kreis, wie um ihre Jungen zu schützen, ihrerseits beschirmt von einer Lotosblüte, die in eine Pagodenspitze überging. War das noch Kolonialkitsch oder schon Cultural Appropriation? Jemand spielte Klavier. Vielleicht kam der Lounge Jazz für den globalisierten Allerweltsgeschmack auch vom Band. Das Übernachtungsgewerbe durchlief infolge des Virus schwere Zeiten. Wahrscheinlich hatten Controller, Unternehmensberater, Zahlenhörige den Barpianisten bereits dem großen Gott der Kostensenkung geopfert. Urban kam sich vor, als bewegte er sich durch das Innere einer Hochzeitstorte, überlegte, sich zu setzen, einen Espresso zu bestellen, zu warten. An der Rezeption stand eine Frau in fliederfarbenem Hosenanzug. Sie spielte das ganze Repertoire großer Gesten durch: Hände, die sich innig der Leere entgegenstreckten, als bettelten sie um Brot; weit ausholende Armbewegungen, die von der universalen Dimension ihres Anliegens kündeten; der verzweifelte Griff ins Haar, allerdings ohne es sich büschelweise auszureißen. Doch die Empfangsdame schüttelte nur immer wieder entschuldigend den Kopf, hob machtlos die Schultern: Leider konnte sie nichts tun. Die Frau holte tief Luft, schlug wutentbrannt mit der flachen Hand auf den Tresen, rief so laut, dass Klavier und Plätschern dahinter verstummten, alle Köpfe im Raum sich zum Ursprung des Geschreis drehten: »Das ist eine absolute Frechheit, die Sie sich hier erlauben, Frau Brandstädter! Offenbar ist Ihnen nicht klar, mit wem Sie es zu tun haben, aber Sie werden sich noch wundern, darauf können Sie Gift nehmen!« – Urban erkannte, dass es sich um Mariann Krüger handelte, ehemalige Schauspielerin, inzwischen eine Art Kultursalonière. Er war gelegentlich bei ihr zu Hause gewesen, natürlich nicht wegen seiner Bücher, sondern als Liebhaber-Lebensgefährte von Irma. Mariann Krüger stürmte Richtung Ausgang und also direkt auf Urban zu, sah ihn, hielt mitten im Lauf inne, warf den Kopf in den Nacken, schüttelte ihr halblanges, kastanienrot gefärbtes Haar: »Urban, was für ein Zufall, beziehungsweise, wahrscheinlich auch nicht: Ich hab vorhin schon deine Frau getroffen, du bist bestimmt wegen Entremont hier? Irma hat mir erzählt, dass du ihn für die *Hauptstadtzeitung* triffst ...« – »So war es zumindest geplant.« – »Dann kannst du mir vielleicht helfen: Die blöde Schnepfe an der Rezeption weigert sich, für mich bei ihm auf dem Zimmer anzurufen, er dürfe auf keinen Fall gestört werden, sie hätte strikte Anweisungen. Aber wenn ihr verabredet seid, hast du doch bestimmt eine Handynummer oder den WhatsApp-Kontakt, falls er so was überhaupt nutzt.« – Er log: »Tut mir leid, ich wollte bloß eine alte Freundin abholen, die eigens für ihn aus München eingeflogen ist. Ich wusste gar nicht, dass Entremont hier untergebracht ...« – »Natürlich würde ich niemandem verraten, von wem ich die Nummer habe.« – »Wenn ich sie hätte, würde ich sie dir geben, glaub mir.« – »Gut, beziehungsweise nicht gut, dann ist das nicht zu ändern, und ich muss sehen, wie ich Nüßlein erreiche, der geht seit drei Stunden nicht ans Telefon, dabei hat er mich gebeten, heute Abend, nach der Preisverleihung, bei uns zu Hause, etwas halb Privates, halb Offizielles für Entremont zu organisieren«, sie verdrehte melodramatisch die Augen. »Ich hab Irma vorhin schon gesagt, ihr seid herzlich eingeladen, ich würde mich riesig freuen, wenn ihr kämt. Du musst mir auch unbedingt von deinem neuen Roman erzählen – der erscheint ja jetzt bald, hat Irma gesagt, vielleicht können wir da zusammen was machen, premierenmäßig, red doch mal mit deinem Verlag.«

Bernard Entremont stand in der Toilettenkabine des *Quattro Formaggi*. Er zitterte am ganzen Leib, starrte wieder und wieder auf seine *Patek Philippe*, den einzigen Luxusgegenstand, den er sich nach seinem ersten Weltbestseller vor achtzehn Jahren gekauft hatte, wartete, dass die Zeit verging, drei Minuten, fünf Minuten, zehn Minuten. Seine Stimmung schwankte zwischen Angst, Ekel und einem nie gekannten Hochgefühl. Er war zur Tat geschritten, hatte sich zu einem physischen Akt der Selbstverteidigung ermächtigt, offensiv, geradezu gewalttätig, zum ersten Mal in seinem Leben, obwohl er sich einer Übermacht von Gegnern gegenübergesehen hatte, mehreren deutschen Männern, groß und blond wie Wehrmachtssoldaten, außerdem einer Frau, nicht weniger furchterregend, während er in die Lektüre von René Guénons *Le symbolisme de la croix* vertieft gewesen war – ein Buch, an dem er sich schon mehrfach versucht hatte, bislang jedoch immer gescheitert war. Vielleicht lag es an der Atmosphäre der deutschen Hauptstadt, in der sich Reste von preußischem, kaiserlichem und nationalsozialistischem Pomp mit der alle Bereiche umfassenden Gesichtslosigkeit der Gegenwart mischten, dass sich Guénons kühne Gedankenflüge rund um den Erdball, horizontal und vertikal, rechtwinklig und spiralförmig, samt Hakenkreuzen, Polsprüngen, Moses vor dem brennenden Dornbusch, Yin & Yang auf einmal geöffnet hatten, ihm die Vielschichtigkeit und Tiefe des alten Zeichens aufgegangen war, das so viel mehr als bloß ein Symbol des im Untergang befindlichen – vielleicht auch kurz vor seiner Wiedergeburt stehenden – Christentums darstellte. Und mitten in diese sinnende Annäherung, während Begriffe und Bedeutungen angefangen hatten, sich von den schlichten Abhängigkeiten der Grammatik zu lösen, in einen schwebenden Dialog über Zeiten und Räume hinweg zu treten, waren diese Volkssturmdeutschen mit ihren dümmlichen, von amerikanischem Universitätskauderwelsch gespickten Vorhaltungen gekommen, *sexism, toxic masculinity, racism, white supremacy,* hatten ihn regelrecht eingekreist mit ihren germanischen Riesenkörpern, immer näher, immer bedrohlicher, aber auf einmal war eine ungeahnte Kraft aus seiner Mitte aufgestiegen und hatte sich geradezu blitzkriegartig Bahn gebrochen.

Zwanzig Minuten waren seitdem vergangen. Bernard Entremont dachte, dass er es nun allmählich wagen könnte, sein Versteck zu verlassen. Lautlos, mit angehaltenem Atem, entriegelte er die Toilettentür, öffnete sie einen Spaltbreit, lugte hinaus: Außer ihm befand sich niemand im Raum. Auch der Flur war menschenleer. Im Restaurant selbst saßen lediglich an drei Tischen Gäste. Der Kellner entdeckte ihn: »Signore, bitte Tausende Mal um Entschuldigung, sonst gibt es nie Probleme für unsere Gäste draußen. Natürlich müssen Sie nix bezahlen von Ihre Wein, darf ich Ihnen etwas aufs Haus anbieten, Espresso, Grappa, vielleicht eine Tiramisu?« – Bernard Entremont schüttelte den Kopf: »Je ne parle pas allemand«, sagte er, auch wenn er das meiste verstanden hatte. Er suchte den Bürgersteig mit Blicken ab, ob dort draußen noch jemand von den Angreifern lauerte. – »Alle diese Leute sind weg, Signore, keine Sorge.« – Es bestand kein Anlass für den Austausch weiterer Höflichkeiten. – »Tres bien, au revoir.« – Bernard Entremont trat auf die Straße, zündete sich eine Zigarette an, saugte den Rauch ein, fühlte, wie Eustress- und Distresshormone, Alkaloide, Nikotin durch seine Adern schossen, das Hirn fluteten, glasklare Gedanken erzeugten, Echos der Überlegungen Guénons, sie verdichteten sich zu Formulierungen, in denen ganz neue Erkenntnisse zum Ausdruck kämen, doch sobald er versuchte, sie in Sätze zu fassen, lediglich in seinem Kopf, allenfalls als lautlose Zungenbewegung, zerbröckelten sie, fielen in sich zusammen wie alte Mauern unter der Gewalt von Erdstößen. Nicht umsonst hatte Guénon das Wort *Symbolisme* genutzt, vom Griechischen *Symbolon, das Zusammengeworfene*. Dinge, Bilder, Bedeutungen, die vordergründig nichts miteinander gemein hatten, fügten sich zu Strukturen, Mustern, Ornamenten wie in einem Bildteppich. Die senkrechten Kettfäden im Webrahmen standen für Ordnung, bleibende Struktur, das eherne Gesetz, das vom Beginn der Zeit bis zu ihrem Ende Gültigkeit hatte. Dort hinein wurden mit geschickter Hand, Faden für Faden, Zeile für Zeile, die waagerechten Schussfäden gewebt, Bilder des unendlich Wandelbaren, Schicksale, Biografien, Geschichte. In jedem Kreuzpunkt verbanden sich Horizontale und Vertikale, so wie in jedem Augenblick das Unveränderliche eins mit dem Wechselhaften wurde. Momente ohne Dauer an Orten ohne Ausdehnung. Die aneinandergereihten Leerstellen setzten sich zu Flächen zusammen, auf die Zeichen geschrieben wurden, denen wiederum Bedeutungen folgten, an denen reale und imaginäre Welten hingen, Linien und Farben, Licht und Schatten, Höhen und Tiefen aus Kamelhaar, Schaf- oder Baumwolle, oxidiertem Pflanzensud, vergorenen Schneckensäften, zerquetschten Schildläusen, Indigo, Purpur, Karmin, Umhänge für Senatoren, Kaiser, Kardinäle, das Blut, das aus den Wunden Christi troff, sich mit Essig vermengte, eins mit dem Erdreich von Golgatha wurde. Vor Bernard Entremonts innerem Auge türmten sich Schicht um Schicht Gebirge auf, Abgründe öffneten sich. Er zündete sich eine weitere Zigarette an. Ihm wurde schwindlig, als er den Pariser Platz betrat. Er hielt inne, versuchte auf den schwankenden Boden der Tatsachen zurückzukehren: Ob Purpur- oder Karminpigmente in der Malerei überhaupt Verwendung gefunden hatten? Er müsste es recherchieren, sobald er einen Moment Ruhe fände, übermorgen, wenn er wieder zu Hause in seinem Arbeitszimmer vor dem Computer säße. Auf dem Brandenburger Tor schimmerte grünblau die bronzene Quadriga, ebenfalls gekrönt von einem Kreuz, auf dem ein Adler gelandet war, vier Pferde, vier Himmelsrichtungen, gelenkt von der Göttin Viktoria im Streitwagen, SiegHeilSiegHeil. Napoleon hatte sie abbauen und nach Paris schaffen lassen, ehe das Schlachtenglück ihn verließ. René Guénon lag in Kairo begraben und nicht auf dem Friedhof Père-Lachaise. Womöglich waren all diese sublimen Bezüge nur hochtrabende Phantastereien überspannter Geister, die sich nicht mit einer bedeutungslosen Existenz auf einem sterbenden Planeten am Rande einer abseitigen Milchstraße, in einem unwichtigen Teil des aus unwichtigen Teilen bestehenden Universums abfinden wollten. Unmittelbar vor ihm führte ein roter Baldachin aus den Wirrnissen der Geschichte zu einem ebenso roten Teppich, weder der eine noch der andere war mit Purpur gefärbt, dem nach wie vor teuersten Farbstoff der Welt. Trotzdem spürte Bernard Entremont einen Anflug von Erhabenheit, als er die Stufen zum Eingang des *Kempinski* hinaufschritt. Rechts und links verneigten sich livrierte Hoteldiener, grüßten ihn durch ihre weißen Masken, *Guten Tag, Good afternoon, Bonjour*. Er trat ein, obwohl er in diesem neureichen Talmi-Palais nicht rauchen durfte, überlegte, sich ein Glas Wein zu bestellen, nachdem der Großteil seines Montepulciano in den Visagen dieser Hohlköpfe gelandet war. Bernard Entremont erschrak: Wenige Meter vor ihm saß derselbe Mann, den er eben bei den Angreifern hatte stehen sehen. Offenbar war er ihm vorausgeeilt, vielleicht ein Stalker, der ihn hasste, oder einer, der sich von ihm Erlösung versprach. Ebenso gut konnte es sich um einen Undercover-Journalisten handeln, der ihn verfolgte, in der Hoffnung, ihm irgendeinen schäbigen kleinen Skandal anzuhängen. Oder um einen Leser, der meinte, nur weil er etwas von sich in Bernard Entremonts Büchern gefunden zu haben glaubte, hätte er das Recht auf ein persönliches Gespräch.

Urban hatte Bernard Entremont schon gesehen, als dieser durch die Tür trat, und sich seinerseits aber noch vor dem ersten Blickkontakt abgewendet. Er würde es nicht über sich bringen, nach dem, was vor dem Restaurant geschehen war, nun noch einmal übergriffig zu werden und den berühmten Autor anzusprechen. Urban erinnerte sich, wie er selbst sich gefühlt hatte, damals, als er noch ein Autor gewesen war, der zu Hoffnungen berechtigte, wenn irgendwelche Leute nach dem Ende einer Lesung zu ihm ans Pult getreten waren, um ihm ihre privaten Angelegenheiten anzuvertrauen. Am halbscharfen Rand seines Gesichtsfelds sah er das Entsetzen in Bernard Entremonts Gesicht, zog mit übertrieben konzentrierter Geste, ausdrücklich fokussiertem Blick sein Smartphone aus der Hosentasche, öffnete die erstbeste Zeitungsseite: WIEDER MEHR UNGEIMPTE AUF INTENSIVSTATIONEN; WELCHE ROLLE SPIELT RUSSLAND IM FLÜCHTLINGSKONFLIKT MIT BELARUS?; TAMPONS GEGEN SCHAM UND ARMUT; DIE ARABISCHE WELT HAT KEINE ANTWORTEN, während Bernard Entremont erleichtert aufatmete und einen großen Bogen um ihn machte.

Dina spürte die Sonde des Ultraschallgeräts in ihrem Unterleib, hart und unnahbar, dazu den Glücksschock, als sie auf dem Bildschirm das fremde Herz schlagen sah, die Liebe zu Emre, aus der jetzt ein neuer Mensch wurde, erschrak über Dr. Henricis schnarrende Stimme: »Wie wir hier unschwer erkennen, sind Sie schwanger, Frau Telschow. Soweit man es von heute aus sagen kann, sieht alles gesund und munter aus. Wie alt sind Sie?« – »Achtzehn.« – »Abitur oder schon in der Ausbildung?« – »Abitur.« – »Na, dann wollen Sie sicher erst mal studieren und nicht gleich Windeln wechseln. Keine Sorge, das bekommen wir hin. Auch wenn die Gesetzeslage immer noch nicht so einfach ist, wie sie sein sollte, ist eine Abtreibung zum Glück kein Problem.« – Warum war das Erste, was ihm einfiel, eine Abtreibung? Warum beglückwünschte er sie nicht, nahm ihr die diffusen Ängste, indem er ihr erläuterte, wie es nun weiterging, auf welche Veränderungen sie sich einstellen musste? – »Ich liebe meinen Freund, wir möchten das Kind behalten«, sagte sie leise. – »Gut, das ist im Endeffekt Ihre Entscheidung, Sie können ja noch mal drüber schlafen, sehr viel Zeit haben Sie allerdings nicht mehr, sonst wird es tatsächlich kompliziert.« – Dina war sprachlos, verstummt, ohnmächtig, empfand mit einem Mal die medizinisch-technischen, gummibehandschuhten Griffe des Arztes als widerwärtige Verletzung ihrer körperlichen Integrität, sagte: »Danke, Entschuldigung«, stand auf, fühlte sich schutzlos nackt, huschte hinter den Ankleidevorhang, streifte sich hastig den Slip, die Jeans über, rannte aus dem Sprechzimmer, der Praxis, dem Haus auf die Straße, während Schwester Hatiçe ihr irgendetwas hinterherrief, wandte sich in Richtung der Wohnung ihrer Mutter, die heute frei hatte, ihr Leben genießen wollte, was gar nicht so einfach war:

Joyce Telschow saß keine zweihundert Meter entfernt vor dem *Café Goll* zwischen Heizpilzen und rührte in ihrem Cappuccino. Eigentlich befand sie sich mitten in einem perfekten Tag. Sie hatte sich ein leichtes Businesslunch im *Asialotus* gegönnt, Satéspieße auf Reisnudelsalat mit vietnamesischem Kräuterdressing, war durch die Boutiquen des Viertels gebummelt, hatte hier ein Top mit Schlangenhautdekor, dort eine petrolblaue Leinenhose probiert, sich schließlich für ein Paar um 70 Prozent reduzierte Voyage Pumps von *Chie Mihara* entschieden, der Vorderfuß in gelb-weiß changierendem Muster, gefasst von einem Streifen taubenblauen Leders, das über dem platinschimmernden Absatz zu Orange wechselte. Beim Bezahlen war sie überzeugt gewesen, die schönsten Schuhe der Welt nach Hause zu tragen. Obwohl alles stimmte, wollte sich keine Leichtigkeit einstellen, es fehlte dieses Gefühl von Urlaub im Alltag, und darum ging es doch, wenn sie sich selbst beschenkte, ausführte, einlud. Sie sah die Bedienung, die an der Theke des Außenbereichs lehnte und rauchte, den Blick in die Ferne gerichtet, während an mehreren Tischen Leute mit Blicken, Handzeichen signalisierten, dass sie bestellen oder bezahlen wollten, spürte Wut. Joyce Telschow hasste diese Art egozentrischer Unaufmerksamkeit bei Kellnern, Verkäufern, Schalterpersonal, gerade weil sie selbst im Dienstleistungssektor arbeitete. Solange Fluggäste oder einfach nur Kollegen, Mitarbeiter von Airlines einen sahen, war man im Dienst. Im Dienst hatte man sich entsprechend zu benehmen und natürlich wurde da nicht geraucht. Wer rauchte, signalisierte, dass er nicht gestört werden wollte, von niemandem, erst recht nicht mit irgendetwas, dessentwegen die Zigarette ausgedrückt werden musste. Joyce Telschow gab sich heute für ein paar Stunden der Illusion hin, ein schillerndes Leben im Luxus zu führen. Wenn sie jetzt Lust hatte, sich mit einem Gläschen Aperol Spritz, Prosecco, am besten natürlich Champagner, selbst zu feiern, wollte sie kein schlechtes Gewissen haben, weil sie eine vorsätzlich unaufmerksame Kellnerin aus der Rauchpause riss. – »Hallo, kann ich noch etwas …« – In diesem Moment sah sie Dina auf der anderen Straßenseite vorbeigehen. Dina wirkte wie benommen, als hätte sie getrunken oder Drogen eingeworfen. Zugleich hielt sie schützend die Hände über ihren Bauch. Joyce erschrak. Dina hatte schon vor zwei Tagen am Telefon so sonderbar gewirkt. – »Ich brauche ganz dringend einen Frauenarzttermin.« – Natürlich war es nicht ungewöhnlich, wenn eine eben erst erwachsen gewordene Tochter die Mutter über ihre gynäkologischen Untersuchungen informierte. Heutzutage hatten die jungen Leute insgesamt vertrauensvollere Beziehungen zu den Eltern, als es in ihrer eigenen Generation üblich gewesen war. Dina hatte dauernd grundlos geseufzt, bedeutungsvoll geschwiegen, als erwarte sie von Joyce eine bestimmte Reaktion, hatte dann ohne jeden Zusammenhang »Wenn man ein Kind bekommt, sieht man wahrscheinlich alles ganz anders, oder wie ist das, Mama?« gesagt. – Auf einmal setzten sich die Puzzleteile zusammen: Dina war schwanger. Natürlich! Als Mutter hatte man ein Gefühl für so etwas. Jedenfalls wenn es um die eigene Tochter ging. Sie überlegte aufzustehen, zu Dina zu laufen, sie zu konfrontieren – hielt inne. Heute war ihr freier Tag. Eine Schwangerschaft dauerte neun Monate, da reichte es völlig, wenn sie sich morgen damit beschäftigte. Schließlich hatte Dina sich ohne Not entschlossen, zu ihrem türkischen Paketboten zu ziehen, nachdem sie gerade einmal vier Wochen zusammen gewesen waren. Sollte der sich das Geheule anhören, er hatte ja wohl auch seinen Saft in sie hineingespritzt und das Kind zu verantworten. Dina blieb stehen, stemmte beide Hände in die Hüften, bog sich nach hinten, als wäre sie mindestens im siebten Monat und das Kind in ihr wirklich sehr schwer. Das konnte nicht sein. Ein Babybauch oder auch nur eine deutliche Gewichtszunahme hätte ihr auffallen müssen. – »Kann ich dir noch was bringen?«, fragte die Kellnerin, die Joyce aufgerichteten Arm mit dem gestreckten Zeigefinger endlich bemerkt hatte. – »Duzen wir uns?« – »Sorry.« – »Ein Glas Prosecco, wenn die Flasche nicht schon seit gestern offen ist. Sonst einen Rotkäppchen Piccolo.« – Auch wenn Joyce Dina damals nicht hatte wegmachen lassen, eine Entscheidung, die sie, bei aller Liebe, auch immer mal wieder bereute, würde sie ihrer Tochter dringend zu einer Abtreibung raten. Dass der türkische Stecher sich um sein Balg kümmerte, konnte man ja wohl ausschließen. Diese orientalischen Machos fickten die dummen deutschen Gören, weil sie an ihre eigenen Mädels nicht randurften, und wenn ein Kind unterwegs war, machten sie sich aus dem Staub, so schnell konnte man gar nicht gucken, schließlich stellte die Schwangerschaft den unwiderlegbaren Beweis dar, dass das Mädchen, mit dem sie eben noch Spaß gehabt hatten, in Wirklichkeit eine dreckige Schlampe war. So jemanden konnten sie unter keinen Umständen heiraten. Dazu musste eine zertifizierte Jungfrau aus dem anatolischen Hinterland her, dessen Häutchen ein halbes Dutzend Brüder, Väter, Onkel jahrelang mit Krummdolch und Schrotflinte verteidigt hatten, damit der Bräutigam nachher keinen Vorwand hatte, sie zurückzuschicken.

Direkt an der Straße, zwischen zwei Pfeilern, öffnete sich eine Brunnenanlage, mehrere flache Becken, die in Stufen zu einem halbrunden Säulengang führten. Überall Steinfiguren, die sich bei näherem Hinsehen als Kinder herausstellten: ein dickes Baby, das einen riesigen Fisch umarmte, ein Mädchen mit einem Wolf und eins, das auf einer Ente ritt; ein drittes, fast schon eine Frau, wurde von Rosen überwuchert, dazu Hirsche, Rehe, Katzen, ein Hase. Auf den Stufenabsätzen hockten steinerne Schildkröten und in den Becken Frösche, die Grimassen schnitten. Ali Zayed fragte sich, welchen Sinn es hatte, Skulpturen von Kindern mit Tieren aufzustellen. Dass man berühmten Generälen oder Königen, vielleicht auch Gelehrten oder Wissenschaftlern, Denkmäler setzte, damit kommende Generationen sich ein Vorbild an ihnen nahmen, war nachvollziehbar und selbst in islamischen Ländern verbreitet, obwohl der Islam diese Art Bildwerke eigentlich verbot.

Ich hörte den Gesandten Gottes, sallAllahu alayhi wa sallam, sagen: ›Wer auch immer ein Bild in dieser Welt macht, wird am Tag der Auferstehung dazu gezwungen, eine Seele darin einzuhauchen, aber er wird nicht imstande sein dies zu tun.‹ Warum ließen sie in einem bedeutenden Land wie Deutschland, das eine Vielzahl herausragender Persönlichkeiten hervorgebracht hatte, derartigen Kinderkram in Stein meißeln? Ali Zayed schaute sich die Figuren der Reihe nach an. Unter den Tiergestalten befanden sich auch mehrere Schweine. Die Deutschen aßen am liebsten Schweinefleisch. Sowohl seine Mutter als auch der Imam hatten ihn gewarnt, dass er beim Essen sehr vorsichtig sein müsse, weil es kaum etwas anderes gebe. Warum ließ Allah zu, dass die Christen so viel erfolgreicher waren als die Muslime, obwohl sie die Religion verfälscht hatten und Gottes Gebote missachteten? Je schneller er verstand, wie das Leben in Deutschland vor sich ging, desto eher würde er auf eigenen Füßen stehen und seinen Weg finden. Ali Zayed ging um die Arkaden am Ende des Brunnens herum. Dahinter begann ein riesiger Park. Er überlegte, ob er sich verlaufen hatte und schon am Stadtrand angelangt war? Ihm war nicht klar gewesen, dass es in Berlin ausgedehnte Parkanlagen mit Wiesen, Alleen, Tennisplätzen, Spielgeräten für Kinder gab. Rechter Hand begann ein richtiger Wald, der sich einen Berg hinaufschob. Die meisten Bäume hatten ihre Blätter verloren, einige trugen buntes Herbstlaub. Der *Indian Summer* in Amerika fiel ihm ein. New York hatte den *Central Park*, den er aus dem Fernsehen kannte, in London gab es den *Hyde Park*. Berlin hatte er sich als eine durch und durch graue Stadt vorgestellt: stahlgrau, betongrau, asphaltgrau. Am Fuß des Berges lag ein See, auf dem Enten und ein Paar Schwäne schwammen. Auf einem Mülleimer, der einem Tierkäfig ähnelte, hockte eine grauschwarze Krähe und legte den Kopf schräg. Sie sah aus wie die Krähen in Kabul, nur größer und weniger elegant. Ali Zayed dachte, dass sich die deutschen Krähen von den afghanischen auf ähnliche Weise unterschieden wie die Menschen in beiden Ländern. Eine zweite landete auf dem gegenüberliegenden Rand. Beide Vögel beäugten sowohl einander als auch den Abfall. Nach einer Weile ließ sich die, die zuerst gekommen war, in den Müllkorb fallen, schnappte sich ein zerknittertes Päckchen aus Alufolie, in dem Brot und Fleischfetzen steckten, flog damit in den nächsten Baum. Die zweite folgte. Er wartete, dass die beiden Vögel zu kämpfen anfingen, doch nichts dergleichen geschah. Die zweite Krähe schaute aus respektvollem Abstand zu, wie die erste das zerknitterte Silberpapier auseinanderrupfte, die essbaren Stücke herauszog und den Rest auf den Boden fallen ließ. Ali Zayed überlegte, was er tun sollte? Er hatte noch immer sehr viel Zeit, entschied sich, den Berg hinaufzugehen, auch wenn seine Taschen schwer waren. Oben hatte er bestimmt einen guten Blick über ganz Berlin, das würde ihm helfen, sich zu orientieren. Außer

Leuten, die ihre Hunde ausführten, begegnete ihm kaum jemand. Er staunte, wie viele verschiedene Hunderassen es gab. Die meisten hatte er noch nie gesehen. Es schien zu stimmen, dass die Deutschen ihre Hunde liebten. Ob mehr als ihre Kinder, vermochte er nicht zu beurteilen. Auf dem Spielplatz waren auch viele Mütter mit Kleinkindern und Väter, die ihre Söhne und sogar die Töchter auf Rutschbahnen oder Wippen setzten. Ein Radfahrer mit Sturzhelm, in hautenger neon-pink-schwarzer Kleidung raste klingelnd an ihm vorbei. Zu beiden Seiten wurde der Wald immer wilder. Trockenes Laub bedeckte den Boden, knirschte unter den Schuhen. Schließlich erreichte er ein ummauertes Hochplateau. Außer ihm war niemand hier. Die Luft war klar, blauer Himmel, einzelne Wolkenbänder. Der Fernsehturm überragte alle anderen Gebäude, auch Kirchen, Hochhäuser, Schornsteine. Es herrschte Stille, als wäre er weit draußen auf dem Land. Lediglich die krächzenden Rufe der Krähen in den Bäumen waren zu hören. Es klang, als verhandelten sie über irgendetwas. Offenbar hatten sie verschiedene Meinungen, doch um des gemeinsamen Wohls willen, mussten sie sich einigen. Es war eine Krähe gewesen, die Kain gelehrt hatte, wie er die Leiche seines Bruders begraben sollte. Trotzdem hatte der Prophet, *sallAllahu alayhi wa sallam,* die Krähen nicht gemocht, sondern erlaubt, sie zu töten, wie die Gabelweihe, den Skorpion und den bissigen Hund. Ali Zayed spürte eine unbeschreibliche Freude, dass er es bis hierher geschafft hatte. Im nächsten Moment bekam er Angst, ganz allein, wie er war.

Warum musste es unbedingt ein Türke, ein Moslem, sein, der ihre Tochter geschwängert hatte, wo doch jedes Kind wusste, dass sich die Kluft zwischen einem freien, selbstbestimmten Leben und dieser Steinzeitreligion allenfalls im Urlaub für kurze Zeit überbrücken ließ, und auch da nur mit Mühe, gerade wenn man allein als Frau unterwegs war. Joyce Telschow hatte Ferien in Antalya gemacht und Wochenendtrips nach Hurghada, nach Djerba. Die Männer dort versprachen sich wer weiß was von westlichen Frauen. Hohlköpfe aus den Armenvierteln pfiffen ihr auf der Straße nach, riefen Anzüglichkeiten auf Deutsch, Englisch, Russisch, versuchten, ihr im Gedränge an den Hintern zu fassen. Typen aus bessergestellten Familien, die etwas auf sich hielten, tanzten sie in Bars und Clubs an, geschmeidig, biegsam, vielversprechend, spendierten Drinks, plauderten in halbwegs flüssigem Englisch, dosierten ihre Gesten den internationalen Standards entsprechend. Sie legten ihr die Hand auf den Arm und wenn der Arm nicht zurückzuckte, folgte ein geflüstertes Kompliment ins Ohr, der warme Atem am Hals, Kribbeln und Gänsehaut. Warum sollte sie sich nicht darauf einlassen, wenn sie in der Stimmung für einen Kerl war? Sie erinnerte sich an den Tunesier, Brahim, zehn Jahre jünger, sehr hübsch, sehr zuvorkommend, schmalhüftig, kräftige Schultern. Er wusste so gut wie sie, dass auf drei gemeinsame Nächte nichts folgen würde: ein Geschäft auf Gegenseitigkeit zu ihrer beider Vergnügen. Sobald sie fort wäre, würde er wieder losziehen, bis ihn die nächste Europäerin abschleppte. Mit etwas Glück verknallte sich irgendwann eine so heftig in ihn, dass sie ihn heiratete, nach Berlin, Stockholm, Den Haag mitnahm. Natürlich hatte Joyce Gummis einstecken gehabt. Sie reiste nie ohne Gummis, damals hatte sie außerdem die Spirale getragen, um auf Nummer sicher zu gehen. Zwei Kinder, die von der Oma beaufsichtigt werden mussten, wenn sie selbst mal ein bisschen Spaß haben wollte, waren mehr als genug. Hoffentlich kam Dina nicht auf die Idee, das Kind zu behalten. Zuzutrauen war es ihr. Womöglich träumte sie davon, Emre könnte eine Familie mit ihr gründen wollen, und sei es bloß, um die Frucht seines kostbaren Samens zu schützen. Nachwuchs hatten die Orientalen ja nie genug. Zwei Kolleginnen, Vicky und Susanne, waren aus genau so einer Situation heraus mit Arabern verheiratet gewesen … – beziehungsweise Susannes Ex war Iraner, was auf dasselbe hinauslief. Kaum dass der Standesbeamte sie zu Mann und Frau erklärt hatte, war es vorbei gewesen mit Charme und Geschenken, stattdessen: Vorschriften, Drohungen, Geschrei. Der Islam verbietet, dass du arbeiten gehst, der Islam will nicht, dass du Freunde triffst, der Islam verlangt, dass du dich züchtig kleidest. Und wehe, wenn das Kind ein Mädchen würde: Dann hätte es von vornherein keine Chance.

Emre parkte seinen Wagen in Sichtweite der Praxis, stellte den Motor ab, starrte auf sein Telefon, wartete, dass eine Nachricht erschien, ein Anruf einging, irgendetwas passierte. Er wollte endlich Gewissheit, ob er Vater wurde oder eben nicht, auch wenn es vielleicht reine Formsache war. Er kannte sich nicht aus mit dieser Art von medizinischen Tests, wie Dina sie am Wochenende in der Wohnung gemacht hatte, obwohl auch er wegen des Virus seit anderthalb Jahren ständig Flüssigkeiten auf Reagenzstreifen träufelte. Nasebohren statt Drüberpinkeln, ansonsten war es dasselbe Prinzip: Eine Linie färbte sich rot. Die Corona-Schnelltests galten allerdings als unzuverlässig. Manchmal zeigten sie nichts an, obwohl jemand infiziert war, oder die zweite Linie erschien, aber bei der Kontrollprobe stellte sich heraus, dass es sich um Fehlalarm gehandelt hatte. Warum sollte es bei diesen Schwangerschaftstests anders sein? Vielleicht hatten sie in der Apotheke eine schadhafte Charge geliefert bekommen, so etwas passierte. Emre stieg aus dem Wagen. Als Mann konnte er unmöglich in eine Gynäkologen-Praxis gehen. Das war ein Ort, wo Frauen unter sich sein wollten. Zu Recht. Schlimm genug, dass der Arzt ein Mann war. Andererseits erzählte Jörg, sein deutscher Vorgesetzter, jedem, der es wissen oder nicht wissen wollte, wie er mit seiner schwangeren Freundin zusammen bei der Ultraschalluntersuchung gewesen war, präsentierte mit stolzgeschwellter Brust das Foto seines Embryos: »Schau dir das an, Emre, das ist ein richtiger Mensch, mit allem was dazugehört! Wird übrigens ein Sohn, nur dass du Bescheid weißt, der Doktor hat mir den Pimmel gezeigt, ganz schön riesig, das Ding.« – Emre hatte Dina nicht gefragt, ob sie vielleicht wollte, dass er mit ihr zu der Untersuchung ging. Allerdings hatte Dina es auch nicht von sich aus vorgeschlagen. Er hatte keine Ahnung, wie diese Untersuchungen im Einzelnen abliefen, doch die Vorstellung, dabeizusitzen, während ein wildfremder Mann, da konnte er tausendmal Arzt sein, Spezialist, Dina die Beine spreizte, Apparaturen in sie hineinschob ... Das wollte er sich lieber nicht ausmalen. Er blieb stehen, tippte eine Nachricht ins Telefon: »Bin fertig mit Arbeit, stehe vor der Praxis, wie sieht's bei dir aus?«

Die Häkchen wurden nicht blau. Dina antwortete nicht. Vielleicht, wahrscheinlich lag sie gerade auf diesem gynäkologischen Stuhl, den man aus dem Fernsehen kannte, betrachtete sein Kind auf dem Bildschirm, das kleine Köpfchen, winzige Hände und Füße.

Dina sah ihre Mutter vor dem *Café Goll* sitzen, überlegte, die Straße zu überqueren, zu ihr zu gehen, ihr zu sagen:

»Mama, gerade war ich bei Dr. Henrici, Emre und ich bekommen ein Kind: Du wirst Oma!« – Joyce goss sich aus ihrem Piccolo nach. Dina kannte das. Ihre Mutter versuchte in regelmäßigen Abständen, ihr Alleinsein für ein paar Stunden zu selbstbestimmtem Leben, fantastischer Unabhängigkeit, grenzenloser Freiheit umzudeuten. Später säße sie angetrunken vor dem Fernseher, würde fünf oder zehn Folgen irgendeiner bescheuerten Serie gucken, weitertrinken, schließlich auf dem Sofa einschlafen oder eine Heulkrise bekommen und bei Ralf, ihrem vorvorletzten Ex anrufen, der ihr immer noch zuhörte, auch wenn er nicht mehr mit ihr zusammen sein wollte. Während des Lockdowns, als Joyce in Kurzarbeit gewesen war, de facto fast gar nicht gearbeitet hatte, war sie ständig auf einschlägigen Dating-Portalen unterwegs gewesen, in der Hoffnung, einen Mann kennenzulernen, der cool, sexy, nett, reich und absolut willens war, sein Leben mit ihr zu teilen. Aber natürlich hatte sich niemand ernsthaft in sie verliebt. Dina war heilfroh, dass sie nicht mehr bei Joyce wohnte, keine Tinder- oder Parship-Fotos mehr begutachten, keine Textnachrichten mehr einschätzen musste. *Der schreibt aber nett. Wie findest du den? Was für hammermäßig blaue Augen!* Nichtsdestoweniger hätte sie in diesem Moment gern eine Mutter gehabt, mit der man über alles reden konnte. Aber Joyce schaute konsequent in die entgegengesetzte Richtung, obwohl sich dort rein gar nichts abspielte. Dina war sicher, dass ihre Mutter sie längst gesehen hatte, aber jetzt nicht in ihrer beschissenen *Me-Time* gestört werden wollte, nicht einmal, wahrscheinlich erst recht nicht von ihrer schwangeren Tochter.

/

Es roch nach künstlichem Flieder. Seifiger Mainstream-Hip-Hop sollte für entspannte Kauflust sorgen. Ruth brachte ihrer Liebsten, Alexia, drei weitere Tops in die Umkleidekabine: ein quergestreiftes, bauchfrei; ein weißes, Feinripp mit Druckknopfleiste zwischen den Brüsten; ein schwarzes mit Spitzenborte über dem Nabel. Die Schwingtür schloss sich hinter ihr. Der Platz reichte gerade für zwei. Alexia hatte ein grün-gelbes Shirt, Stretch in Batikoptik, anprobiert, betrachtete sich im Spiegel. Ihre Blicke trafen sich. – »Die Farbe steht dir voll, nimm das auf jeden Fall.« – »Findest du?« – Alexia zog sich das Shirt über den Kopf, stand mit nacktem Oberkörper da, sagte: »Ich weiß nicht, ist schon komisch, ganz ohne BH.« – »Da gewöhnst du dich schnell dran, dann willst du nie wieder so eine Zwangsjacke anhaben, das ist wie früher mit den Korsetts.« – »Ich finde meine Brüste einfach nicht … Also sie sind viel zu groß, außerdem hängen sie und meine Nippel sind so'ne Flatschen.« – Ruth schob sich die FFP2-Maske vom Mund, küsste Alexia erst auf die eine, dann auf die andere Warze. – »Nicht hier. Bitte.« – »Wieso?« – »Ich weiß nicht.« – »Es wird wirklich Zeit, dass wir uns von diesen männlich dominierten Vorstellungen über den weiblichen Körper befreien. Abgesehen davon sind BHs total ungesund – gerade Push-ups und dieser ganze Scheiß mit Bügeln drin. Neulich hab ich gelesen, dass sie sogar Brustkrebs verursachen.« – Sie nahm das weiße Top vom Bügel, hielt es Alexia hin: »Zieh das mal an.« – »Diese hautengen Sachen, die alles nachzeichnen – das sieht komisch an mir aus.« – »Wieso musst du dich immer abwerten? Du klingst, als wärst du in so einer Christengemeinde aufgewachsen wie ich, wo alles, was mit dem Körper, speziell mit dem Frauenkörper, zu tun hat, als schlecht gilt, eklig, Sünde, am besten man redet gar nicht drüber und versteckt die Haut unter zehn Schichten Stoff.« – »Mein Brüste sind halt nicht so ...« – »Brüste sind einfach total individuell. Vulven übrigens auch.« – »Aber wenn du ehrlich bist, musst du zugeben, dass meine Mutter objektiv eine bessere Figur hat als ich.« – »Schwachsinn.« – »Die hat mit fünfzig weniger Zellulite als ich mit achtzehn.« – »Redet sie dir diesen Quatsch ein, weil sie mit ihrem eigenen Älterwerden nicht klarkommt, jetzt wo du eine Frau bist, oder was? Das klingt für mich nach ’ner komplett toxischen Mutter-Tochter-Beziehung, was sie da fährt. Es gibt da einen psychologischen Fachbegriff, *narzisstischer Kontrollwahn.*« – »Ich kann ja selbst in den Spiegel gucken.« – »Das Top steht dir jedenfalls voll gut! Kauf das! Allein schon, weil ich die ganzen Knöpfe mal mit einem Ratsch aufreißen will.«

Er hätte gern ein Mal, ein einziges Mal eine Altbausanierung ohne unerwartete Komplikationen gehabt, dachte Dirk Mahnfeld, stieg vom Fahrrad, schloss es an einer der Gerüststreben an, nahm den Helm ab, gab Nicoletta Casari rechts und links einen Kuss auf die Wange, »Sorry, das Virus – hatte ich fast schon wieder vergessen«, schüttelte den Kopf: »Wahrscheinlich ist es Unsinn, aber wenn der Statiker das sagt, müssen wir es halt machen, zumal letztes Jahr in Kreuzberg in einer ähnlichen Bausituation fast ein Haus eingestürzt wäre, mit Evakuierung der Bewohner, Presse, Fernsehen, dem ganzen Kladderadatsch von wegen kriminelle Spekulanten, böse Investoren, Skandal! Skandal! Dass es vorher wochenlang geregnet hatte und die Grube bis zum Rand mit Wasser vollgelaufen war, hat natürlich niemanden interessiert.« – »Es gibt Risse im Treppenhaus, an einigen Stellen sind Putzbrocken rausgebrochen, da machen die Bewohner sich natürlich Sorgen, und im vierten OG wohnt so ein Superklugscheißer, der hat schon mit dem Anwalt vom Mieterverein gesprochen und verlangt einen externen Gutachter.« – »Hast du ihm erklärt, dass solche Risse völlig normal sind, weil die Mauern halt mitschwingen, wenn unmittelbar angrenzende Kellerwände abgebrochen werden?« – »Ich hab ihm gesagt, dass ich in Aquila aufgewachsen bin, wo 2009 bei dem großen Erdbeben die halbe Stadt eingestürzt ist, und dass er sich erst Sorgen machen muss, wenn die Risse mehr als zwei Zentimeter breit sind. Aber dann soll er rennen.« – Dirk Mahnfeld lächelte gequält: »Und wie hat er reagiert?« – »War ein Witz.« – »Klar. Hast du mit Schönfelder gesprochen, dass wir Beton unter die Fundamente verpressen müssen?« – »Schönfelder meint, er kann frühestens in drei Wochen anfangen.« – »Dann sag ihm, dass wir das Doppelte zahlen, wenn die Anlage übermorgen steht. Biesemann kommt nachher, dem werd ich das schon verklickern. Das Ganze ist eh ein Abschreibungsobjekt für ihn, wenn's teurer wird, hat das fast so viele Vorteile wie Nachteile. Abgesehen davon will er ja auch nicht, dass ihm das Ding unterm Arsch wegbricht.« – Nicoletta Casari trat ein paar Schritte zur Seite, um zu telefonieren. Von allen Frauen, die Dirk Mahnfeld je angestellt hatte, war sie mit Abstand die beste. Sein Blick verlor sich in der südländischen Lebendigkeit ihres Gesichts, während sie sprach, den zartgliedrigen Händen, die ihre Sätze nachzeichneten. Nicoletta war jung und schön, sie strahlte diesen unverbrauchten Elan aus, der auf dem Glauben beruhte, dass man die Welt mit dem Bauen guter Häuser ein Stück besser machte. Wenn sie einem Kunden wie Biesemann gegenüber die Versöhnung von Ökologie und Ökonomie beschwor, hätte der ihr auch einen Dachwald samt Ameisenhügel für 100 000 Euro zusätzlich abgenommen. In Wirklichkeit ging es in erster Linie um Verkaufsstrategien für ein wachsendes, trotz allem immer noch überschaubares Marktsegment. Finanzkräftige Bauherren aus dem öko-kapitalistischen Mainstream wollten sich nicht schuldig fühlen, wenn sie Ressourcen verbrauchten, Flächen versiegelten, für ihren Zweitwagen mehr Garagenplatz in Anspruch nahmen, als eine Großfamilie in Delhi bewohnte. Also bekamen sie Holz, Lehmputz, Naturstein, in diesem Fall Schiefer: Schieferschindeln fürs Dach und für Teile der Fassadenverblendung über einem Holzkern, das klang nachhaltig, naturnah, man hatte das Gefühl, in einer Art Baumhaus zu wohnen. Dass das Material aus China stammte, über Wochen per Containerschiff herbeigeschafft werden musste – geschenkt. Holz war aktuell allerdings ein Problem. Wenn Biesemann in seinem Firmenportfolio nicht diesen schwedischen Lieferanten gehabt hätte, ginge auch auf dieser Baustelle erst einmal gar nichts mehr. Jetzt stockte die Arbeit trotzdem, weil zunächst die Fundamente stabilisiert werden mussten. Nicoletta war zwar erstklassig als Bauleiterin, aber die Letztverantwortung trug Dirk Mahnfeld immer noch selbst. Also stand er eine Stunde früher hier als geplant, fällte teure Entscheidungen, die er nachher dem Auftraggeber kommunizieren musste. Dirk Mahnfeld war müde, unendlich müde. Seine Tochter, die binnen zwei Monaten von einem normalen netten Mädchen zur aggressiven Queerfeministin mutiert war, ging ihm genauso auf die Nerven wie seine Frau, die immer verzweifelter versuchte, mit Pseudoevents ihre eingebrochene Karriere zu kompensieren. Wenn er heute Abend nach einem langen Tag auf Baustellen, mit Kundengesprächen, einem extrem kniffligen Entwurf für eine Townhouse-Anlage in Potsdam völlig erschöpft nach Hause kam, tummelten sich dort fünfzig oder hundert Wichtigtuer aus der Kunst … Oder nein, heute war es die Literaturszene, die sich bei ihnen traf, um diesen französischen Skandalschriftsteller zu feiern, Entremont, den eigentlich alle verabscheuten, irgendwie aber auch nicht, weil sie insgeheim natürlich auch von schmutzigem Sex träumten, den Islam hassten und genauso verkommen, korrupt und langweilig waren wie dessen Romanfiguren. Angeblich kam sogar der Kulturstaatssekretär. – »Also Schönfelder könnte die Anlage in drei Tagen aufstellen«, sagte Nicoletta. – »Das ist doch mal ein Wort.«

Sicher wollte Bernard Entremont früher oder später etwas trinken. Er sah aus wie ein Alkoholiker im Endstadium. In den Hintergrundgeschichten, die Mariann Krüger über ihn gelesen hatte, hieß es, dass er erst den Mund aufmachte, nachdem er eine hinreichend große Menge Wein in sich hineingeschüttet hatte. Sie würde hier, an der Bar des *Kempinski*, auf ihn warten, zumindest ein oder zwei Gläser Champagner lang. Sollte die Zicke an der Rezeption denken, was sie wollte. Mariann Krüger brauchte einen Moment Ruhe, musste kurz durchatmen. Zum Glück war sie die Einzige am Tresen. Die Barhocker gefielen ihr, sie sahen aus wie Chippendale-Sessel auf

Stelzen. Wegen des Virus standen sie in anderthalb Metern Abstand. Der Barkeeper war freundlich diskret und hatte ein nettes Lächeln. Wenn sie Lust zu reden gehabt hätte, wäre er wahrscheinlich ein angenehm unverbindlicher Gesprächspartner gewesen. Mariann Krüger ging E-Mails und Textnachrichten auf ihrem iPhone durch. Seit dem Morgen hatten ihr dreiundzwanzig von den siebzig Leuten, die sie eingeladen hatte, abgesagt. Manche waren krank in Quarantäne, hatten Corona-positive Partner, Kinder, Mitbewohner. Andere hatten sich entschieden, ihr gesellschaftliches Leben angesichts der rapide steigenden Infektionszahlen jetzt erst einmal wieder komplett einzustellen. Urban Fischer hatte zwar halb zugesagt, doch bei Lichte besehen war er ein Langweiler, bestenfalls Beiwerk auf einer Party. Ob Irma mit der Kleinen käme, war mehr als fraglich. Aber vielleicht hatte Irma Ideen, wen man noch spontan einladen könnte. Irma verfügte über Kontakte insbesondere zu jüngeren Leuten, die sich vielleicht etwas davon versprachen, bei so einer Gelegenheit dabei zu sein. Mariann überlegte, Janine Müller-Hofmann vom Literaturhaus anzurufen. Deren Klientel war allerdings eher siebzig plus, die meisten trauten sich trotz doppelter Impfung nirgends mehr hin. Irgendwie waren diese Impfungen doch ein Rohrkrepierer, da konnten die Gesundheitsfritzen ihr erzählen, was sie wollten. Oder sie fragte Frederic Gauthier, ob er nicht vielleicht mit zwei, drei Tänzerinnen vom Staatsballett vorbeikommen wollte.

Wenn das alles nichts nützte, sollte Dirk seine Architektinnen-Models dienstverpflichten. Sie hatte ihm schon so viele lukrative Kontakte verschafft, da konnte er ruhig mal etwas dazu beitragen, das Attraktivitätslevel eines After-Show-Events für einen französischen Literaturstar zu heben. – »Ich nehm noch ein Glas«, sagte sie, obwohl sie von *R de Ruinart Brut*, den sie hier als Hausmarke ausschenkten, nicht hundertprozentig überzeugt war.

Warum hatte sich dieser Paketbote ausgerechnet in Dina verknallt? Dina war ein halbes Kind – zugegeben ein hübsches Kind, aber auch naiv, gutherzig, mit einem Kopf voller Sentimentalitäten und Träume, die einem erwachsenen Mann schnell auf die Nerven gingen. Emre belieferte Tag für Tag Hunderte von Paketkunden, vermutlich mehr als die Hälfte davon Frauen, darunter sicher viele, die tagsüber oder grundsätzlich allein waren. Während des Lockdowns hatten in jeder zweiten Wohnung Leute im Home-Office gearbeitet, an ihren Computern gesessen, Serien gestreamt, YouTubern zugehört. Sie waren eingesperrt gewesen, hatten Lagerkoller bekommen, sinnlos Zeug bestellt, Essen, Kleider, Deko, Brettspiele, ihre brandneuen *Satisfyer* heiß laufen lassen. Bestimmt hätten einige von ihnen lieber den Paketboten gevögelt – warum nicht, wenn er gut gebaut war, ein hübsches Gesicht hatte? Kaum vorstellbar, dass Emre auf seinen Touren nie von einer attraktiven Single-Lady in die Wohnung gezerrt worden war, die seinen Hosenstall schneller geöffnet hatte, als er »ja« oder »nein« auch nur denken konnte. Eine erfahrene Frau hätte jemanden wie ihn doch ganz anders befriedigt, als ihr schüchternes, verklemmtes Töchterchen Dina. Aber dummerweise war es Dina gewesen, die ihm die Tür geöffnet hatte, jeden zweiten Tag, wegen der vielen Bestellungen – man sollte die Wohnung ja nach Möglichkeit nicht verlassen, Zwangsmaßnahmen wie in der DDR. So hatte das ganze Elend angefangen ... Jemand tippte ihr von hinten auf die Schulter, Joyce fuhr herum. Da stand sie, Dina, hatte Tränen in den Augen, sagte: »Mama, ich bin schwanger.« – Lächelte dümmlich. – »Genau so hab ich mir das gedacht. Wenn du meine Meinung dazu hören willst, Kind: Wiederhol nicht denselben Fehler wie ich damals. Lass es so schnell weg...« – Da hatte Dina sich schon umgedreht und rannte davon.

Natürlich war Berlin keine schöne Stadt, erst der Krieg, dann im Westteil die architektonischen Verheerungen des Wirtschaftswunders, auf der anderen Seite der Mauer realsozialistischer Mief. Aber so schlimm wie manche fanden, waren weder die modernistischen Visionen, die sie vor siebzig Jahren hochgezogen hatten, noch die Neubauviertel der Nachwendezeit. Jens Biesemann schaute aus dem Fenster des Taxis. Nach wie vor ragten überall

Kräne in den Himmel. Er staunte, dass auch dreißig Jahre nach der Einheit noch so viele Flächen brach lagen. Wie jedes Mal, wenn er am Invalidenpark vorbeifuhr, fragte er sich, was es mit dieser Denkmal-Rampe auf sich hatte, die an eine versunkene Skischanze erinnerte? Es war gut und richtig, genau jetzt in ein Berliner Standbein zu investieren. Die Immobilienpreise würden weiter steigen, abgesehen davon war sein Mietshaus samt freiem Baugrundstück im Prenzlauer Berg ein absolutes Schnäppchen gewesen. Wenn seine alte Studienfreundin Margarete von Schaumburg nicht die Hausverwaltung für die nette, etwas dümmliche Vorbesitzerin Jessy Bunke gemacht und ihm den Tipp gegeben hätte, dass Jessy verkaufen musste, wäre er da niemals zum Zug gekommen. Linker Hand lag eine riesige Freifläche, wo sich ein Kletterpark mit verrosteten Autos in wirren Stahlseilkonstruktionen befand. Er hatte dort noch nie jemanden gesehen, der sich zwischen den Seilen entlanghangelte. Das Grundstück war Millionen wert. Man müsste in Erfahrung bringen, wem es gehörte. Dirk Mahnfeld sollte so etwas doch herausfinden können. Selbst wenn man es jetzt zum absoluten Höchstpreis kaufte, ging man kein Risiko ein. Um den wirtschaftlichen Zusammenbruch infolge des Virus zu verhindern, hatte die EZB unvorstellbare Geldmengen in die Märkte gepumpt, da war ein Inflationstsunami nur eine Frage der Zeit. Diesen Kletterpark hatte man schnell abgerissen, dann konnte man dort etwas Vernünftiges bauen, Townhouses, Eigentumswohnungen – wenn es entsprechende Förderung gab, rechnete sich vielleicht sogar sozialer Wohnungsbau. Wobei die Gegend dafür eigentlich zu schade war. *Berlin, Berlin, wir fahren nach Berlin!* Als Kind und Jugendlicher hatte er die Stadt tatsächlich nicht gemocht. In seinen frühesten Erinnerungen kam alljährlich ein Weihnachtspaket von Tante Trudchen aus Schöneberg, das unglaublich hässliche, selbst genähte Marionetten oder Puppen aus Stoffresten enthielt, in bleibender Dankbarkeit für die Lebensmittel, die seine Eltern ihr während der Nachkriegszeit geschickt hatten. Ihm fiel dieser unlustige Komiker wieder ein, *Fritze Flink*, wahrscheinlich vom Rollenprofil her ein Taxifahrer-Original, lange bevor das Berliner Taxigewerbe in orientalische Hände gefallen war. *Fritze Flink* tauchte regelmäßig in einer dieser Quizshows auf, die er mit seinen Eltern angeschaut hatte, erzählte wahnsinnig hektisch eine völlig uninteressante Geschichte in einem unsympathischen Dialekt, den man *Berliner Schnauze* nannte, und leitete daraus am Ende eine Frage zur Stadt ab, er erinnerte sich an Antworten wie: ZILLE SEIN MILIEU; DER BÄRENZWINGER IM KÖLLNISCHEN PARK; MARLENE DIETRICHS HOSENANZÜGE. »Zecke«, einer der Salon-Punks aus seiner Klasse, hatte sich nach dem Abitur Richtung Berlin abgesetzt, um sich vor Wehr- und Zivildienst zu drücken. Jens Biesemann war erst Jahre nach dem Fall der Mauer zum ersten Mal hier gewesen, als es die wildesten Partys der Welt in stillgelegten U-Bahn-Schächten, Abbruchhäusern, alten Bunkern gab. Er hatte sich gewundert, dass die Stadt gar nicht so hässlich, dreckig, abgewrackt war, wie sie in Film und Fernsehen immer dargestellt wurde. Leute mit diesem unangenehmen Akzent oder Dialekt traf man so gut wie nie, dafür die kreativsten, exzentrischsten, durchgeknalltesten Typen, die von überallher in die Stadt strömten und mit neuen Lebensformen, Geschäftsideen, Tanzstilen, Drogen experimentierten. Jens Biesemann war damals mit dem Aufbau seiner Investmentfirma beschäftigt gewesen, hatte sich im Rhein-Main-Gebiet eine starke Basis mit Dämmstoffen, Kunststoffverpackungen geschaffen, von dort nach Frankreich expandiert, war ins Geschäft mit industriellem Catering eingestiegen. Seit alle Kindergärten und Schulen Ganztagsbetreuung mit Verpflegung anbieten mussten, warf dieses Segment richtig fette Erträge ab. Zuletzt hatte er größere Beteiligungen an Papiermühlen und Baustoffhändlern in Skandinavien gekauft. Für sein Hobby, Autorennen, bot der Westen mit Nürburgring und Hockenheimring noch immer die besten Strecken in Deutschland. Von Frankfurt aus war es außerdem nicht weit nach Spa. Doch in Sachen Nachtleben, Kultur, Gastronomie, bei allem, was Spaß machte, lag Berlin mit Abstand auf dem ersten Platz. Jens Biesemann hatte schon vor zwanzig Jahren gedacht, eines Tages würde er eine Wohnung, noch besser ein Haus in Berlin haben, und wenn er sich dann, mit Ende fünfzig, aus dem Business zurückzog, konnte er die eine Hälfte seines Lebens in Südfrankreich und die andere in Berlin verbringen.

Valerius Dageter liebte die Bühne, hasste die Bühne. Die Zeit, da das Parkstätten-Theater wie alle Theater geschlossen gewesen war, hatte ihn nach einer kurzen Phase der Entlastung, Entspannung, Erholung in die größte Dunkelheit seines Lebens gestürzt. Ohne das Adrenalin, das ihn schon bei seinem ersten Schultheaterauftritt als Mephisto süchtig gemacht hatte, glitt er in einen Zustand bloßen Vegetierens, den Frau Dr. Böhme bereits vor fünfzehn Jahren als Teil einer behandlungsbedürftigen, damals als *manisch-depressiv*, inzwischen als *bipolar* bezeichneten Störung diagnostiziert hatte. Es hatte drei fürchterliche Jahre mit mehreren Klinikaufenthalten gedauert, ehe die richtigen Botenstoffe für sein aus der Balance geratenes Gehirn gefunden waren. Valerius Dageters Kopf hatte sich als besonders kompliziert erwiesen, da die normal-unnormalen Extremschwankungen bei ihm durch die biochemischen Wechselbäder, die das Leben auf der Bühne mit sich brachte, völlig unkontrollierbar verstärkt wurden. Während des ersten Lockdowns, zwei Wochen nach dem Ende des Spielbetriebs, umkreisten seine Gedanken – sprachlose Spiralbewegungen eines in sich kollabierten Bewusstseins – abgelegene Bahnstrecken, ungesicherte Hochhausdächer, Teppichmesser, Jagdgewehre, Barbiturate. Wie durch ein Wunder war er tatsächlich ans Telefon gegangen, als Frau Dr. Böhme, sei es aus ärztlicher Verantwortung, sei es aus alter Verbundenheit, vielleicht auch nur aufgrund der Langeweile infolge fehlender Patienten, bei ihm anrief, um zu hören, ob er mit der veränderten Situation klarkomme. – »Grauenhaft, es ist die Hölle, ich weiß weder ein noch aus, natürlich nehme ich meine Medikamente, aber sie wirken nicht mehr, so halte ich keine weitere Woche durch.« – Frau Dr. Böhme hatte ihm daraufhin mit der ganzen Autorität der ehemaligen Jungpionierführerin befohlen, sich sofort zu waschen, anzuziehen und auf den Weg zu ihrer Praxis zu machen. Valerius Dageter war dem Befehl in einer Mischung aus kindlicher Furcht und atheistischer Gottergebenheit gefolgt. Als er ihr anderthalb Stunden später im Behandlungszimmer gegenübersaß, mit Blick auf die eingestaubten Porzellanbüsten von Marx, Freud und Goethe, jeder als Buchstütze neben seiner eigenen Werkausgabe platziert, hatte sie gesagt: »Klar können wir jetzt noch einmal anfangen, über deine Kindheit, die Beziehung zu deinen Eltern, dein Sexualleben zu reden, aber vermutlich hat sich da – außer vielleicht bei Letzterem – wenig verändert. Du bist ein Bühnenjunkie, du brauchst Lampenfieber, Publikum, Applaus, außerdem hysterische Kolleginnen, brüllende Regisseure, die ganzen Psychonummern bei den Proben, die dir regelmäßig hinreichende Mengen körpereigener Drogen ins Hirn spülen. In der Psychiatrie sehe ich dich nicht, abgesehen davon gibt es sowieso keine Plätze. Da kein Mensch weiß, wann sich die Lage im Kulturbetrieb normalisiert, müssen wir dir etwas zur Überbrückung geben. Ich schreib dir jetzt eine Packung *Tavor* für die allerschlimmsten Zustände auf. Aber sei vorsichtig damit, das Zeug macht schnell abhängig. Dann versuchst du gegen die chronische Müdigkeit und Antriebsarmut *Vigil*. Ich weiß nicht, ob es funktioniert. In Deutschland wird es normalerweise nur bei Narkolepsie eingesetzt, aber in den USA verwenden sie es auch als Antidepressivum. Probier es aus und dann sag mir, ob es hilft, sonst müssen wir etwas anderes suchen.« – Es hatte geholfen, seither ging es ihm besser. *Tavor* nahm er an maximal ein bis zwei Tagen im Monat, aber schon die Tatsache, dass ein Streifen davon in seiner Jackentasche steckte, gab ihm Sicherheit.

Einerseits war Frau Dr. Böhme stolz auf sich, dass sie die Idee mit *Vigil* gehabt hatte – vielleicht sollte sie einen Aufsatz über diesen sehr interessanten Fall schreiben –, andererseits fühlte sie sich wie eine Hochstaplerin, letztlich war die Medikation ein Schuss ins Blaue gewesen, niemand konnte abschätzen, was der zusätzliche Stoff in Valerius' Hirn anstellen würde, wenn nach dem reduzierten Spielbetrieb demnächst eine weitere Totalschließung folgte, im Frühjahr dann vielleicht Normalität einkehrte. Sie schüttelte den Kopf, als Valerius Dageter an ihrer Praxis klingelte, nahm das Rezept, das sie gleich nach seinem Anruf geschrieben hatte, ging zur Tür: »Bist du sicher, dass du es nicht ohne schaffst?« – »Doc, so ist es ok, ich kann leben. Wenn es super wird, melde ich mich.« – »Wir müssen wirklich zusehen, dass du davon allmählich wieder runterkommst.« – »Gerade stecken wir mitten in den Proben für einen komplett irren *Sommernachtstraum*. Ich spiele den Puck. Wahrscheinlich eine Produktion fürs Archiv. Egal. Ohne dein Zeug schlafe ich mit der Kaffeetasse in der Hand ein, und du willst bestimmt nicht, dass ich mir stattdessen Amphetamine reinpfeife.«

Joyce stand an der Kreuzung vor dem Café, hielt ihr Telefon in der Hand, wollte Dinas Nummer wählen, zögerte. Sie mussten reden. Es war alles genau so, wie sie befürchtet hatte: Der Türke hatte Dina das Blaue vom Himmel versprochen, die Heiligkeit der Familie beschworen, feierlich erklärt, dass Fruchtbarkeit für die Frau das größte Geschenk und zugleich die tiefste Bestimmung sei. Vermutlich dachten die Moslems über Abtreibung nicht anders als Bibelfundamentalisten, malten den armen Mädchen – wenn sie hierzulande schon nicht gesteinigt werden durften – Folterqualen in Allahs Höllenfeuer aus. Joyce hätte laut »Scheiße« schreien können. Da hatte sie alles darangesetzt, ihr Kind vor diesem ganzen religiösen Mist zu bewahren, doch kaum kam so ein Muskelmoslem daher, war es mit Aufklärung, kritischem Verstand, Selbstbestimmung der Frau über den eigenen Körper vorbei. So wie es aussah, würde Dina die nächsten drei Jahre am Wickeltisch stehen. Statt Vorlesungen, Seminare zu besuchen, Examen, Karriere zu machen, hatte sie dafür zu sorgen, dass der Herr Pascha-Gemahl nach Feierabend eine warme Mahlzeit bekam, Wäsche gewaschen, gebügelt wurde, und sobald sie wieder konnte, musste sie einmal am Tag für einen schnellen Fick zwischen Kinderzimmer und Küche bereitstehen, auf dass der Bauch sich bald wieder wölbte. Joyce wählte Dinas Nummer. Nach dreifachem Klingeln meldete sich »die Mailbox von Dina Telschow, ich kann deinen Anruf gerade leider nicht annehmen, hinterlass mir doch eine Nachricht.« – »Dina, ruf mich zurück oder komm vorbei, ich gehe jetzt nach Hause, bin den Rest des Tages da.« – Dina war ohne Vater aufgewachsen. Sie hatte schon als kleines Mädchen ältere Männer mit Autorität, Durchsetzungsvermögen angehimmelt, sich nach einer starken Schulter gesehnt. Und die orientalischen Machos standen auf süße Jungfrauen, die zu ihnen aufschauten: *perfect match*. In Afghanistan verkauften sie alten Säcken Zwölfjährige für Zwangsehen. Joyce drückte erneut Dinas Nummer, wieder meldete sich die Stimme vom Band. Gerade weil sie aus eigener Erfahrung wusste, wie einen die vermeintlichen Zwangsläufigkeiten der Biologie, verstärkt durch die Hormoncocktails der Schwangerschaft, Kindchenschema-Irrsinn, wie süß! wie süß! dazu brachten, die eigene Zukunft aufzugeben, ehe sie überhaupt begonnen hatte, war es ihr allererstes Ziel gewesen, Dina emotionale, finanzielle und auch sexuelle Unabhängigkeit vorzuleben. Wobei Joyce schon länger den Eindruck hatte, dass sich ein Teil dieser Mädchengeneration vor lauter Verunsicherung wieder in traditionelle Rollenbilder flüchtete, als wäre die Befreiung der Frau nur ein vorübergehendes Experiment gewesen. Wahrscheinlich würde Dina demnächst einen Türkischkurs an der VHS belegen, zum Islam konvertieren, ihre wunderbaren Haare unter einem hässlich geblümten Polyakryllappen verstecken und alle paar Wochen heulend, mit dunkelblauem Veilchen in ihrer Küche sitzen.

Ali Zayed hatte sich im Kiosk am See eine Cola und ein Snickers gekauft, setzte sich auf eine Bank mit Blick aufs Wasser, schaute den strahlend weißen Schwänen zu, die ihre schmutzig grauen Jungen durchs Revier geleiteten. Es war ein sonderbares Gefühl, hier zu sitzen, einfach so, wie Figuren in amerikanischen Filmen auf Parkbänken saßen, an Strohhalmen saugten, die in Pappbechern oder Getränkedosen steckten. Dann kam jemand vorbei, eine Mitstudentin vom College, die Cheerleaderin der Baseballmannschaft, für die alle schwärmten, sagte »Hi«, setzte sich zu einem. Ein vorsichtiges Gespräch entspann sich und in den Blicken, die sie austauschten, stand geschrieben, dass am Ende alles gut werden würde. Aber hier war nicht Amerika. Ali Zayed hatte keine Ahnung, ob sich die Leute in Deutschland, Berlin, genauso benahmen. Aus Erregung wurde Nervosität, wurde Angst. In Kabul hätte er sich niemals einfach irgendwo hingesetzt. Sein Vater war einer von denen, die für die Amerikaner arbeiteten – gearbeitet hatten. Auch wenn er das Geld nicht mit vollen Händen zum Fenster hinauswarf, wussten viele von seiner Tätigkeit, und natürlich waren welche darunter, die es besser nicht hätten wissen sollen, die ihr Wissen weitergaben, sei es aus Neid, aus Hass, aus Liebe zum Propheten, *sallAllahu alayhi wa sallam*, aus Eifer für Gott oder was immer sie dafür hielten. Lange bevor die Taliban wieder die Macht übernommen hatten, waren Leute entführt, gefoltert, ermordet worden, die mit den Besatzern kooperiert hatten. Manchmal reichte es schon, dass einer gut Englisch sprach. Natürlich lebten auch in Europa Anhänger, Agenten der Taliban, die vor den Vorgängerregierungen geflohen, untergetaucht waren, hielten Kontakt, nahmen Aufträge an. Jederzeit konnte ihm, während er vollkommen ungeschützt hiersaß, jemand von hinten ein Messer zwischen die Schulterblätter rammen, ihm mit einem schnellen Schnitt die Kehle durchtrennen. Ein aggressiv ratterndes Geräusch in seinem Rücken kam rasch näher. Ali Zayed sah sich um – ein Junge auf einem Skateboard schoss vorbei –, er trank einen Schluck, hörte schnelle Schritte, drehte sich erneut um: Diesmal joggten zwei junge Frauen vorbei, eine in kurzen Sporthosen, eine in schwarzen Leggings. Die Leggings waren so eng, dass die Schamlippen sich unter dem Stoff abzeichneten. Ali Zayed setzte sich auf die Kante der Bank, damit er den Weg statt des Sees im Blick hatte. Doch dadurch wechselte die Angst lediglich ihre Richtung.

Jens Biesemann schob den Bauzaun ein Stück auseinander, ging auf Dirk Mahnfeld, auf Nicoletta Casari zu, hatte vergessen, wie hammermäßig sie aussah, streckte erst ihr, dann ihrem Chef den Ellbogen entgegen. Nicoletta klappte ihren Arm ein, hob ihn halbherzig, so dass es lediglich zu einer symbolischen Berührung kam, während Dirk Mahnfeld abwinkte: »Ich sehe schon, der Zug war pünktlich, ein Wunder!« – »Ihr tragt keine Maske draußen, oder?« – »Draußen ist es Quatsch, glaub ich.« – »Ich weiß gar nicht, wo die Inzidenz bei euch in Berlin gerade steht.« – »Steigt, wie überall, aber noch nicht dramatisch. Wobei: Wenn sie bei uns jetzt hoch ist, fällt sie hier, sobald sie da steigt, wo sie jetzt niedrig ist.« – »Eigentlich hätte der Spuk dank der Impfungen ja vorbei sein sollen, aber die Ossis spielen halt nicht mit, worüber ich mich angesichts von 25 Prozent Rechten auch nicht wundere.« – Im vierten Stock des eingerüsteten Hauses wurde ein Fenster geöffnet. Ein Mann, Mitte fünfzig, kahlköpfig, spitzbärtig, schaute heraus, rief: »Ich sehe, Sie sind alle hier, das trifft sich gut, dann komme ich mal herunter, ich hätte da etwas zu besprechen.« – »Das ist, Herr Seeliger, der Typ, der mit dem Mieterverein gesprochen hat«, sagte Nicoletta Casari. »Man hat eigentlich keine Chance, auf der Baustelle zu sein, ohne dass er auftaucht.« – »Der war damals auch sehr engagiert bei der Mieterversammlung, die wir angesetzt hatten, um die Umbaupläne vorzustellen«, sagte Jens Biesemann. – »Ich fand erstaunlich, dass du überhaupt so eine Versammlung gemacht hast.« – »Wohnimmobilien sind ja nicht mein Kerngeschäft, deshalb dachte ich, wenn ich später selbst ins Dachgeschoss ziehen will, ist es besser, den Leuten das Gefühl zu geben, sie werden in den Prozess mit eingebunden.« – »Wäre ich dem Typen auf der Straße begegnet, hätte ich gewettet, dass ich den noch nie gesehen hab«, sagte Dirk Mahnfeld. – »Ein gutes Personengedächtnis ist die halbe Miete, wenn du viele Mitarbeiter hast und nicht willst, dass sie einfach bloß Dienst nach Vorschrift schieben. Sobald du die Leute mit Namen ansprichst, dir merkst, wie viele Kinder sie haben, dass sie Aquarienfische aus Zentralafrika züchten, am liebsten Urlaub in Kroatien machen, dieser ganze Quatsch halt … Wenn du dich beim nächsten Mal danach erkundigst, haben sie das Gefühl, sie sind nicht bloß eine Nummer in deiner Buchhaltung, sondern werden als Menschen wahrgenommen: Und schon sitzen sie nicht mehr lustlos ihre Stunden ab, sondern identifizieren sich mit deinem Unternehmen und reißen sich den Arsch für dich auf.« – Herr Seeliger trat durch den geöffneten Bauzaun: »Herr Biesemann, Herr Mahnfeld, gut dass ich Sie persönlich treffe, mit Frau Casari hatte ich vorgestern schon wegen der Risse im Treppenhaus gesprochen, inzwischen ist bei uns im Wohnzimmer ein Stück Decke herausgebrochen und hat eine Vase zerschlagen, ein Erbstück, *Meissner Porzellan*, kobaltblau mit Blumendekor, an dem vor allem meine Frau sehr gehangen hat. Ich hab schon mal im Internet recherchiert, vergleichbare Stücke kosten im Antiquitätenhandel aktuell um die fünfhundert Euro, die Links hab ich Ihnen kopiert, außerdem haben wir Fotos von den ganzen Scherben auf dem Boden gemacht, die würde ich Ihnen gerne schicken, dass Sie klären, wie wir die Schadensabwicklung regeln, ich meine, der immaterielle Verlust ist natürlich nicht ersetzbar ...« – Herr Seeliger öffnete den Foto-Ordner auf seinem Smartphone, hielt erst Jens Biesemann, dann Dirk Mahnfeld das Bild der zertrümmerten Vase vors Gesicht. – »Das ist wirklich unschön«, sagte Dirk Mahnfeld. »Ich muss mal sehen, wie der genaue Ablauf ist, da gibt es bestimmt eine Versicherung, ich kläre das morgen, sobald ich im Büro ...« – Jens Biesemann unterbrach ihn: »Herr Seeliger, lassen Sie uns das unkompliziert handhaben, sonst ärgern sich nachher alle, und das ist in niemandes Sinne.« – Er griff in die Jackentasche, zog sein Portemonnaie heraus, »Fünfhundert Euro hatten Sie gesagt?«, zählte drei Hunderter und vier Fünfziger ab, hielt sie Herrn Seeliger hin: »Wenn Sie mir gelegentlich eine Quittung schreiben und die an meine Firmenadresse schicken: Biesemann@melinainvest.com – das wäre nett.«

Mir ist gerade ein Termin ausgefallen, die Leute von *Tosapharm* mussten kurzfristig absagen, da zwei von ihnen unmittelbar vor dem Treffen positiv getestet wurden, also hab ich gedacht, ich nutze die anderthalb Stunden und trinke mit dir einen Kaffee – oder Tee, wenn du lieber Tee willst: Ich habe auch guten Tee da, Darjeeling oder Lung Ching, Bioqualität …«, Prof. Bernburger schaltete seinen Kaffeeautomaten ein. – »Du musst dich nicht um mich kümmern, Papa, ich weiß, dass du viel zu tun hast, von meiner Seite aus gibt es da gar keine Erwartungen.« – »Es geht ja nicht darum, ob ich das muss, Felix, aber wenn du schon mal in der Stadt bist und bei mir wohnst, wäre es doch schön, wenn wir, trotz meiner Arbeitsbelastung, die einfach der aktuellen Lage geschuldet ist, das wird bei deiner Mutter nicht anders sein, dass wir trotzdem ein bisschen Zeit zusammen verbringen und vielleicht das eine oder andere Missverständnis ausräumen.« – »Es gibt keine Missverständnisse, also zumindest von meiner Seite aus nicht: Ich verstehe ganz genau, wie du die momentane Situation einschätzt und welche

Lösungen du durchdrücken willst, ich sehe auch, in welchen Abhängigkeiten du gefangen bist, dass diese ganze Pandemie Teil eines globalen Umbauprozesses ist, an dessen Ende …« – »Du meinst doch nicht allen Ernstes, ich belüge nicht nur die Wählerinnen und Wähler, sondern auch dich und deine Geschwister, lasse euch Impfungen verabreichen, die euch unfruchtbar machen, vielleicht sogar töten? An diesen Chip-Quatsch kannst du ja nun wirklich nicht glauben, oder?« – »Ich sag doch: Es gibt keine Missverständnisse.« – Felix wandte sich wieder seinem Laptop zu, eine Stimme mit Schweizer Akzent sagte »*… es ist so, wie die Ärzte ausgebildet werden, nicht wahr? Sie werden eigentlich nur – fast nur geschult in Pharmakotherapie, und da wird gelehrt, man müsse das Fieber senken. Die meisten Therapien sind eben Symptombekämpfung, weil die Symptome verstanden werden: als Feind. Das ist verständlich, aber die Symptome entstehen nur, wenn der Körper Abwehrkräfte hat und sind eigentlich der Ausdruck dieser Abwehrkraft, darum ist es so, dass eben jede Symptombekämpfung unser Abwehrsystem schwächt …*« – »Was hörst du da, wenn ich fragen darf?« – »Das ist ein Arzt aus einer sehr berühmten Schweizer Ärztefamilie.« – »*… Bei der Spanischen Grippe, 1918, die ja nicht von Spanien kam, die hieß einfach so, musste mein Großvater ein Militärspital leiten, weil ganz viele Soldaten krank wurden. Er hatte in seiner Klinik 115 Betten, gefüllt mit Soldaten, die hat er mit hy-*

pothermischen Bädern, mit Physiotherapie und mit veganer Frischkost alle durchgebracht, es ist ihm keiner gestorben …« – »Felix. Bitte. Ich bin extra aus dem Büro gekommen, ich meine … Ich würde mir jetzt einen Kaffee kochen, möchtest du auch einen?« – »Wenn du mir je mal zugehört hättest in den letzten zehn Jahren, wüsstest du, dass ich in meinem ganzen Leben noch keinen Kaffee getrunken habe. Und ich würde dir dringend raten, gerade weil du Stress hast und wahrscheinlich total übermüdet bist, auch keinen Kaffee mehr zu trinken. Bei anderen Sachen bist du doch krass streng, was die gesundheitlichen Nebenwirkungen anlangt, kein Salz, kein Zucker, kein Nikotin. Aber bei Kaffee und Alkohol ist es dir irgendwie egal. Dabei ist Kaffee reines Gift und zwar für Körper und Geist, gerade auf der feinstofflichen Ebene.« – »Ich freue mich natürlich, dass du dir Sorgen um meine Gesundheit machst, Felix, das zeigt ja, dass wir auf einem guten Weg sind, aber diese Untersuchungen, dass Kaffee den menschlichen Organismus schädigt, sind längst widerlegt. Eine britische Metaanalyse aus dem letzten Jahr, für die Forscher rund zweihundert Einzelstudien ausgewertet haben, kommt eindeutig zu dem Schluss, dass moderater Kaffeegenuss, also drei bis vier Tassen am Tag, nicht nur nicht schadet, sondern nachweislich das Risiko für Herz-Kreislauf-Erkrankungen, Schlaganfälle und bestimmte Krebsarten senkt. Vieles deutet darauf hin, dass er sogar Parkinson, Diabetes, und Alzheimer vorbeugt.« – »Für dich ist Medizin inzwischen reine Zahlenschieberei, oder? Kranke sind lediglich Datenmaterial, um Statistiken zu füttern. Dann hast du deine Formeln, rechnest ein bisschen hin und her und zack: Schon weißt du, wie der Maschinenmensch funktioniert und wie man ihn, wenn mal was kaputtgeht, möglichst schnell so weit reparieren kann, dass er wieder systemkonform funktioniert. Mit dem, was Heilung ursprünglich bedeutet, hat das allerdings rein gar nichts zu tun.« – »Felix, dabei geht es doch um fundamental verschiedene Dinge: Das eine ist die Frage, welches Verhältnis ich als Arzt persönlich zu meinem Patienten aufbaue. Da steht das Menschliche, das Wohl jedes Einzelnen absolut im Zentrum. Aber in der Politik müssen wir die Rahmenbedingungen dafür schaffen, dass jeder Arzt beziehungsweise jede Ärztin ihre Kranken ebenso gut und individuell versorgen kann wie irgend möglich. Und dafür stehen bestimmte, leider nicht unbegrenzte Geldmittel zur Verfügung, die wir sinnvoll und ergebnisorientiert verteilen wollen. Also brauchen wir Kriterien und Schlüssel, was wir wie weit finanzieren und was eben nicht. Die Basis dafür bilden Studien zu Wirksamkeit, Kosten-Nutzen-Analysen, sonst kommt nachher einer und sagt: ›Ich heile Krebs mit pulverisiertem Krötengift und will, dass die Kasse das zahlt.‹« – »Ich sag doch, wir verstehen uns, wir sehen die Sache nur völlig anders. Apropos Geld: Kannst du mir zwanzig oder fünfzig Euro geben, dass ich etwas zum Essen kaufen kann? Dein Kühlschrank ist quasi leer.« – Prof. Bernburger runzelte die Stirn: »Na ja, du hast jetzt schon für die Fahrt nichts bezahlen müssen, Übernachtungskosten für eine Woche Berlinurlaub fallen weg. Soweit ich informiert bin, bekommst du, zusätzlich zur Miete, die ich überweise, von deiner Mutter das gesamte Kindergeld, da sollte ...« – »Krass. Ich bin zum ersten Mal seit zwei Jahren bei meinem Vater zu Besuch, und er erklärt mir, dass ich mein Frühstück selber zahlen soll. Mama hat schon recht: Du bist einfach krank im Kopf.«

Können Sie – oder du? Wollen wir ›du‹ sagen, das ist netter, wenn wir schon quasi privat hiersitzen ...« – »Von mir aus. Ich bin Nicoletta.« – »Jens. Kannst du was empfehlen, Nicoletta? Sie scheinen hier so eine Art *Vietnam-Fusion* zu kochen – da kenne ich mich nun doch nicht so aus. In Frankfurt sind wir kulinarisch meistens ein bisschen zurück verglichen mit Berlin. Diese *Streetfood*-Läden in der Art von *Monsieur Vuong* haben sich bei uns zwar auch durchgesetzt, aber eher mit den klassischen Gerichten, Wantan-Suppe, Glasnudelsalat. Ist nicht schlecht, finde ich, passt in die Zeit, frisch, leicht, viel Vegetarisches oder Veganes auf der Karte. Du bist wahrscheinlich Vegetarierin?« – »Ich komme aus Italien. Da essen wir alles.« – »Interessantes Gesamtkonzept jedenfalls, das sie hier haben.« – Der Innenarchitekt hatte Elemente schwedischer

Moderne mit japanischer Härte und südostasiatischem Tempelkitsch kombiniert. Neben der Nische für den Buddha befand sich ein Aufsteller, in dem das Buch eines vietnamesischen Gurus angeboten wurde, *Gehe lächelnd den Weg ohne Ziel.* – Nicoletta sagte: »Bis vor einem Jahr hatte die Besitzerin einen deutschen Jäger als Lover, es gab Pho mit frisch geschossenem Rehfleisch oder Gelbes Curry mit Wildschwein. Hat leider nicht richtig funktioniert, lag wahrscheinlich auch an der Gegend. Am Ende hat sie ihn rausgeschmissen.« – »Wildschweincurry hätte ich safe probiert. Any other recommendation?« – »Die *Autumn Udon Bowl* mit Birnen-Sojasauce ist ganz gut. Ich mag die *Comfi Tofu Bowl*: Da haben sie ein ziemlich abgefahrenes Miso-Cassis-Dressing.« – »Klingt gut.« – »Sie versuchen halt, was Eigenes zu machen, was sie von den tausend anderen Vietnamesen unterscheidet.« – »Wenn ich Leute berate, sage ich ihnen im Grunde das Gleiche: Seht zu, dass euer Style klar erkennbar ist, aber passt auf, dass ihr die Kunden nicht überfordert, denn es nützt ja nichts, wenn ihr mit euren fancy Ideen gleich wieder Konkurs macht. Ihr geht mit Dirk ja einen ähnlichen Weg: very advanced, was die aesthetics anlangt, aber bei der Wertigkeit der Materialien, handwerklichen Standards completely traditional.« – »Dirk lässt uns ziemlich viel Freiheit, aber es wird natürlich alles mit ihm abgestimmt, am Ende steht ja sein Name drauf.« – »Das ist bestimmt manchmal hart für dich, wenn der Chef deine Ideen einfach für sich reklamiert, oder? I mean, bei unserem Projekt sind ja nicht bloß die Entwürfe von dir, du hast ja auch diese ganzen ökologischen Konzepte entwickelt, da müsstest du ja eigentlich die credits bekommen.« – Nicoletta Casari fragte sich, was Jens Biesemann von ihr wollte? Wenn ihr Chef dabeistand, wandte er sich ausschließlich an ihn, jetzt – wo Dirk anderweitig zu tun hatte –, wanzte er sich an sie heran, als hätten sie nicht einfach ein völlig überflüssiges Geschäftsessen, sondern eine Art Date – »... der Ecological Turn, dass wir den hinbekommen, ist ja eine Frage des Überlebens der Menschheit, und es betrifft alle Bereiche: Produktion, Mobility, Energy, Public and Private Spaces. So wie unsere Eltern mit den Ressourcen, mit der Erde überhaupt umgegangen sind, können wir obviously nicht weitermachen.« – Nicoletta nickte, lächelte, dachte, dass Jens Biesemann zweifellos zur Generation ihrer Eltern gehörte, dass seine Eltern so alt waren wie ihre Großeltern – er könnte ihr Vater sein. Auch wenn er sich die Haare färbte, wahrscheinlich drei Abende pro Woche im Gym verbrachte, die Redewendungen seiner Kinder nachplapperte, hatte sie nicht die geringste Lust, mit ihm ins Bett zu gehen.

Dina wollte mit Emre reden, Emre sehen, sich Emre in die Arme werfen. Trotzdem ließ sie seine Nachrichten ungeöffnet, las nur die Anfänge, soweit sie auf dem Display erschienen, schrieb ihm nicht, obwohl sie wusste, dass er wartete, sich Sorgen machte. Sie schämte sich, dass sie nach dem Auftritt von Joyce nicht ihn, sondern Frau Dr. Böhme angerufen hatte. Aber abgesehen davon, dass Emre diese Taekwondo-Prüfung hatte, musste Dina jetzt mit einer Frau sprechen, die verstand, was es hieß, einen weiblichen Körper zu haben – ein weiblicher Körper zu sein, in dem, wie es die Natur, von ihr aus auch Allah, eingerichtet hatte, seit neun Wochen ein Kind wuchs, ein vollkommen unbegreiflicher Vorgang, wunderbar und entsetzlich zugleich: Sie gehörte nicht mehr sich selbst, teilte ihr Innerstes mit einem anderen Wesen, das sie nicht kannte, über das sie nichts wusste. Außerdem brauchte sie jemanden, mit dem sie über ihre Mutter reden konnte, die objektiv die rücksichtsloseste, egoistischste Person war, die es überhaupt gab. Joyce hatte sich immer nur für sich interessiert, Dina bei jeder Gelegenheit allein gelassen, tagsüber, weil sie arbeiten, shoppen, Spaß haben musste. Und nachts, wenn die Gespenster kamen, die Einbrecher, war sie mit irgendwelchen Typen um die Häuser gezogen, in deren Betten gelandet. Seit sechs, sieben Jahren musste Dina sich auch noch um ihre kleine Schwester – Halbschwester kümmern: »Dina, pass schön auf Muri auf; Dina vergiss nicht, Muri Pausenbrote zu machen; Dina, du bist meine Große, ich verlass mich auf dich.« – Je nach Stimmung, Bedarfslage, Lust und Laune hatte Joyce Dina als beste Freundin missbraucht, der sie ihr Herz ausschüttete, sie wie ein Dienstmädchen behandelt, das einkaufen, putzen, kochen sollte, oder einfach ignoriert, als wäre sie Luft. Und jetzt war das Erste, was ihr auf Dinas Mitteilung »Ich bin schwanger« einfiel: Sieh zu, dass du das Kind wegmachen lässt! – Emre verstand nicht, was es hieß, so eine Mutter zu haben. Jedes Mal, wenn Dina sich ihm gegenüber beklagte, ärgerte, aufregte, erklärte er ihr, ganz egal, wie mies Joyce sich benommen, welche Gemeinheiten sie von sich gegeben hatte, niemand könne jemals in seinem ganzen Leben zurückgeben, was die Mutter für einen getan habe. Dafür verdiene sie Liebe und Dankbarkeit, und wenn sie sich tatsächlich einmal weniger gut verhalte, solle man über ihre Fehler und Schwächen den Mantel des Schweigens decken, das sei besser.

»Dina, kommen Sie rein«, sagte Frau Dr. Böhme. »Ich dachte, nach dem, was Sie mir am Telefon erzählt haben, es ist besser, wenn wir uns endlich mal persönlich sehen, statt wieder nur über die dämlichen Bildschirme. Ist mir egal, ob Sie geimpft sind, einen Test haben oder nicht, wir müssen jetzt im Gespräch auch keine Maske aufsetzen.« – Dina stiegen Tränen in die Augen. Sie war erleichtert und fürchtete sich. Zum ersten Mal stand sie Frau Dr. Böhme leibhaftig gegenüber, obwohl sie schon seit fast einem Jahr bei ihr in Therapie war.

Der Boden des Dojos vibrierte von synchron aufstampfenden Füßen. Schweißgeruch, süß, sauer, bitter, scharf, mischte sich mit Deodorant, Aftershave, Eau de Toilette, immer wieder ertönte der Kampfschrei: »Kiap!« – Emre stand zwischen Lisa und Brian, ließ die Schultern hängen, schüttelte den Kopf. – »Was ist los mit dir, wo sind deine Gedanken?«, fragte Markus Bayer. »Das ist jetzt schon die zweite Hyong, wo du mittendrin hängen bleibst, das kann doch nicht sein. Mit Prüfungsangst allein lässt sich das kaum erklären, oder?« – Emre war knallrot vor Anstrengung, vor Scham, wollte am liebsten in der Erde versinken. – »Stell dir vor, du würdest vor einer Kindergruppe stehen und solltest denen die siebte Hyong zeigen. Die vertrauen dir bedingungslos. Damit wäre es nach so einem Aufritt vorbei. Die lachen über dich. Wenn du Schwarzgurt trägst, bist du im Meisterrang. Also die grundlegenden Sachen musst du immer parat haben, in jeder Situation: Wenn ich dich nachts um drei wecke und sage: Emre, lauf die siebte Hyong, dann läufst du die siebte Hyong, egal, wie viel du gestern Abend gesoffen hast, ob deine Freundin gerade abgehauen ist oder ob in China ein Sack Reis umfällt.« – Emre fuhr sich durch die schweißnassen Haare, nickte, hielt den Blick gesenkt. Er wollte etwas sagen, doch seine Stimmbänder waren wie verklebt. Ihm lag »Dina« auf der Zunge, aber natürlich konnte er jetzt hier, während der Prüfung, nicht anfangen, von seiner Freundin zu erzählen, die vielleicht, wahrscheinlich, ziemlich sicher schwanger war, mit seinem Kind, und die sich seit Stunden nicht gemeldet hatte, obwohl ihr doch klar sein musste, dass er unbedingt wissen wollte, wie der Termin beim Frauenarzt verlaufen war. Vielleicht hatte sie einen Unfall gehabt, war, als sie überglücklich aus der Praxis kam, in ein Auto gerannt oder wegen einer Komplikation von dort aus sofort ins Krankenhaus transportiert worden. Jedenfalls hatte Dina ihm noch nie so lange nicht geantwortet. Markus Bayer wandte sich an die gut fünfundzwanzig Leute in weißen Doboks, die rund um die Trainingsfläche saßen oder standen, ein Drittel von ihnen ebenfalls Schwarzgurte. – »Ihr kennt Emre, manche von euch haben ihn von Anfang an begleitet. Normalerweise ist er hier der beste Mann. Sowohl was die Einstellung anlangt als auch von dem her, was er auf der Matte zeigt. Kein Mensch wäre auf die Idee gekommen, er könnte bei so einer einfachen Vorprüfung einen Totalausfall haben, oder?« – Emre bereute, dass er es nicht für nötig befunden – nicht den Mut aufgebracht hatte, dem Meister zu sagen: Ich kann heute leider nicht zum Prüfungstermin erscheinen, ich muss mich um meine Freundin kümmern. – »Wann hast du zuletzt bei dieser Hyong nicht weitergewusst?« – Emre holte tief Luft: »Keine Ahnung. Sabomnim.« – »Emre ist ja nicht so der Männergruppentyp, von wegen ›Ich entdecke jetzt mal die weibliche Seite in mir‹, sondern er ist Türke, ein Ehrenmann. Für ihn ist das eine ganz andere Sache, in aller Öffentlichkeit das Gesicht zu verlieren. Ich weiß, wovon ich rede. Ich heiß nicht bloß Bayer: Ich bin Bayer. Da kennt man das.« – Emre dachte, er müsste etwas tun, jetzt, sofort: Was, wenn der Arzt, Dinas Mutter, ihre beste Freundin oder diese Therapeutin so lange auf Dina eingeredet hatte, bis sie an ihrer Entscheidung, das Kind, ihrer beider Kind zu bekommen, zweifelte: ›Du willst doch Jura studieren, Anwältin werden, um die Welt reisen, Party machen, deinen eigenen Weg gehen: Das ist dann alles vorbei.‹ – Die meisten Deutschen dachten so, und inzwischen breiteten sich diese Ideen auch unter türkischen Frauen aus. – »Scheitern muss man lernen, Emre. Wusstest du das?« – Emre schüttelte den Kopf. – »Wenn man anfängt mit Taekwondo, meint man immer, es geht darum zu gewinnen, alles perfekt hinzukriegen, der Beste zu sein. Und das ist auch die richtige Haltung – für den Anfänger. Die Ferse blutet, die Handkante ist grün und blau geschwollen – wen interessiert das? Zähne zusammenbeißen, weitermachen. Ein Indianer kennt keinen Schmerz. Als ich jung war, wollte ich Meister Park immer beweisen, dass ich jede Übung schneller, besser konnte als alle anderen. Mit achtzehn hatte ich meinen Schwarzgurt und dachte, ich bin der Größte. Wie Muhammed Ali: ›I AM THE GREATEST!‹ Ist bekannt, oder?« – Die meisten nickten. – »Dann habe ich, total besessen von meinem Ehrgeiz, probiert, einen Drehsprung noch schneller, noch höher zu machen, wie das noch nie jemand hingekriegt hat, bin ein bisschen schräg gelandet und zack! waren sämtliche Bänder gerissen.« – Emre wusste, dass der Meister viele Krisen, Krankheiten, Niederlagen hinter sich hatte. Nach zahlreichen Verletzungen war sein Knie so kaputt, dass er keinen schmerzfreien Schritt mehr tun konnte. Demnächst würden sie ihm das Bein auseinandersägen und ein Kunstgelenk einsetzen. In seinem Privatleben herrschte Chaos. Er hatte mehrere Kinder von mehreren Frauen, die – bis auf seinen ältesten Sohn – keinen Kontakt zu ihm wollten. Emre respektierte Markus Bayer als Meister, manchmal bewunderte er ihn, aber nicht eine Sekunde hätte er mit ihm tauschen wollen. – »*Gut scheitern* – das ist die nächste Stufe. Auch im Taekwondo. Insofern passt es, dass du in der Prüfung zum 2. Dan stehst. Beim 1. Dan denkt man, jetzt hab ich es geschafft – ein Traum wird wahr. Das stimmt. Und es ist Quatsch. Der Schwarzgurt ist das Ergebnis von vielen Jahren harter Arbeit. Aber wenn du ihn hast, merkst du: Jetzt geht es erst richtig los. Auf jeder Stufe kommen die gleichen Sachen wieder, aber jedes Mal eine – manchmal zwei, drei Nummern schwieriger. Weil du mehr kannst, wird auch mehr von dir verlangt. Ist normal, oder?« – »Sabomnim. Entschuldigung. Meine Freundin bekommt ein Kind. Wahrscheinlich. Von mir. Also, dass ich der Vater bin, ist sicher. Glaube ich. Sie war heute zum ersten Mal beim Frauenarzt. Und jetzt ist sie seit Stunden weg. Komplett verschwunden. Deswegen …« – Markus Bayer schwieg einen Moment, sein Gesicht zeigte keinerlei Regung. Emre dachte: Jetzt wirft er mich raus. Im nächsten Moment entspannte sich das Gesicht des Meisters, er lachte, leise, eher für sich: »Glückwunsch. Ist dein erstes Kind, oder?« – »Ja.« – »Freust du dich?« – »Ja.« – »Na, dann passt's doch. Hättest du mir auch gleich sagen können. Übrigens: Der Stress wird mit jedem Mal weniger, glaub mir.«

Frau Dr. Böhme schaute Dina an, sah ein schüchternes, blutjunges Mädchen, aus dessen Augen eine uralte Traurigkeit und kindlich naives Vertrauen sprachen. Von den Patienten, die sie während des Lockdowns zu Online-Therapiesitzungen neu angenommen hatte, war Dina zwar nicht die erste, die sie persönlich traf, aber Frau Dr. Böhme wunderte sich jedes Mal aufs Neue, wie gewaltig der Unterschied selbst für jemanden mit großer Erfahrung und Menschenkenntnis war, wenn man mit einer Person nicht durch Bildschirme sprach, sondern ihr von Angesicht zu Angesicht gegenübersaß. Es hatte längst nicht nur mit den Unschärfen, Brüchen, Verzögerungen zu tun, die von der Linse, den Rechenoperationen im Innern der Apparate, den Störungen der Übertragungswege verursacht wurden. Sobald jemand sprach, erzählte, bestand die Information, die er vermittelte und die sie als Therapeutin wahrnahm, eben doch nur zu einem Bruchteil aus den Bedeutungen von Worten und Sätzen. Selbst unerwartetes

Innehalten, ein Tränenausbruch, ein Wutanfall, Gelächter, das gesamte Mienenspiel mit seinen zusätzlichen Nuancen vermittelten, wenn sie über Bildschirme und Lautsprecher übertragen wurden, keinen genauen Eindruck von dem, wer der Mensch vor einem wirklich war und in welchem Zustand er sich gerade befand. Natürlich hatte sie aus Dinas Erzählungen einiges über ihren Charakter, ihre Probleme, ihr Umfeld, ihre Ängste und Träume erfahren, trotzdem wurde ihr das Mädchen, die junge Frau erst jetzt greifbar, wo sie ihr unmittelbar gegenübersaß und ihre großen braunen Augen still und konzentriert durch den Raum schweifen ließ. – »Und Ihr Freund, Emre, er will, dass Sie das Kind auf jeden Fall behalten, auch wenn Sie gerade erst achtzehn geworden sind?« – »Ich möchte das auch. Wir wollen das beide.« – Sie sprach ruhig und entschieden, als wüsste sie, was sie wollte, was zu tun ist – ganz anders als in den Sitzungen zuvor. Frau Dr. Böhme fragte sich, welche Art von Gehirnwäsche das Mädchen durchlaufen hatte? Oder ob sie im Gegenteil, verursacht durch was auch immer, eine innere Reife hatte, die für ihr Alter ungewöhnlich, im Grunde sogar unangemessen war. Möglicherweise hatte sie durch den, man konnte es schon emotionalen Missbrauch seitens der Mutter nennen, durch die jahrelange Überforderung aufgrund der Verantwortung für die kleine Schwester, einen drastisch beschleunigten Prozess des Erwachsenwerdens durchlaufen, dessen Resultate sich nicht im normalen Schulwahnsinn zeigten, sondern erst jetzt, wo es um die wirklich existenziellen Dinge ging. Gab es dazu eine Theorie, Studien, Erfahrungswerte? Normalerweise saßen schwangere Jugendliche, junge Erwachsene verwirrt, heulend, wütend vor ihr. Manche brachten beste Freundinnen, Mütter, einige auch die kleinlauten Erzeuger mit. Die Frage war meist nicht ob, sondern lediglich wie und wo man die befruchtete Eizelle, oder was bereits daraus geworden war, möglichst schnell wieder loswurde, welche Strategien es gab, die infolge einer Abtreibung eventuell auftretenden psychischen Krisen zu verhindern oder abzumildern. – »Wir hatten ja schon öfter darüber gesprochen, dass Ihr Freund Moslem ist und in manchen Fragen ein ganz anderes Weltbild hat als eine junge, moderne Deutsche wie Sie.« – »Streng genommen Halbitalienerin, nur quasi ohne Vater.« – »Aber Ihnen gefielen die Veranstaltungen bei dem Imam oder Sheikh …« – »Sheikh Mohammed Ibrahim.« – »… zu denen Ihr Freund Sie mitgenommen hat. Sie fanden, dass er gute Antworten auf die wichtigen Fragen hatte, oder?« – »Der Sheikh ist ganz anders, als was man sonst über den Islam, über Religion überhaupt hört, also diese Gewaltsachen, Frauenhass, Unterdrückung oder auch sexueller Missbrauch wie bei der katholischen Kirche.« – »Aber er vertritt schon ein eher traditionelles, ich will nicht sagen patriarchalisches Frauen- und Familienbild, was das Rollenverständnis anlangt?« – »Sheikh Mohammed Ibrahim sagt, die Männer machen draußen immer ein Riesentheater, aber sobald sie zu Hause sind, bestimmt doch die Frau.« – »Gut, das stimmt einerseits, ist allerdings auch ein bisschen arg vereinfacht ... Gesetzt den Fall, rein hypothetisch, Sie würden das Kind zur Welt bringen, wie stellen Sie sich dann vor, dass es mit Ihrem Leben weitergeht?« – »Bei den Leuten, die zu Sheikh Mohammed Ibrahim kommen, sind gar nicht so wenige in meinem Alter, die heiraten und Kinder kriegen. Manche lassen sich später wieder scheiden, aber die sind eher die Ausnahme.« – Frau Dr. Böhme hatte keine Kinder, sie fehlten ihr auch nicht. Allerdings war es in der DDR gerade bei Akademikerinnen ihrer Generation durchaus üblich gewesen, früh Mutter zu werden, was in gewisser Hinsicht Vorteile hatte – dann war man mit Anfang vierzig wieder frei von diesen ganzen Elternverpflichtungen. Im Osten hatte es für junge Familien, auch für Alleinerziehende, deutlich bessere Betreuungsangebote gegeben als in der BRD. Ein gut ausgebautes Kita-Netz sollte die Frauen in ihrer Entscheidung, Kind oder Beruf, unabhängig machen, und natürlich hielt man auf diese Weise auch die Indoktrination durch die Kirchen außen vor. Nach allem was sie gehört hatte, waren die Pfaffen mit ihren Moralvorschriften im Westen noch bis zur Wende massiv in Familienplanung und Erziehung involviert gewesen. – »Eigentlich wollten Sie erst mal studieren. Meinen Sie, dass Sie das hinbekommen, so ganz allein?« – »In Emres Familie halten alle zusammen und helfen sich gegenseitig, egal, was passiert. Und sie mögen mich.« – Wahrscheinlich hatte eine türkische Großfamilie für ein Mädchen, das mit einer chronisch überforderten, alleinerziehenden Mutter aufgewachsen war, erst einmal etwas sehr Verlockendes. Die Probleme, der Psychoterror begannen erst, wenn die eingeheiratete, in diesem Fall auch noch *ungläubige* Frau, nicht alles so machte, wie sich die Schwiegermama das für ihren geliebten Sohn vorstellte, sobald sie andere pädagogische Vorstellungen hatte, sich selbstbestimmt Freiheiten herausnahm oder einfach nur nicht wusste, wie man die Lieblingsspeise des Gatten zubereitete. Wobei Frau Dr. Böhme ehrlicherweise zugeben musste, dass sie über den Islam, islamisches Leben nicht mehr wusste, als was in den Zeitungen stand. Sie hatte keine muslimischen Bekannten, nicht einmal Patienten. – »Können Sie eigentlich kochen?« – Dina schüttelte den Kopf: »Was hat das jetzt damit zu tun, wie ich meiner Mutter klarmache, dass ich selbst entscheide, welche Art von Leben ich will?« – »Entschuldige, war eine blöde Frage. Vergessen Sie es.«

Es war entsetzlich, dachte Joyce Telschow. Womit hatte sie das verdient? Die Welt war nicht gerecht. Gegen den ausdrücklichen Rat fast aller Freundinnen, Bekannten, Kolleginnen, hatte sie sich damals dafür entschieden, Dina auszutragen. Um dem Kind eine gute Mutter zu sein, hatte sie darauf verzichtet, eine Ausbildung zur Einsatzleiterin zu machen, sich nicht für das Trainee-Programm beworben, mit dem sie vom operativen Bereich ins Management hätte wechseln können. All das wäre möglich gewesen. Auf der Führungsebene hielten sie große Stücke auf sie. Erst neulich war Bernd Jessen, der Chef ihrer Abteilung, auf sie zugekommen und hatte gesagt, sie müsse nicht bis zur Pensionierung an der Kontrollstelle stehen, es gebe da immer noch Aufstiegsmöglichkeiten, wenn es mit der Pandemie vorbei sei und der BER richtig laufe. Über den Spaß, die Partys, die Reisen mit Kollegen, spendablen Männern, auf die sie verzichtet hatte, damit Dina und dann auch Muri möglichst wenig allein waren, dachte sie lieber gar nicht erst nach. Im Übrigen hatte sie all das ja gern getan, in der Hoffnung, Dina würde die Chancen nutzen, die sich ihr eröffneten, weil ihre Mutter die eigenen Belange hintangestellt hatte. Und jetzt warf sie mit gerade einmal achtzehn Jahren, trotz eines Abi-Durchschnitts von eins Komma zwei, mit dem sie im Prinzip alles studieren konnte … – »Was steckt dir denn quer«, fragte eine Männerstimme. Maik Bolandt, Busfahrer, Nachbar, den sie seit der Grundschule kannte, hatte mit seinem Wagen unmittelbar neben ihr gehalten und das Fenster hinuntergelassen. Vor zwanzig Jahren hätte er sie am liebsten geheiratet, aber dafür hatte er ihr einfach nicht gut genug gefallen, schon rein vom Körperlichen her. – »Na, die Kleine halt – also die Große von meinen beiden Kleinen.« – »Um die musst du dich doch nicht sorgen, so wie die aussieht und was die im Kopf hat, macht die ihren Weg, da können wir nachher froh sein, wenn die uns überhaupt noch kennt.« – »Im Moment hat die leider gar nichts im Kopf, sondern bloß was im Bauch ...« – »Ist nicht dein Ernst. Hat der Türke ihr ein Kind gemacht? Das sieht denen ähnlich.« – »Ich kann dir sagen, am liebsten würde ich ihr rechts und links ... Aber das nützt ja jetzt auch nichts mehr.«

Es war dunkel geworden. Urban irrte ziellos durch die Straßen. Früher hatte er die Abendstadt geliebt, war auf einen Martini, einen Gin Tonic in eine seiner Lieblingsbars gegangen, von denen es die meisten längst nicht mehr gab, hatte einen Campari zum Aperitif bei Gianni im *Noi tre* getrunken, der ihm dann erzählte, welche Fische am Morgen frisch mit dem *RUNGIS-Express* gekommen waren, Wildfang-Doraden, bretonischer Loup de Mer, atlantischer Seeteufel, wie Roberto ihn zubereiten würde, gegrillt auf gebratenem Chicoree, gedünstet mit Salsa verde. Damals, zwischen dem ersten und zweiten Roman, hatte Urban zum ersten und einzigen Mal in seinem Leben Geld gehabt. Er war sicher gewesen, dass es nun Buch um Buch so weiterginge, Lesereisen, Preise, erstklassige Restaurants, rahmengenähte Schuhe, teure Anzüge. Er war einer der aufstrebenden Autoren, die schon bald die letzten überlebenden Großschriftsteller der Kriegsgeneration beerben würden, neue Themen setzten, die Romanform ins 21. Jahrhundert führten. Doch *Nebenkriegsschauplätze* fiel durch, sowohl bei der Kritik als auch bei den Lesern. Das neuerliche Aufbrechen, Zertrümmern des eben erst wiederentdeckten realistischen Erzählens führte dazu, dass es nicht nur keine zweite, geschweige denn dritte, vierte, fünfte Auflage gab, sondern die Hälfte der ausgelieferten Exemplare nach einem Jahr remittiert wurde. Urban hatte versucht sich einzureden, dass der Misserfolg ihm egal sei, dass er einfach den nächsten Roman in Angriff nähme. Er war nicht der Typ, der sich von den unkalkulierbaren Wandlungen des Publikumsgeschmacks, von thematischen und formalen Moden beirren ließ. Urban Fischer ging seinen eigenen Weg, ganz gleich woher der Wind wehte. Nachdem die letzte große Lesereise vorbei gewesen war, hatte er sich wieder allmorgendlich an den Schreibtisch gesetzt, anfangs tatsächlich zügig Text fabriziert, der jedoch immer schneller von Selbstzweifeln, Korrekturen, Überarbeitungen, pulverisiert wurde: Kaum eine Formulierung, die nicht abgegriffen, ausgelutscht klang, und ganz gleich, mit welchen Themen sich seine Figuren beschäftigten, er wusste auf jeden Fall zu wenig darüber. Nachdem er lange auf Büchern als einziger Quelle bestanden hatte, entdeckte er die Möglichkeiten der Online-Recherche, mit deren Hilfe sich unvorstellbare Mengen von Information zu nahezu jedem Detail beschaffen ließen. Das gesamte Wissen der Menschheit lag offen vor ihm. Doch immer öfter ging er im Gewirr der sich unendlich verästelnden Links, in Bergen aufgehäuften Materials unter. Flimmernde Illusionen von Wirklichkeit, derer er mit Hilfe von Reduktion, Konzentration, Komposition erzählerisch Herr werden wollte, explodierten vor seinen Augen zu Milliarden funkelnder Splitter, in denen sich immer neue Welttrümmerteile spiegelten, während er selbst Tag für Tag leerer, stumpfsinniger, gleichgültiger wurde. Bis heute war es ihm nicht gelungen, zur linearen Ordnung des Satzbaus zurückzufinden. Vielleicht sollte er doch eine Therapie anfangen, es zumindest versuchen, auch wenn er Freud für einen drogenabhängigen Sektengründer hielt, nicht besser als Ron Hubbard, und sei es nur, damit Irma ihm nicht länger vorhalten konnte, er suhle sich in selbstmitleidigen Fantasien einer tragischen Künstlerexistenz, huldige einem lächerlichen, im Übrigen völlig gestrigen Geniekult, statt nach konkreten Gründen für seine Schreibblockade, den Ursprung seiner Probleme zu suchen. Vielleicht würde sich seine Textvernichtungssucht lösen, wenn er endlich die kafkahaften Minderwertigkeitskomplexe dem Vater gegenüber in den Blick nähme. – … was natürlich vollkommener Blödsinn war. Urban hatte eine glückliche Kindheit gehabt, sein Verhältnis zu den Eltern war im Großen und Ganzen in Ordnung. Die Dunkelheit hatte sich in seinem Inneren ausgebreitet, lange bevor ihn irgendetwas hätte traumatisieren können. Sie war Teil seiner Persönlichkeit, vielleicht ein genetischer Defekt, Schicksal, aber eben auch Bedingung der Möglichkeit – der *inneren Notwendigkeit* – etwas auszudrücken. Alle Kunst, Literatur, die Urban in seinem Leben berührt hatte, entstammte der Verzweiflung. Ein wahrhaftiger Satz musste aus dem schwarzen Grund des Schweigens gestiegen sein, nur dort konnte er die Kraft sammeln, die es rechtfertigte, ihn zu schreiben und von irgendeinem Menschen auf der Welt zu erwarten, dass er ihn las.

Irma saß abseits, allein, den Laptop auf ihrem Schoß, atmete durch die ekelhaft nasse Maske, während die Mütter im Cateringbereich mehrsprachig mit den bisherigen Erfolgen ihrer Kinder prahlten, Rezepte austauschten, spanischen Sekt tranken. Leonie spielte, wurde fotografiert, durfte auf dem Esel sitzen, versuchte mit dem roten Ara im Käfig zu sprechen, der samt Tiertrainer für ein anderes Motiv gebucht worden war – irgendwas mit Dschungel. Irma überlegte, ob diese Art des Orientalismus heutzutage überhaupt noch ging? Andererseits war Jabeer Khan Pakistani. Wenn einer das Recht hatte, mit derartigen Klischees zu spielen, dann er. Manchmal kam Leonie gerannt, aufgeregt, außer Atem, warf ihr zwei, drei Sätze zu, war schon wieder verschwunden, weil die nächste Sensation wartete. Alle umschwärmten Afryea. Woher nahm diese Frau ihre Souveränität, die Abgeklärtheit in jeder Bewegung, als wäre sie vollkommen eins mit sich? Königinnen traten so auf. Irma hingegen war Professorentochter, Scheidungskind, mittleres Bürgertum mit höherem Anspruch, dem kaum einer in der Familie gerecht wurde – sie selbst eingeschlossen. Seit Leonies Geburt war das wilde Leben vorbei, stattdessen hatten sich die typischen Besorgnisse ihrer Klasse ausgebreitet, der heimliche Wunsch nach einem Gehalt, das zum Ersten des Monats auf dem Konto einging, nach Wohneigentum, festverzinslichen Wertpapieren. Vorher war es einfach gewesen. Zwei Liebende mit kreativen Potenzialen und überschaubaren Bedürfnissen brachten sich immer irgendwie durch. Doch sobald ein Kind da war, änderte sich alles. Als Erstes explodierten die Lebenshaltungskosten: Gesunde Ernährung war zentral, also kaufte sie im Biomarkt statt im Discounter ein; Weichmacher konnten Kreidezähne oder Unfruchtbarkeit nach sich ziehen, deshalb musste alles, was Leonie in die Hand nahm, am Leib hatte, aus schadstoffgeprüften Naturmaterialien bestehen. Urban verdiente fast nichts, sie selbst war inzwischen vierunddreißig. Unaufhaltsam schwand das Kapital, von dem sie ein Jahrzehnt lang gelebt hatte: ihre Jugend. Jemand wie Mariann Krüger behandelte sie zwar noch immer als Szenegröße, mit der man gesehen werden wollte, doch dort, wo sich entschied, was bei den wirklich jungen Leuten angesagt war, verkehrte Irma längst nicht mehr, und wenn, ging sie spätestens um elf nach Hause – schon weil Urban mit der morgendlichen Kinderlogistik überfordert gewesen wäre. Irma trauerte sich selber nach, der Hellwachheit, der körperlichen Unversehrtheit vor der Schwangerschaft, als sie die Welt noch jeden Tag, jede Nacht neu erfunden hatte, erst allein, dann zusammen mit Urban, dessen dunkle Kraft sie mitgerissen hatte ... Vielleicht war es in Wirklichkeit auch umgekehrt gewesen: Sie hatte Urban eine Zeitlang mitgerissen mit ihrer Lust am Unbekannten, Niegesehenen, der totalen Entgrenzung, Hingabe, Auflösung, kommunikativ, physisch, sexuell. Inzwischen verkroch Urban sich am liebsten in seinem Kohleofen-Loch. Wenn er überhaupt noch ausging, dann allein – angeblich. Vielleicht betrog er sie auch, traf sich heimlich mit einer Geliebten, einer Frau, die nicht geboren hatte, nicht von einem Kind ausgelaugt war. Die Möglichkeit bestand, obwohl wenig dafür sprach: Weder strahlte er diese dümmliche Zufriedenheit nach exzessivem Sex aus, noch hatte sie den Eindruck, dass er irgendetwas vor ihr verbarg. Sein Smartphone lag immer offen auf dem Tisch, und Irma hatte nie erlebt, dass er hastig ein Telefonat beendet hätte, wenn sie überraschend zur Tür hereingekommen war. Anders als früher schaute er längst nicht mehr jedem Frauenarsch nach. Angeblich hatten auch Männer so etwas wie Wechseljahre, hormonelle Umstellungen, die mit Mitte vierzig begannen und je nach Verlauf zu einem drastischen Verlust der Libido führten. Vielleicht brauchte sie einen anderen Mann oder auch eine Frau, jemanden, der sie so schön fand, begehrte, liebte, wie sie jetzt aussah, sich jetzt anfühlte, nicht dick, aber doch weicher, fülliger – weiblicher, wenn man es positiv ausdrücken wollte. Sie war nicht mehr das schmale, zwischen den Geschlechtern changierende, alle Geschlechter gleichermaßen anziehende Wesen, das sie zwischen zwanzig und dreißig, vor der Schwangerschaft, gewesen war. In Marcs Blick hatte sie vorhin zum ersten Mal bewusst gesehen, dass sie auf dem Weg war, von der Frau zum Neutrum zu werden, zumindest in den Augen der Männer.

Was er lebte, verdiente die Bezeichnung »leben« kaum noch, er vegetierte dahin: ein zweiundvierzigjähriger, wenn er ehrlich war, ehemaliger Schriftsteller, verspäteter Vater, die schlecht geschnittenen, nachlässig gescheitelten Haare vollständig ergraut, kleinteilige Knitterfalten um Mund- und Augenpartien. Die jungen Mütter auf den Spielplätzen, in den Wartezimmern der Kinderarztpraxen überlegten, ob er der Vater oder der Großvater des süßen Mädchens auf der Rutsche, im Bällchenbad war. Er liebte Leonie, natürlich, nichtsdestoweniger basierte ihre Existenz auf einem Missverständnis, einer Fehleinschätzung. Es wäre besser gewesen, wenn die Geschichte – seine Geschichte – mit ihm ihr Ende gefunden hätte, wenn sein Nachleben ausschließlich in Gestalt von Büchern stattgefunden hätte – Büchern, die es nicht gab und vermutlich auch nicht mehr geben würde. Die einzigen Erinnerungen an ihn bestünden eines Tages darin, dass eine junge Frau Bilder eines hilflosen, panisch gelähmten Mannes vor Augen hatte, der nicht wusste, was er angesichts ihrer bestialisch blutenden Oberlippe tun sollte, aus dem mitleiderregenden Anblick eines schnarchenden Alten, der neben ihrem Bett beim Vorlesen der Gute-Nacht-Geschichte eingeschlafen war. – Urban entschied sich jetzt doch für einen Aperitif und betrat *Herrn Schmidts Ausschankstätte*, einen der wenigen Läden in der Gegend, wo man weder von neureichen Kreativen oder großsprecherischen Berufsjugendlichen, noch von Touristen behelligt wurde, die bei jedem Drink die Zutaten wissen wollten. Herr Schmidt, der inzwischen Mitte sechzig war, hatte seine erste Bar unmittelbar nach der Wende in einem Kollwitzstraßen-Keller eröffnet, damals schon unter demselben Namen. Vermutlich würde er hinter der Theke stehen, bis er tot umfiel. Rente bekam er ohnehin nicht. Er unterhielt sich mit einer österreichischen Malerin, Luise – deren Nachnamen Urban sich nicht hatte merken können. Beide rauchten. Der Raum war so klein, dass es sich kaum lohnte, für die wenigen Schritte bis zur Theke eine Maske aufzusetzen. Herrn Schmidt war es ohnehin egal. – »Urban Fischer, wie geht's, womit kann ich helfen?« – »Wie immer gut. Einen Wodka Tonic.« – Rechts und links des Küchenschranks aus DDR-Produktion, in dem Flaschen und Gläser untergebracht waren, hingen Schaukastenfotos von DEFA-Filmen. Seitlich befand sich ein Regal mit vergilbten Büchern, Stefan Heym, Brigitte Reimann, Jewgeni Jewtuschenko. Urbans Romane sowie die von Bernard Entremont waren die einzigen Titel aus dem »nichtsozialistischen Ausland«, wie Herr Schmidt es immer noch nannte. Ob er die Bezeichnung ernst meinte oder damit lediglich ein bestimmtes Marktsegment bedienen wollte, wusste man nicht. Ehemalige SED-Kader zählten jedenfalls nicht zu seinen Stammgästen. Herr Schmidt fand vor allem die Bücher von Bernard Entremont großartig: ›Er führt einem vor Augen, wie der globale Kapitalismus alle menschlichen Beziehungen dem Profit geopfert hat. Das Einzige, was bliebe, wäre Sex, aber dafür müsste man erst mal einen hochkriegen.‹ – Er stellte Urban wortlos seinen Drink hin, wandte sich wieder der Malerin zu. Vermutlich war diese Kneipe der einzige öffentliche Ort, an dem Urbans Romane standen. Urban dachte an die unfassbar schöne Studentin, Elaine, der Prof. Spettmann erzählt hatte, was für ein begnadeter Autor er sei, rief sich ihren Blick zurück, der vielleicht etwas bedeutet hatte, wenn er nicht dieser peinlichen Selbsttäuschung aufgesessen war, die sich bei Männern in den mittleren Jahren häufig einschlich. Wobei seine Erscheinung für einen Mann von über vierzig in Ordnung war, keine Glatze, kein Doppelkinn, der Bauch so, dass er unter der Dusche seinen Schwanz sehen konnte, ohne sich vorbeugen zu müssen. Trotzdem: Falls Elaine Interesse an ihm hatte, dann an dem, was er inzwischen am allerwenigsten war – ein Schriftsteller, eine Persönlichkeit von Bedeutung, die etwas Kostbares in sich trug, eine besondere Sicht der Welt, einmalige Empfindungsnuancen, und der dafür eine eigene Sprache gefunden hatte. Urban fragte sich, ob Kollegen, Verlagsleute, Journalisten schon wussten, zumindest ahnten, dass er nur mehr ein Schauspieler war, der die Figur des Schriftstellers gab? Die große Krise, das tragische Scheitern, das Zerbrechen an der Last dessen, was zum Ausdruck gebracht werden musste, gehörte zur Rolle, sie beglaubigten den Menschen und das Werk. So hatte Urban es sich seit seinem sechzehnten Lebensjahr eingeredet und fortan jeden Triebstau zur verzweifelten Raserei, jede Abfuhr zur kosmischen Tragödie aufgeblasen, seinen Mangel an Disziplin mit der Lähmung beim Blick in den eigenen Abgrund erklärt, doch inzwischen lag seine Pubertät mehr als ein Vierteljahrhundert zurück. In Wirklichkeit war es bei all den vermeintlichen Seelendramen, inszenierten Abstürzen, feinziselierten Vermessungen lächerlicher Gefühlsaufwallungen immer nur darum gegangen, am Ende des Abends eine Frau mit nach Hause zu nehmen. Ihm fiel diese Paläo-Ethnologin wieder ein, die vor einigen Jahren eine sozial-evolutionäre Theorie des Künstlers veröffentlicht hatte, warum Leute wie er – ohne übermäßige Körperkräfte, beneidenswerte Besitztümer, Macht – nicht längst dem Prozess der natürlichen Auslese zum Opfer gefallen waren. Dichter, Schauspieler, Alleinunterhalter, so hatte sie behauptet, hätten im Laufe der Stammesgeschichte eine durchaus effektive Fortpflanzungsstrategie entdeckt: Spätnachts, wenn die Alphatiere, die Großwildjäger, Kriegshelden von den Mühen des Überlebenskampfs ermattet in Tiefschlaf gefallen waren, die Frauen am Feuer zurückblieben, angeödet von den ewig gleichen Geschichten, wie einer dem Löwen im Sprung seinen Speer in die Brust gerammt hatte, das Blut aus dem Schädel eines Todfeindes gespritzt war, dann kam die Stunde von Leuten wie ihm, die von den Geheimnissen hinter den Sternen raunten, die Anmut einer Gazelle priesen, das Gekrächze der Krähen in Menschenworte übersetzten oder wirklich witzige Anekdoten zum Besten gaben – Religionsstifter, Dichter, Possenreißer. Und irgendwann im Stockdunkeln vor dem Morgengrauen stieg dann die eine und andere Frau dem schmalbrüstigen aber sprachgewaltigen Delta-Männchen auf den Schoß, und so bekamen auch die Blender, Schaumschläger, Dummschwätzer Gelegenheit, ihr Genmaterial zu verbreiten. Angeblich gab es diesen Typus sogar bei Schimpansen.

Dirk Mahnfeld hatte keine weiteren Termine gehabt, er war einfach nicht in der Stimmung gewesen, sich das Gerede von Jens Biesemann noch länger anzuhören. Allerdings hatte Biesemann einmal mehr seine Absicht bekundet, relevante Summen in ein großes Berliner Bauprojekt zu investieren und Dirk Mahnfeld beziehungsweise sein Team mit der Planung zu beauftragen. Da wäre es sicher hilfreich, wenn er sich ein bisschen in Nicoletta verknallte. Soweit Dirk Mahnfeld wusste, war Biesemann aktuell in keiner festen Beziehung. Zwar hatte Nicoletta ihm selbst vor anderthalb Jahren auf einer gemeinsamen Reise nach Amsterdam unmissverständlich klargemacht, dass sie nicht an einer Affäre interessiert sei, aber das musste ja nicht im Hinblick auf Biesemann gelten. Biesemann war fünf oder sechs Jahre jünger als er und rein von der physischen Gesamterscheinung her deutlich besser in Schuss. Also hatte Mahnfeld vorgeschlagen, Biesemann und Nicoletta könnten zusammen essen gehen, die offenen Fragen besprechen, vielleicht Visionen entwickeln. Nachher, gegen acht, würde er selbst auf einen Drink in der *Topas Bar* wieder dazustoßen, anschließend konnten sie – falls Biesemann ein bisschen in das Kulturleben seiner künftigen Heimat eintauchen oder sich einfach noch nicht von Nicoletta verabschieden wollte – mit zu ihm nach Hause auf diese, für Corona-Verhältnisse, wahrscheinlich wirklich große Party kommen.

Dirk Mahnfeld öffnete die Tür seines Hauses, horchte, ob von irgendwoher Geräusche drangen, die auf die Anwesenheit weiterer Familienmitglieder hindeuteten, sah Leute in schwarzen Hosen und Röcken, weißen Hemden und Blusen hin und her huschen. Offenbar hatte Mariann – zusätzlich zu Häppchen, Salaten, die sie selbst zubereitete – den üblichen Caterer bestellt. Jedenfalls wurden in Wohnzimmer und Küche Tische, Geschirr, Gasflaschen von hier nach da transportiert. Er stieg die Treppe hinauf, ohne dass ihn jemand bemerkte, verschwand in seinem Zimmer, ließ sich rücklings aufs Bett fallen, schloss die Augen. Er dachte an Elena, wie sie auf ihm gesessen hatte, an das Schaukeln ihrer schweren Brüste vor seinem Gesicht, ihren süßlichen Schweißgeruch, trotzdem regte sich nichts in seiner Hose. Es war gleichermaßen beunruhigend und entlastend. Vielleicht begann allmählich die Phase der erotischen Konsolidierung. Andererseits hatte ihm Ralf Borchert, bester Freund seit Studententagen, erzählt, dass sein Vater mit Anfang neunzig, vollkommen dement, aber immer noch gut zu Fuß, sich in eine der Pflegerinnen verliebt habe, und ihr jedes Mal, wenn sie auftauche, vorschlage, sie könnten doch zusammen nach Ibiza durchbrennen, er habe dort ein Haus. – »Es hört nicht auf«, hatte Ralf gesagt, »bis zum letzten Atemzug werden wir unfassbaren Blödsinn verzapfen, absolut dämliche Aktionen veranstalten, nur um eine Frau ins Bett zu bekommen.« – Es klopfte an der Tür, eine Stimme, Alexias Stimme, fragte halblaut: »Papa?« – »Ja. Komm rein.« – Er richtete sich auf: »Was gibt's denn?« – »Ich dachte, du wärst den ganzen Tag unterwegs.« – »Dachte ich auch.« – »Kann ich dich was fragen?« – »Klar.« – »Du bist doch cool mit allem, was ich mache, oder?« – Er zuckte mit den Schultern: »Keine Ahnung, wahrscheinlich schon.« – »Ich hab den Eindruck, dass Mama es irgendwie nicht so gut findet, dass ich jetzt mit Ruth zusammen bin. Sie sagt das zwar nicht, im Gegenteil, sie erzählt mir dauernd von irgendwelchen Kolleg:innen oder Frauen aus der Politik, der Kulturszene, die lesbisch sind und so. Aber es kommt mir vor, als würde sie das hauptsächlich machen, um sich selbst davon zu überzeugen, dass alles ok ist.« – Dirk Mahnfeld wunderte sich, dass Alexia damit zu ihm kam. Er hatte den Eindruck gehabt, dass sie sich seit seinem Auszug ihm gegenüber ziemlich distanziert verhielt. – »Ach, weißt du, selbst wenn das so sein sollte: Sie wird sich dran gewöhnen. Ich glaub, Mama kann sich das für sich so gar nicht vorstellen, mit einer Frau zusammen zu sein … Also körperlich. Vielleicht liegt das daran, dass … Wie soll ich es ausdrücken? Heterosexuelle Männer zum Beispiel haben ja teilweise unbewusst Schwierigkeiten mit Schwulen. Vielleicht ist das bei Frauen auf irgendeiner Ebene ähnlich. Weil sie sich innerlich dagegen wehren müssen. Angeblich sind ja die meisten Menschen bisexuell, ohne es zu wissen. Und da kann sich dann so eine Verunsicherung einstellen, die man vermeiden möchte. Hab ich mal gelesen. Aber Mama möchte auf gar keinen Fall, dass du dich schlecht fühlst damit. Da bin ich mir ganz sicher.«

Auf dem Bürgersteig vor *Aladins Shisha-Lounge* waren Tische und Bänke aus zusammengenagelten Euro-Paletten aufgestellt. Zwei junge Frauen, Mädchen fast noch, saßen im Dunkeln vor halbvollen Biergläsern, teilten sich eine Wasserpfeife, hielten sich an der Hand. Natürlich: Er war in Deutschland. Die Frauen gingen alleine aus, rauchten, tranken Alkohol – sie hatten sogar Sex miteinander. Auf *Pornhub* konnte man es sich ansehen. Die Bilder waren eklig und erregend zugleich. Vor der übernächsten Koje stand ein dicklicher Typ mit ausrasiertem Nacken, sorgfältig getrimmtem Vollbart, der wie ein Araber aussah und mit einem älteren Asiaten diskutierte. Der Dicke drehte sich abrupt weg, kam ein paar Schritte näher, wählte eine Nummer auf seinem Mobiltelefon, begann zu sprechen. Die Wortfetzen, die Ali Zayed aufschnappte, waren tatsächlich Arabisch. Ali Zayed öffnete die Tür, betrat die Bar. Im Inneren herrschte schummriges Licht. Die Scheiben waren mit schwarzer Plastikfolie abgeklebt. Eine Diskokugel ließ ein Oval aus vielfarbigen Tupfen durch den Raum kreisen. Linker Hand, an der Stirnseite der Lounge, lief Fußball auf einem riesigen Bildschirm. Ein glatzköpfiger Mann hockte vor einem Spielautomaten, dirigierte rotierende Zahlen und Symbole, brach ab, schlug mit der flachen Hand auf den Kasten. Hinter der Theke stand eine sehr große schwarze Frau in einem engen getigerten Höschen und pinkfarbenem bauchfreiem Top, aus dem ihre Brüste bis an den Rand der Warzen emporgehoben wurden. Ali Zayeds Augen flatterten hier- und dorthin. Sobald sie sich auf dem in schnellem Wechsel rot, grün, blau, gelb aufleuchtenden Dekolleté niederließen, scheuchte er sie wieder auf, halb vor Scham, halb weil er sich keinen Ärger mit ihrem Mann oder Freund einhandeln wollte. Links neben der Theke lehnten zwei jüngere Asiaten an der Wand, deutlich kleiner als die Frau, auch kleiner als Ali Zayed, aber mit Oberarmmuskeln wie Dwayne »The Rock« Johnson. Auf den Barhockern saßen drei weitere Araber sowie ein Deutscher mit blond gefärbten Strähnchen im Haar, der ununterbrochen redete. Ali Zayed ging ein Stück in Richtung der Videoleinwand, bis er alle Gesichter an den Tischen in Augenschein genommen hatte. Hamza Imran war nicht darunter, hatte auch keine Nachricht geschickt. Ali Zayed öffnete erneut Google Maps. Die rote Markierung von *Aladins Shisha-Lounge* und der bewegliche blaue Punkt befanden sich direkt übereinander. Er schob sich zwischen den Arabern an die Bar, stellte seine Taschen ab, wusste nicht, wo er hinschauen sollte vor lauter Lippen, Haut, Augenglanz. Aus dem Nabel der Frau blitzte ein Diamant. Sie sah ihn mit herablassendem Blick an, dem ein mildes Lächeln folgte: »Wie kann ich dir helfen?« – Ali Zayed stammelte: »Sorry, I don't understand.« – »What do you want?« – Es klang aggressiv. Völlig unangemessen. Sie war schwarz. Wahrscheinlich eine Nutte. Warum redete sie so mit ihm? – »I am looking for my cousin. His name is Hamza Imran. He is working here.« – »You Afghan?«, fragte der Araber neben ihm. – »Yes, Afghan.« – »There is always problem with Afghans.« – »With me not. I am a friend. With me everything is easy.« – »We don't trust Afghan people, you know.«

Wellen von Trostlosigkeit bauten sich auf, schlugen über Irmas Kopf zusammen. Eigentlich hatte sie Scheinwerfer immer geliebt, die grellen Blitze aus allen Richtungen, die Hektik der Assistenten, die konzentrierte Ruhe der Techniker, die inszenierten Dramen der schwulen Visagisten, in deren Augen sie just in diesem Moment die Chance gehabt hätte, der schönste Mensch aller Zeiten zu werden, sie liebte … Sie hatte die Illusion der eigenen Bedeutung geliebt, als sie noch selbst fotografiert worden war, das Gefühl, mit der Art, wie sie ihre Hüfte vorschob, die Schultern zurücknahm, einen gelangweilten, arroganten, verführerischen Augenaufschlag setzte, einen Zeitgeist, den eigenen Stand in dieser Stadt, auf der Welt, im gesamten Kosmos auf den Punkt zu bringen. Weil die anderen sie hinreißend, geheimnisvoll gefunden hatten, war sie von sich selbst hingerissen gewesen, hatte tatsächlich geglaubt, ein Geheimnis zu bergen, wenigstens für die Dauer des Shootings, wissend, dass das, was sie tat, in der wirklichen Wirklichkeit keinerlei Relevanz hatte, dass es ein dummes, eitles, im Grunde unverantwortbares Spiel, ein fauler Zauber war. Aber sie hatte sich gespürt, wie kaum sonst einmal, wenn der Fotograf sie mit bebender Begeisterung in der Stimme angefeuert hatte loszulassen, keine Scheu, keine Hemmungen zu haben, über sich hinauszuwachsen, sie selbst und zugleich alle anderen zu sein *I'm every woman / It's all in me.* – »Wir haben's gleich«, rief Jenny, die Unvergleichliche, und »She's absolutely amazing, Leonie, so sweet, und ich liebe ihre Haare.« – Irma wurde rot, vor Freude, vor Stolz. Vor Neid. Konnte man allen Ernstes neidisch auf die eigene dreijährige Tochter sein, weil sie für eine bescheuerte Kindermoden-Werbekampagne fotografiert wurde? Vor vier oder fünf Wochen, als Marc sie angerufen hatte, um Leonie zu buchen, war noch andeutungsweise davon die Rede gewesen, dass auch für sie, Irma, eine kleinere oder mittlere Statistenrolle abfiele, dass sie zu sehen, endlich wieder sichtbar gewesen wäre, weltweit. Das hatte sich wohl erledigt. Sie saß hier herum, wartete, dass der Zirkus vorbei war – eine dieser dummen Mütter, die sich im Glanz ihrer Model-Kinder die eigene Bedeutungslosigkeit schönredeten. Irma hasste sich für das, was sie dachte, was sie empfand, für die Eifersucht auf ihr Kind und auf die ghanaische Königin, Afryea, die jetzt vor ihrem Sohn in die Knie ging. Anscheinend hatte der Kleine es geschafft, Jabeer Khan und den komischen Dänen zufriedenzustellen. Sie streichelte dem Jungen über den Kopf, verließ Hand in Hand mit ihm das Studio, stolzierte über den erleuchteten Innenhof, winkte noch einmal, ehe sie in der Berliner Dunkelheit verschwand.

Sie hätte sich doch ein Taxi nehmen sollen, im Grunde hatte sie überhaupt keine Zeit für zwanzig Minuten Fußweg. Zu Hause waren die Vorbereitungen in vollem Gange. Andererseits taten ein paar Schritte durch die frische Abendluft gut, und auf André konnte sie sich zu hundert Prozent verlassen. Er kannte ihre Wohnung besser als sie selbst. Im Übrigen nützte es nichts, in Panik zu verfallen. Es würden schon Leute kommen. Wenn es etwas zu trinken gab, kamen immer Leute. Aber es wären vielleicht nicht genug. Vor allem nicht die richtigen. Nach all den Absagen stand auf der Gästeliste kaum eine Persönlichkeit, die einem Franzosen, der kein Deutschland-Experte war, auch nur dem Namen nach etwas gesagt hätte. Mariann überlegte zum zwanzigsten Mal an diesem Tag, wen sie noch einladen konnte? Fabian Pelzig vielleicht. Er war der bekannteste deutsche Autorenfilmer der mittleren Generation. Warum hatte sie nicht früher an ihn gedacht? *Das Mädchen Irina* war im Wettbewerb um *Die Goldene Palme* gelaufen. Pelzig machte düstere, fehlfarbige Filme, genau so, wie sich die Franzosen Deutschland vorstellten. Entweder ging es um Nazi-Verstrickungen oder um die DDR-Vergangenheit: in sich verkapselte Figuren, sperrige Dialoge, am Ende ein Selbstmord. Noch besser als Pelzig wäre Mona Groß, die in all seinen Filmen die Hauptrolle gespielt hatte, bis er sie vor drei oder vier Jahren, kurz nach ihrem vierzigsten Geburtstag, durch eine dreiundzwanzigjährige Newcomerin des exakt selben Typs ersetzte. Keiner von den Kritikern hatte sich darüber aufgeregt. Mariann musste sich entscheiden: Pelzig oder Mona Groß. Man konnte sie auf keinen Fall zusammen einladen. Sicher kannte Bernard Entremont Mona Groß, zumindest ihr Gesicht. Gut möglich, dass sie sein Typ war. Außerdem sprach sie fließend Französisch. Natürlich ging es, spätestens seit *MeToo*, nicht mehr darum, auf Partys alten Säcken, die reich, mächtig oder auf sonst eine Weise VERY IMPORTANT PEOPLE waren, Frischfleisch zu organisieren – junge Frauen, die sich Unterstützung bei ihrer Karriere versprachen oder wenigstens Urlaub auf einer Luxusyacht: Diese Zeiten waren vorbei. Zum Glück. Nichtsdestoweniger wollten immer noch alle Spaß haben, und es hing eben doch an bekannten Namen, schönen Gesichtern, modischen Statements, ob über ein gesellschaftliches Ereignis wenigstens in den Online-Klatschspalten der Hauptstadtpresse berichtet wurde. Mariann wählte Monas Nummer, und Mona nahm tatsächlich ab. – »Wie geht's dir, Schatz? Ich hab gelesen, du warst neulich umwerfend in der Premiere von Paul Raakes *Wir leben uns zu Tode*, hast du heute Abend, so ab zehn vielleicht, schon was vor? Wir feiern nach der Preisverleihung an Bernard Entremont ein bisschen bei uns zu

Hause, halb privat, natürlich Corona-konform – er wird auch da sein.« – »Du, tut mir leid, ich steh auf der Bühne. Wer weiß, wie lange wir überhaupt noch vor Publikum spielen dürfen.« – »Ihr könnt auch nach der Vorstellung kommen, es wird sicher spät, bring zwei, drei Kolleginnen mit.« – »Klingt toll, ich schau mal, Entremont finde ich ja interessant, aber rechne eher nicht damit.« – »Wenn es nicht klappt, dann sehen wir uns ganz bald zu einer anderen Gelegenheit, vielleicht kommst du einfach mal wieder zum Essen, das ist längst überfällig.« – Mariann legte auf, wählte jetzt Pelzigs Nummer, doch Pelzig nahm nicht ab, er hatte nicht einmal eine Mailbox eingerichtet. Sie ging erneut ihre Adressen durch. Aktuell herrschte ohnehin ein Männerüberschuss, was möglicherweise an Entremont lag. Vielleicht sollte sie doch Simone de Rola fragen, auch wenn das ziemlich riskant war. Simone hatte den besten, auf jeden Fall den diskretesten Escort-Service der Stadt gegründet. Sie trat als Aktivistin einer emanzipierten Hurenbewegung auf, saß regelmäßig in Talkshows, schrieb Artikel für den *Berlinspiegel*. Eventuell hatte sie Lust zu kommen und Kolleginnen mitzubringen. Im Zweifel fände sich nach Mitternacht schon der eine oder andere Herr, der bereit wäre, von diesem zu jenem Gesprächsformat zu wechseln. Bestimmt waren auch Französinnen in ihrer Kartei. Gerade erst hatte eine junge Frau aus einer bekannten Pariser Familie einen Roman über ihr Leben als Edelprostituierte in Berlin veröffentlicht. Andererseits war die gesellschaftliche Stimmung aktuell so, dass Mariann definitiv aus allem raus wäre, wenn an die Öffentlichkeit käme, dass sie bei ihren Events *Professionelle* engagierte.

Warum hat deine Mutter deinen Vater überhaupt wieder einziehen lassen, wo er sie monatelang betrogen hat?«, fragte Ruth. – »Keine Ahnung«, sagte Alexia. »Vielleicht weil sie ihn immer noch liebt oder weil sie Angst hat, niemanden mehr zu finden, oder weil es mit ihrem komischen Party-Salon-Zeug nicht so super läuft, gerade jetzt wegen Corona, da fand einfach gar nichts statt, aber davor war es auch schon nicht toll.« – »Sie kann doch wieder mehr als Schauspielerin arbeiten.« – »Das ist nicht so einfach, wie du vielleicht denkst, man geht ja nicht zu einer Regisseur:in und sagt: Hey, hast du nicht mal eben eine Rolle für mich, ich wäre grad frei.« – »Aber diese Art Abhängigkeit von einem Typen, der sie dann noch nicht einmal richtig wertschätzt, ich mein, sie ist voll die schöne Frau, deine Mutter, also im Vergleich sieht sie objektiv besser aus als dein Vater mit seinem Zottelbart, den ungepflegten Haaren, sag ich jetzt einfach mal so. Das muss doch total demütigend für sie sein, sich von ihm quasi aushalten zu lassen.« – »Mein Vater ist eigentlich echt lieb. Halt schwanzgesteuert, wie die meisten Männer.« – »Gott, bin ich froh, dass ich mit dieser Sorte Mensch nichts zu tun hab, also beziehungsmäßig.« – »Glaubst du, dass Frauen treuer als Männer sind? Ich meine grundsätzlich?«

Trinkst du nichts?« – »Sorry?« – »No drink?« – »I'm waiting for my cousin.« – »Das ist eine Bar, kein Wartezimmer.« – »I don't understand.« – »Drink or leave.« – »One coke, please. *Pepsi.*« – »We have only *Coca.*« – »Hey, Afghan, you don't like alcohol? Are you Taliban?« – Ali Zayed spürte Zorn: »The Taliban killed many people of my family. Of course I can drink alcohol. Give me a beer.« – Die Araber waren Arschlöcher. Das hatte nichts damit zu tun, wo sie gerade lebten, es lag an ihrem Charakter. Weil Allah den Heiligen Koran in ihrer Sprache herabgesandt hatte, hielten sie sich für so etwas wie das auserwählte Volk. Aber nicht einmal der Prophet *sallAllahu alayhi wa sallam,* hatte es geschafft, anständige Menschen aus ihnen zu machen. Jeder wusste, dass sie korrupte, verschwendungssüchtige Drecksäcke waren. Der saudische König hatte sich sogar die Stufen der Gangway seines Flugzeugs vergolden lassen. Selbst hier, in Deutschland, betrieben sie schmutzige Bars, wo Nutten arbeiteten und Drogen verkauft wurden. Sein Vater hatte einmal gesagt: Ohne die verdammten Araber wäre der Krieg vorbei gewesen, nachdem die Mudschahedin die Russen aus dem Land gejagt hatten. Aber die Araber, Leute wie Osama bin Laden, schickten ihre Prediger mit Koffern voll Geld in die hintersten Paschtunen-Käffer, um im Schutz der uneinnehmbaren Berge eine Privatarmee aufzubauen, die den bösen und falschen Islam der Wahabi-Sekte überall auf der Welt verbreiten sollte. Tausende dumme Bauernjungen, Ziegenhirten, die weder lesen noch schreiben konnten, wurden zu Terroristen gemacht. Dazu holte Osama bin Laden seine eigenen Leute ins Land, Saudis, Ägypter, Algerier, die von nichts eine Ahnung hatten, aber meinten, weil sie Arabisch, die Sprache Allahs, sprachen, hätten sie zu bestimmen. Sie organisierten überall Entführungen, Überfälle, Bombenanschläge. Spätestens nach 9/11 war es den Amerikanern dann endgültig zu viel geworden, und sie hatten das Land in den nächsten großen Krieg gestürzt, ohne dass es vorher überhaupt Frieden gegeben hatte. Und jetzt, wo der Westen mal wieder das Interesse an Afghanistan verlor, sickerte eine weitere Welle Araber ein, diesmal hauptsächlich Daesh-Kämpfer aus Syrien und Irak, die noch schlimmer waren als die davor.

Wo bist du? Ich habe die Prüfung abgesagt«, hatte Emre Dina noch aus der Umkleidekabine heraus geschrieben. Diesmal war prompt eine Antwort gekommen: »War bei der Therapeutin, gehe jetzt zu meiner Mutter. Kommst du mit?« – »Ok, ich brauch zehn Minuten.« – Es folgten ein Herz und küssende Lippen. Emre fühlte unendliche Erleichterung, dass Dina nichts passiert war, vergaß die

Sorge, die er über Stunden gehabt hatte, den kurzen Anflug von Ärger. Mit dem Auto war er schneller bei ihrem Haus als Dina mit der Straßenbahn. Er stand neben dem Wagen, wartete, sah sie von fern, abwechselnd im orangefarbenen Licht der Straßenlaternen und als Schattenriss in der Dunkelheit, lief auf sie zu. Auch Dina ging schneller, rannte jedoch nicht, aus Angst, es könnte dem Kind schaden. Sie fielen sich in die Arme: »Warum hast du dich nicht gemeldet?« – »Ich hab unser Baby gesehen und seinen Herzschlag gehört!« – Emre löste sich aus der Umarmung, trat einen Schritt zurück, fiel vor ihr auf die Knie, sagte, auch wenn er weder Ring noch Blumen, noch sonst etwas hatte, was man in dieser Situation in Deutschland vielleicht gebraucht hätte: »Ich liebe dich, Dina, du bist die schönste Rose von allen Blumen! Willst du meine Frau werden?« – Dina lachte, gleichzeitig liefen ihr Tränen die Wangen hinunter: »Steh auf, hier ist immer alles voller Hundekacke ... Ich weiß nicht, ja, doch, ja, auf jeden Fall möchte ich deine Frau sein und ...« – Ihr brach die Stimme weg. Sie atmete tief durch, schüttelte reflexhaft den Kopf, eine Übersprungsgeste, fasste sich ein Herz: »Ok, wir gehen jetzt zu Mama rein und sagen es ihr direkt ins Gesicht, dass wir heiraten.« – Sie wischte eine Träne weg, nahm Emre bei der Hand. Im Flur, unmittelbar vor der Wohnung, hielt sie noch einmal inne, zog ihn an sich, küsste ihn lange. Die Lampe im Treppenhaus erlosch. Sie drückte erneut den Lichtschalter, schob den Schlüssel ins Schloss, öffnete die Tür, roch das Parfüm ihrer Mutter, hörte Fernsehstimmen, rief »Hallo? Mama?«, trat mit Emre ins Wohnzimmer, wo Joyce auf dem Sofa mehr lag als saß, ein Glas Sekt in der Hand hielt, den Bildschirm anstarrte. Es lief eine Quizshow. – »*... und jetzt kommen wir zur eigentlichen Frage: Wie nennt man ein südamerikanisches Säugetier aus der Gattung der Procyonidae: Nasenbär, Ohrenbär, Maulbär oder Brauenbär?*« – Joyce drehte sich um, sah mit glasigen Augen zu Dina und Emre herüber. – »Guten Abend, Frau Telschow«, sagte er und streckte ihr die Hand entgegen. – »Ich dachte, bei euch in der Kultur gibt man Frauen nicht die Hand?« – »Manche machen das nicht, aber für mich hat das nichts mit Religion zu tun oder so was, wie es manchmal behauptet wird. Höchstens wegen Corona.« – »*... Sonja und Sven, ihr habt euch für den Maulbär entschieden ...*« – »Mama ...« – »*... Mareike und Udo sagen: der Nasenbär ...*« – »Es gibt sogar Islamisten bei der Polizei, die sich weigern, Frauen die Hand zu geben, aber die werden gekündigt.« – »*Und das ist: richtig! Glückwunsch. Damit gehen weitere zweihundert Euro an Mareike und Udo.*« – »Mama, kannst du das ausmachen ... Wir möchten ... Wir müssen dir was sagen.« – »Ist doch interessant. Hättet ihr das gewusst?« – »*... bei Sonja und Sven stehen jetzt 1800 Euro auf dem Konto, bei Mareike und Udo sind es 2600, und das heißt, Mareike, Udo: Wir sehen uns gleich in der Finalrunde* *wieder.«* – »Aber stimmt, wenn man seinen Schwanz in deutsche Frauen steckt, kann man ihnen auch die Hand geben.« – »Du bist echt so was von daneben ...«, setzte Dina an, doch Emre legte ihr die Hand auf den Arm, flüsterte »Lass mal ...«, sagte: »Frau Telschow, natürlich von meiner Religion und Kultur her hätte es anders sein müssen, also die Reihenfolge. Was wir jetzt tun, wäre eigentlich der erste Schritt gewesen.« – »Glaub mir, ich weiß, wie das bei euch funktioniert, ich war oft genug in der Türkei, als Frau, allein, und das ist kein Zuckerschlecken.« – »Es tut mir wirklich sehr leid, wenn Sie schlechte Erfahrungen gemacht haben. Natürlich gibt es bei uns gute Leute und auch Leute ohne Anstand, wie überall auf der Welt. Aber was ich sagen möchte: Ich liebe Ihre Tochter, Dina, und ich möchte, dass sie meine Frau wird.« – »Liebe, ja? Weißt du, wie oft ich dieses beschissene Wort schon gehört hab, und es ging immer bloß ums Ficken. Reicht das nicht? Du hast ihr doch schon ein Kind gemacht. Ah, nein, meine Tochter soll jetzt auch für dich kochen, putzen, waschen und vor allem noch viel mehr Kinder kriegen, bis ihr die Mehrheit in unserem Land habt, und dann bestimmt ihr, wie es läuft, dass auch hier die Scharia kommt, Hände abhacken, Steinigung ...« – »Sie ist total besoffen«, raunte Dina Emre zu. »Lass uns gehen.«

Die schwarze Frau hinter der Theke schob Ali Zayed ein golden leuchtendes Henkelglas mit der Aufschrift *RADEBERGER* herüber. Er trank einen großen Schluck. Es schmeckte besser als das Bier, das er am Mittag gehabt hatte. – »Your motherfucker cousin, Hamza Imran, he owes us money. A lot of money.« – Der dicke Araber, der draußen mit dem Vietnamesen verhandelt hatte, war hinter Ali Zayed getreten, legte ihm seine Hand auf die Schulter. – »Sorry. I am really very sorry for that. But I haven't seen him in six years. Where is he?« – »I don't know. No one knows.« – Die Araber an der Theke bauten sich um Ali Zayed herum auf, während die beiden muskelbepackten Asiaten sich langsam Richtung Tür bewegten und demonstrativ das Lokal verließen. Die schwarze Frau schaute weg, als ginge sie das alles nichts an. – »You are Afghan, we are Lubnani, from Libanon. You know Libanon?« – »Yes.« – »Different people, very different culture, but family is family, agree?« – Ali Zayed spürte, wie sich der gewaltige Bauch des Arabers an seinem rieb, während dessen Fuß gegen die Adidas-Tasche auf dem Boden stieß. – »Family means: His debts is your debts.« – Ali Zayed hatte keine Ahnung, was vor sich ging. Offenbar war Hamza Imran wegen irgendeiner finanziellen Sache mit den Besitzern von *Aladins Shisha-Lounge* aneinandergeraten. Es konnte auch sein, dass diese Leute ihm einfach eine Falle stellen wollten. Im Grunde kannte er seinen Cousin kaum. In Afghanistan hatte es geheißen, Hamza

Imran habe einen leichtfertigen Charakter, weshalb er oft in Schwierigkeiten geriet, vor allem, weil er sich an Mädchen heranmachte – bevor er sich in Sherin verliebt hatte. Um kriminelle Machenschaften war es dabei nie gegangen. Inzwischen lebte er seit fünf Jahren in Deutschland. Vielleicht hatte er seine Kontakte in Afghanistan benutzt, um Drogen nach Europa zu schaffen, oder er war mit einer der Nutten ins Bett gegangen, ohne zu bezahlen. Seinerzeit hatten alle gesagt, Hamza und Sherin sind big love, sie würden füreinander sterben, aber im Ausland, im Westen, gab es keine Regeln bei der Liebe und eine Heirat zählte nicht viel. – »You wear expensive clothes, my friend. Rich family. I'm sure, you have money.« – Der dicke Araber gab Ali Zayeds Tasche einen heftigen Tritt, so dass sie einen Meter nach vorn rutschte. – »I came from Belarus this morning. They took all I had.« – »Open your bag. Maybe you have valuable things to pay your cousins dept.« – Ali Zayed spürte, wie sich in ihm eine dunkle, gefährliche Kraft zusammenballte. Zu Hause hatte er viel Zeit im Fitnessstudio, im Fight Club verbracht, sehr viel Zeit. Er war stark. Dieser widerliche Typ hingegen saß den ganzen Tag irgendwo herum, telefonierte, trank süßen Tee, aß fettiges Gebäck, ließ sich von seiner Mama verwöhnen. Er war ein verweichlichter Fleischberg, eine träge Masse. Die durchtrainierten Asiaten hatten sich davongestohlen. Offenbar wollten sie in keine Auseinandersetzung verwickelt werden. Es stand vier zu eins gegen ihn. Alles hing vom Überraschungsmoment ab. Von seiner Schnelligkeit. Ali Zayed hatte eine einzige Chance, die musste er nutzen, jetzt, in diesem Moment. Er drehte sein Glas um, ein Schwall Bier platschte dem Araber auf die Füße. Während dieser den Kopf senkte, um mit eigenen Augen zu sehen, was er spürte, hörte, aber nicht glauben wollte, holte Ali Zayed aus, schlug ihm mit aller Kraft das Glas auf den Kopf, merkte, wie die Schädelfläche, die der massive Glasboden traf, auf eine ungewohnte, gleichwohl eindeutige Weise nachgab, während der feiste Körper in die Knie ging, zusammensackte, zur Seite kippte, schwarzes Blut sich auf den PVC-Boden ergoss, in hellen Lichtpunkten rot aufleuchtete. Ali Zayed schleuderte das leere Glas dem Mann, der ihm unmittelbar gegenüberstand, mit voller Wucht ins Gesicht, sah wiederum Blut, das wie ein Sturzbach aus dessen Nase spritzte, sprang vor, schlug um sich, wie im Rausch, traf eine Stirn, ein Kinn, trat jemandem mit voller Wucht in die Eier, der zusammenklappte wie eine Rattenfalle, lief an ihm vorbei zur Tür, riss die Tür auf, rannte hinaus in die Nacht, so schnell er konnte, rannte und rannte und rannte, ohne seine Tasche, in deren doppeltem Boden siebenhundert Dollar steckten, und ohne die Plastiktüte mit der Aufschrift HERMÈS.

MIGRATIONSKRISE AN EU-AUSSENGRENZE: POLNISCHE POLIZEI STOPPT DEUTSCHE HELFER VOR

GRENZE ZU BELARUS; KOALITIONSGESPRÄCHE UND DIE VIERTE WELLE – EIN CORONAPLAN, DER DEN LIBERALEN GEFÄLLT; BUNDESVERWALTUNGSGERICHT SETZT BERLIN GRENZEN BEIM AUSBOOTEN VON HAUSKÄUFERN; TOTE BEI KONZERT VON US-RAPPER – IN JEDEM MÄRCHEN LAUERT AUCH EIN ALPTRAUM.

»Ich dachte, du bist Schriftsteller und hältst das gedruckte Wort hoch, aber seit du hiersitzt, starrst du ununterbrochen auf dein Handy, dabei liegen da vorne Zeitungen, Magazine, alles topaktuell, es gibt sogar richtige Bücher.« – Urban nickte, »du hast völlig recht«, wischte über das Display seines iPhones, schloss die Nachrichtenseiten, eine nach der anderen: »Was bekommst du?« – »Zwölf Euro. Aber ich wollte dich nicht verjagen.« – »Kein Problem. Ich hab gleich einen Termin. Da ist ja diese Preisverleihung an Bernard Entremont.« – »Der Meister des wahren Wortes, ganz egal, worum es geht: EU-Bürokraten, Moslems, Frauen. Du kannst ihn mit herbringen, wenn ihr nachher was trinken geht.« – Urban schob Herrn Schmidt einen Fünfer und einen Zehner hin: »Gib mir zwei … – einen raus.« – »Danke, also bis später vielleicht.« – »Anschließend findet wohl noch eine Art Party statt, wenn man das in diesen Tagen überhaupt so nennen darf. Bei Mariann Krüger.« – Herr Schmidt winkte ab: »Grässliche Kuh. Wie gesagt, hier wärt ihr meine Gäste: authentisches Berlin, so was kennt er bestimmt nicht.« – Urban trat auf die Straße. Er fragte sich, was es mit Bernard Entremont auf sich hatte? Viele Leute, die ansonsten in nahezu keiner Frage derselben Meinung waren, konnten sich auf Entremont als bedeutenden Schriftsteller einigen, der die Themen der Zeit auf den Punkt brachte, provokativ, aber auch ehrlich, ohne Sentimentalitäten, falsche Rücksichten. Ebenso viele, die genauso unterschiedlich dachten, hassten ihn abgrundtief, fanden, dass er in seinen Büchern einen widerlichen weißen männlichen Sexismus verherrlichte, den Ideen der Neuen Rechten einen pseudointellektuellen Anstrich gab. Abgesehen davon, dass Entremont mehr oder weniger immer von derselben Hauptfigur erzählte, egal, ob sie Philippe, Mathieu oder Michel hieß, Ingenieur, Beamter oder Bauer war, wusste Urban nie, wenn er dessen Bücher las, ob dieser seinen Protagonisten Verachtung, Mitleid oder doch so etwas wie Liebe entgegenbrachte – unabhängig davon, ob sie reaktionäre oder revolutionäre politische Überzeugungen hatten, sich den anderen Figuren gegenüber einfühlsam oder ekelhaft verhielten. Es schien, als wäre es Bernard Entremont vollkommen gleichgültig, ob seine Gestalten gute oder schlechte Menschen waren, von höheren Grundsätzen, reiner Selbstsucht oder tiefer Verzweiflung angetrieben wurden. Vielleicht lag darin das Geheimnis seines Erfolgs, dass er indifferent war, achselzuckend festhielt, was die Artgenossen dachten und taten. Nach dem Ende der Religion gab es ohnehin weder Hoffnung noch Sinn und erst recht keine Moral. Alle schauten zu. Der Blick war detailgenau und unscharf zugleich. Gefangen in den unerbittlichen Gesetzmäßigkeiten der Biologie, Chemie, Physik konnte man nicht einmal mehr ins Nichts fallen.

Das war nicht uninteressant, würde ich sagen, diese Art Kunst bekommt man ja sonst so gut wie nie zu Gesicht. Ich weiß gar nicht, ob ich überhaupt schon mal eine Ausstellung mit Originalwerken von Nazi-Malern und -Bildhauern gesehen habe. DDR-Kunst schon, da ist ja die historische Bewertung weniger eindeutig. Leute wie Mattheuer, Harald Metzkes oder auch Tübke werden ja als *Kunst* rezipiert, und nicht als reine Propaganda. Abgesehen davon bin ich auch kein Anhänger von Noltes Totalitarismus-Theorie. Ich würde immer darauf bestehen, dass es fundamentale Unterschiede zwischen Nationalsozialismus und Sowjetkommunismus gab – und die DDR kann man sowieso weder mit dem einen noch mit dem anderen vergleichen: Das war doch letztlich nur ein Provinzdiktatürchen, oder? Was mich aber wirklich schockiert und was mir in dem Ausmaß nicht klar war: Wie viele von diesen Künstlern, die Goebbels ja wohl persönlich auf seine *Liste der Gottbegnadeten* gesetzt hat – schon die Formulierungen muss man sich auf der Zunge zergehen lassen –, wie viele von denen in den Fünfziger-, Sechzigerjahren noch große öffentliche Aufträge bekamen, vor allem in der BRD, ohne dass jemand deren Rolle im NS-Regime auch nur ansatzweise thematisiert hätte. Und absolut unglaublich finde ich, dass jemand wie Peter Ludwig, der die ganzen amerikanischen Pop-Art-Größen, Warhol, Wesselmann, Lichtenstein gesammelt hat, Pollock, Rothko, den abstrakten Expressionismus, aber auch die russische Avantgarde, Malewitsch, El Lissitzky, dass der sich und seine Frau noch 1986 allen Ernstes von Hitlers Lieblingsbildhauer, Arno Breker, portraitieren lässt. Das geht wirklich nicht in meinen Kopf.« – Prof. Spettmann blieb stehen: »Wie seht ihr das?« – »Warum soll das in der Kunst anders gewesen sein als in der Politik, der Justiz, der Wirtschaft?«, sagte Astrid Wrangel. Sven Laumann runzelte die Stirn: »Also auch wenn wir das von heute aus charakterlich ziemlich ekelhaft finden, und es passt ja auch nicht so richtig ins Bild vom Künstler als einem Menschen, der für humanistische Ideale einsteht oder der zumindest total unangepasst und rebellisch ist, aber verglichen mit der Rechtsbeugung durch einen NS-Richter oder der Zwangsarbeiterbeschäftigung in der Industrie ist so ein brennendes Schlachtschiff in Öl oder eine pseudogriechische Bronze-Göttin doch Kinderkram.« – »Sorry, das sehe ich total anders: Industrieproduktion ist im Unterschied zur Kultur ideologisch erst mal, na ja, ich würde sagen: neutral. Da geht es um Absatzsteigerung, Kostenreduktion, Gewinnmaximierung. Bosse wollen Geld verdienen, sonst nichts. Aber Künstler, Schriftsteller, das sind Leute, die Gesellschaft reflektieren und dadurch bewusst mitgestalten. Wenn so jemand mit seiner Arbeit ein Regime wie die NS-Diktatur unterstützt, sich von Hitler persönlich kaufen lässt, dann ist er nicht einfach ein Mitläufer, sondern ein Überzeugungstäter.« – »Also dass die Industrie politisch neutral sein soll, halte ich für einen geschichtsvergessenen Witz.« – »Elaine, sagen Sie doch mal was. Ihre Meinung würde mich …« – Prof. Spettmann schaute sich um, konnte sie jedoch nirgends entdecken. – »Elaine? Weiß jemand, wo Elaine steckt?« – »Ich glaube, sie wollte noch mal in die Stadt«, sagte Martin Schäfer. – »Glaubst du oder weißt du?« – »Sie meinte, dass sie ein bisschen Zeit für sich braucht. Außerdem war sie noch nicht so oft in Berlin und wollte sich halt was umschauen.« – »Da hätte sie mir ja auch mal Bescheid sagen können. Aber zur Preisverleihung kommt sie?« – »Schätze schon.« – »Ich dachte, wir gingen vorher noch eine Kleinigkeit essen? Hattet ihr nicht einen Tisch reserviert?« – »Auf eine mehr oder weniger kommt es da nicht an.«

Urban überlegte, vor der Preisverleihung noch kurz nach Hause zu fahren, sich mit Irma zu versöhnen, falls Irma und Leonie überhaupt schon zurück waren von diesem lächerlichen Fotoshooting. Oder, wenn Versöhnung nicht möglich war, wenigstens abzusprechen, wie sie sich später aufteilen sollten. Vielleicht hatte Irma ja Ella erreicht, die auf Leonie aufpasste, wenn sie beide gleichzeitig Termine hatten, und vielleicht hatte Ella Zeit, so dass sie zusammen auf diese vermutlich fürchterliche Veranstaltung bei Mariann Krüger gehen konnten, wo aber zumindest die Chance bestand, ein paar Worte mit Bernard Entremont zu wechseln, ihn vielleicht sogar in ein Gespräch zu verwickeln, davon zu überzeugen, morgen früh noch ein Interview zu geben. Doch wahrscheinlich stand Irma nach der Knipserei komplett unter Adrenalin. Dieser Schleimbeutel, Marc Jongens, hatte sie damit geködert, dass er auch Bilder von ihr machen wollte. Sicher war den ganzen Tag reichlich Champagner geflossen, und dann musste Irma Leonie, den künftigen Kinderweltstar, der Hauptstadt-Kulturschickeria beziehungsweise dem, was nach anderthalb Jahren Pandemie davon übrig war, präsentieren, in der Hoffnung, dass gleich jemand mit dem nächsten Angebot käme: ein Auftritt im Kinderfernsehprogramm, eine Nebenrolle im *Tatort*. Urban schwoll schon wieder der Hals an, wenn er nur daran dachte, was Irma ihrem – ihrer beider – Kind antat, was es für die Entwicklung einer Dreijährigen bedeutete, wenn sie mit ihren feuerroten, in alle Richtungen explodierenden Locken, den blaugrünen Meerjungfrau-Augen demnächst aus sämtlichen Plakatkästen der Stadt, von riesigen Werbebannern im *ALEXA*, der *Berlin Mall*, dem *KaDeWe* lachte, wenn die anderen Mütter mit ihren normal mittelmäßigen Kindern, boshaft, neidisch oder begeistert, weil sie eine leibhaftige Berühmtheit vor sich hatten, tuschelten oder auf Leonie zustürzten, ihr ins Haar griffen, Selfies mit ihr machten. Irma wusste das alles, und trotzdem trieb sie Leonies – Urban wollte das Wort KARRIERE in diesem Zusammenhang nicht einmal denken –, Leonies Versklavung gnadenlos voran. Nichtsdestoweniger musste er sich mit Irma besprechen und vorher vor allem seinen Zorn unter Kontrolle bringen, es sei denn, er wollte sich trennen – Frau und Tochter verlassen. Der Gedanke war unerträglich, trotz allem. Auch wenn er kaum ein Paar in seiner Umgebung kannte, das gemeinsame Kinder auch zusammen großzog – im Grunde war er noch immer der katholische Kleinbürgerspross aus der Provinz, der sich – zumindest nachdem man sich fortgepflanzt hatte – keine andere Form des Zusammenlebens vorstellen konnte als die Familie, Vater, Mutter, Kind, in weiteren Umlaufbahnen Großeltern, Onkel, Tanten, Vettern, Cousinen. Es gab eben doch noch immer dieses schreckliche, früher hätte man *heilige* Band gesagt, aber *das Heilige* gehörte einer anderen, untergegangenen Kultur an, vor der er sich selbst im Übrigen in die Freiheit der Metropole geflüchtet hatte. Urban trat an den Bordstein, schaute in die Scheinwerfer der vorbeifahrenden Autos, sah das gelb-schwarze Leuchtschild eines Taxis herannahen, winkte hektisch, doch der Wagen fuhr vorbei. Dann sollte es wohl so sein.

Simone de Rola würde kommen, »sehr gerne kommen«, hatte sie gesagt, und sie würde zwei französische, außerdem ein oder zwei deutsche Mädchen mitbringen, Studentinnen, intelligent und schön, die bei jeder Konversation mitreden konnten – zumindest drei von ihnen ließen sich – falls Interesse bestand – auch gern mit Frauen ein. Nach Simones Erfahrung zeigten sich hier inzwischen, wenn auch langsamer als erhofft, die Früchte einer zunehmenden weiblichen Selbstbestimmung, was das eigene Begehren anlangte. Mariann war erleichtert nach dem Telefonat, fühlte sich verwegen, aufgeregt und schob doch auch Anflüge von Panik beiseite. Die ganze Sache war eine Pirouette auf hauchdünnem Eis, für sie – nicht für Simone. Immerhin hatte Simone ihr fest versprochen, dass über Praktiken, Extras, Preise, was auch immer vorab verhandelt werden musste, erst gesprochen werden würde, nachdem das Mädchen und ihr »One-Night-Lover« das Haus verlassen hätten. Für Simone rechnete sich die Einladung auf jeden Fall, selbst wenn keine gebucht wurde von ihren ... – sie selbst benutzte in der Öffentlichkeit meist das Wort *Hetären*, um deutlich zu machen, dass es nicht einfach um Wichsen, Blasen, Ficken für Geld ging, sondern dass die hohe Kunst der Lust, die *Ewigkeit / tiefe, tiefe Ewigkeit* wollte, im Mittelpunkt stand, wie man sie in der Antike, überhaupt in allen Zeiten, die nicht von religiösem Wahn, Sinnenfeindlichkeit, verklemmtem Moralismus beherrscht worden waren, gepflegt hatte. Simones erklärtes Ziel war es, insbesondere die kulturelle Sphäre von den neofeministischen Verfechterinnen einer postchristlichen Prüderie zurückzuerobern, mindestens so sehr aus Überzeugung wie aus geschäftlicher Notwendigkeit. Sie wollte selbstverständlicher und akzeptierter Teil dieser ebenso losen wie letztlich geschlossenen Gesellschaft werden, wo sich Geist und Geld begegneten. Frauen wie sie sollten in die Schlüsselpositionen der Macht zurückkehren, die sie während der Renaissance oder auch vor der Französischen Revolution innegehabt hatten, aber diesmal nicht als Beute, Anhängsel, Prestigeobjekt, sondern selbstbestimmt und auf Augenhöhe. Wenn Simone auf einer Privatparty zu Ehren von Bernard Entremont offiziell eingeladen war, würden vielleicht andere Gastgeber folgen. Im Gegenzug, so Marianns Kalkül, konnten Simones Kolleginnen für Glamour, Eleganz sorgen, eine Atmosphäre der Möglichkeiten schaffen, lebendige Erinnerung, Versprechen, Vorgeschmack dieser unvergleichlichen Nächte längst vergangener Epochen, die Himmel und Hölle zugleich gewesen waren – das eine war doch nie ohne das andere denkbar. Ein verkopfter Literaturwissenschaftler wie Dr. Nüßlein merkte vermutlich gar nicht, dass er mit einer Professionellen sprach. Kulturstaatssekretär Gerd Lauermarsch hingegen wusste nach wenigen Sätzen, mit welcher Sorte Frau er es zu tun hatte, doch Mariann ging davon aus, dass er einem Sonderservice eher offen gegenüberstand, jedenfalls keine moralischen Einwände hatte, solange absolute Diskretion gewährleistet blieb.

Der Tag war müde. Dina weinte ein bisschen, halb vor Scham, halb vor Erleichterung. Emre saß am Steuer, fuhr ruhig und souverän. Er hatte Musik von Yalın angewählt, dem türkischen Popsänger, den sie am liebsten mochte, »Her Şey Sensin«. Seine Stimme klang zart und sehnsüchtig. Emre sang halblaut mit: *»Ben kalpten sorumlu / Aşka sorumluydum / Anladım her şey sensin / Koydum sevinçlerimi önüme …«* – An der Ampel lächelte er kurz zu ihr herüber. Auch wenn Dina kein Wort verstand, fühlte sie sich, als wäre sie von einer Raum-Zeit-Maschine aus dem bösartigen, hässlichen Berlin an den Bosporus versetzt worden, wo die alten Dampfschiffe fuhren, tulpenförmige Gläser mit süßem Tee gereicht wurden. Es schien, als wären Joyce' Gemeinheiten, Beleidigungen einfach an ihm abgeperlt. Sie nahm die Lichter der Stadt, Scheinwerfer, Leuchtreklamen, Schaufenster wahr, als bewegte sie sich durch einen Traum, der in ein großes Glück münden oder in einer Katastrophe enden würde. Doch eigentlich gab es gar keinen Anlass zu zweifeln, dass ihre Geschichte mit Emre eine gute Geschichte wurde. Es stimmte doch nicht, dass sich türkische – muslimische Männer insgesamt – sobald sie geheiratet hatten, in Monster verwandelten. Emre ging einkaufen, er wusste, wie man Sucuk und dieses türkische Frühstücksrührei, Menemen, zubereitete. Er vergaß nie, ihr ihre Lieblingskekse aus dem türkischen Supermarkt mitzubringen, dazu Schokolade mit Pistazienkernen, Halva, ging mit ihr zu *H&M*, *Zara*, fand sie in engen Hosen, kurzen Röcken, bauchfreien Tops schön, die sie dann doch selten kaufte. Er meckerte nicht einmal, wenn sie sich ein Bier bestellte, obwohl er selbst aus religiösen Gründen keinen Alkohol trank. Jetzt war es damit für sie auch erst einmal vorbei. Dina glaubte nicht, dass ihr etwas fehlen würde, es hatte ihr nie besonders gut geschmeckt. Die illegalen Bierballspiele im Park nach den Abiturprüfungen waren jedes Mal darauf hinausgelaufen, dass irgendjemand besoffen in den Büschen gelegen hatte, und die wenigen, die noch halbwegs nüchtern gewesen waren, meistens Ella und sie, mussten aufpassen, dass keiner an seiner eigenen Kotze erstickte. Ihr gefielen die Grillfeste in Emres Familie so viel besser, wenn alle Generationen zusammensaßen, es hausgemachte Limonaden, Eistees gab, Auberginencreme, Joghurtsalate, Grillgemüse, Şiş-Kebap und Şiş-Tawuq. Eines Tages würden Emre und sie in der Türkei leben, mit Blick aufs Meer, das – wie er ihr versprochen hatte – so blau wäre wie der Türkis, den er am rechten Ringfinger trug. Der Stein stellte eine Verbindung zu den himmlischen Mächten her und schützte gegen den *bösen Blick*. Früher hatte sie die Sache mit dem *bösen Blick* für Hokuspokus gehalten, aber spätestens vorhin, als Joyce auf eine derart widerliche Weise ausgerastet war, hatte Dina gesehen, in den Augen ihrer eigenen Mutter gesehen, dass es ihn gab. Niemand wusste, in welche Katastrophe er sie gestürzt hätte, wäre da nicht dieser Ring an Emres Finger gewesen, um ihn abzulenken wie ein Blitzableiter. Dina wollte sich bei Emre entschuldigen, doch ihr fehlten die richtigen Worte. Er mochte es sowieso nicht, dass sie sich für ihre Mutter entschuldigte. – »Sie ist deine Mutter. Glaub mir, auch bei uns sind manche Mütter nicht einfach, als Mensch, aber das ändert nichts, wir lieben und ehren sie trotzdem.« – Dina legte ihm die Hand auf den Arm, Emre nahm seine Linke vom Lenkrad, schob sie über ihre. Mehr musste gar nicht gesagt werden in diesem Moment.

Klimawandel hin, Erderwärmung her, Frau Dr. Böhme war froh über den lauen November. Bevor sie zur Preisverleihung ging, brauchte sie einen Schnaps, vielleicht etwas Französisches als Einstimmung auf den Abend – einen Cognac, also machte sie einen Abstecher zu *Herrn Schmidt*. Nach vier anstrengenden Therapiestunden musste sie den Kopf freibekommen, und ein Schnaps wirkte da noch immer am besten, auch wenn das eine ziemlich altmodische Methode war und die Verbindung mit Schmerzmitteln sicher keine ideale Kombination darstellte. Auf Fachtagungen erzählten ihr die jüngeren Kollegen, dass sie mit Yoga oder Meditation abschalteten, sie tauschten Rezepte für

Rohkost-Smoothies oder Vitaminshots, die wahre Wunder bewirken sollten. *Die Botschaft hör ich wohl, allein mir fehlt der Glaube.* Schon Frau Dr. Böhmes Vater hatte, wenn er abends um halb sechs aus der Praxis gekommen war, als Erstes einen Feierabendschnaps getrunken. Bevor diese grässlichen Gesundheitsapostel die Herrschaft an sich gerissen hatten, wäre kein Mensch auf die Idee gekommen, darin ein Problem zu sehen. Frau Dr. Böhme war zu alt und im Übrigen auch nicht willens, sich in dieser Hinsicht noch einmal neu zu orientieren. Ihr Vater hatte es auf achtundsiebzig Lebensjahre gebracht, ein ordentliches Alter für seine Generation. Dann blieben ihr noch fünfzehn. Ihre Rente würde mickrig sein, also musste sie sich wohl oder übel mit anderer Leute Problemen beschäftigen, bis sie den Löffel abgab. Das war allemal besser, als den ganzen Tag vor der Glotze zu hocken oder sein Leben mit anderen Rentnern in Reisebussen auf dem Weg zu Volksfesten, Ausgrabungsstätten, Musicals zu fristen. Die Begegnung mit Valerius Dageter ging ihr nicht aus dem Kopf. Sie kannte die Mechanismen von Sucht, Medikamentenmissbrauch: Wenn einer schon mit Amphetaminen drohte, hatte er längst angefangen, welche einzuwerfen, so war es immer. Auch die schwangere Dina Telschow ließ sie nicht los. Frau Dr. Böhme fragte sich, angesichts der Tragweite der Entscheidung, die Dina fällen musste, ob sie sich in der Therapie wirklich auf Rogers' personenzentrierten Ansatz zurückziehen, nur spiegeln sollte, was das Mädchen sagte, die Spiegelung allenfalls geringfügig lenken – anders ging es ja gar nicht, kein Mensch und auch kein Therapeut konnte sich vollständig neutralisieren. Nach der Wende war ihr dieser Ansatz wie eine Offenbarung erschienen: nicht länger medizinischer Kader zu sein und den rechten Weg zu kennen, sondern nur eine Art Echo zurückzuwerfen, damit die, die riefen, sich selbst besser verstanden. Lange Zeit hatte sie sich streng an diese Methode gehalten, doch in den letzten Jahren waren mehr und mehr junge Leute gekommen, deren Eltern Autorität in der Erziehung grundsätzlich ablehnten beziehungsweise die sich einfach aus der Verantwortung stahlen. Diese Kinder und Jugendlichen lechzten oft geradezu danach, einen begründeten, nachvollziehbaren Rat, um nicht zu sagen einen mit einer gewissen Dringlichkeit vorgebrachten Handlungsvorschlag zu bekommen. Alles in ihr tendierte dazu, Dina zu sagen, verschieb das mit dem Kind noch ein paar Jahre, mach wenigstens eine Ausbildung, wenn dir das mit dem Studium zu lange dauert – Arzthelferin, Einzelhandel, etwas Handwerkliches, dass du finanziell auf eigenen Füßen stehst ... Aber irgendetwas, das mit dem eigenartigen Charakter des Mädchens zusammenhing, ließ sie doch zögern. – »'N Abend, Herr Schmidt, wie geht's heute?« – »Unverändert die Lage, oder? Das Virus gibt uns den Rest und treibt die Monopolisierung weiter voran, aber die Revolution steht noch immer stumm in der Ecke mit dem

Kopf unterm Arm.« – »Empfiehl mir doch mal einen Cognac.« – »Gibt's was zu feiern oder wendest du dich jetzt dem alkoholischen Klassenfeind zu?« – »Also *Burg-Krone* wird ja nun schon länger nicht mehr hergestellt und an *Goldbrand* hab ich keine gute Erinnerung.« – »*Rémy Martin Napoléon* ist nicht schlecht. Oder, eine Kategorie besser, *Hennessy X.O* – dafür muss ich dir allerdings fünfundzwanzig abnehmen. Doch nach allem, was man so liest, werden die Leute grad scharenweise irre, insofern dürfte dein Geschäft ja brummen.« – »Nee, lass mal. *Rémy* reicht mir. Mehr hab ich vom Leben im Grunde nie erwartet, als dass ich mir eines Tages einen *Rémy* leisten kann, wenn mir grad danach ist. Und schenk mir doch noch 'ne Zigarette dazu.«

Die Straßenbahn sollte in vier Minuten kommen. Leonie redete in einer Tour, Esel und Papageien, Dschungel und Wüsten, Kutschen, ein feuerrotes Auto, das hieß *Käfer*, das Beduinenzelt, das Sternenzelt. – »Gibt es auch ein Sternenzelt über Berlin, Mama?« – »Natürlich gibt es Sterne über Berlin, die haben wir doch schon oft vom Balkon aus angeschaut, auch den Abendstern …« – »Ja, nein, aber ich meinte nicht Sterne, sondern ein *Sternenzelt.*« – Jabeer, erzählte Leonie weiter, hatte einen Vater, der echte Teppiche knüpfte, sogar fliegende Teppiche wie bei Aladin, und mit diesen Teppichen flog man des Nachts unterm Sternenzelt über die Wüste zu geheimen Eis-Palästen, hoch oben in den höchsten Bergen der Welt, dem Karakorum. – »Wer hat dir das denn erzählt?« – Jenny, die unvergleichliche, einmalige, bezaubernde Jenny, nicht nur hinreißend schön und wahnsinnig sympathisch in Kinder- und Männeraugen, sondern außerdem eine begnadete Geschichtenerzählerin, der die Kleinen geradezu an den Lippen klebten. – »Jennys Freund Tobi, dem gehört Elsie …« – »Wer war noch gleich Elsie, mein Schatz?« – »Mama! Elsie ist doch der Esel, der hat da auch viele Pferde als Freunde, und wenn wir mal Lust haben, sollen wir sie auf seinem Hof besuchen. Können wir da mal hinfahren, Mama?« – »Aber sicher doch.« – »Nächstes Wochenende?« – »Mal schauen.« – »Aber mit Papa. Ohne Papa will ich nicht.« – Die Straßenbahn käme in einer Minute, sie stand schon an der vorletzten Ampel. Es hatte Couscous und Quiche und Tofuwürstchen gegeben und Kirschstreusel und Schokoladenkuchen, der war vegan gewesen, Pfefferminzlimonade und Rhabarberschorle. – »Mama, mir ist schlecht.« – Natürlich war ihr schlecht, wie sollte ihr nicht schlecht sein nach einem Tag wie diesem. – »Musst du brechen?« – »Ich weiß nicht.« – Für die Nachsorge des fantastisch schönen Supertags war dann wieder die Mutter zuständig. Die Mutter verband sich mit Übelkeit … – »Ich glaub, ja …« – … mit dem harten Griff um den Oberarm, dem aus dem Haltestellenhäuschen-gezerrt-Werden, dem Geschmack, dem Geruch des Erbrochenen, das auf das Pflaster klatschte, den Kotzflecken auf dem Ärmel, dem Schuh, dem Ekel in den Gesichtern der Jugendlichen, die jetzt in die Straßenbahn stiegen. Die überirdische Jenny hingegen blieb die überirdische Jenny. Jahrzehntelang würde ihr Gesicht über einer glücklichen Kindheit leuchten, bis die letzte Erinnerung von irgendjemandem an irgendetwas im Todesschwarz erlosch. – »Fertig?« – Schluchzen und Nicken, Nicken und Schluchzen. – »Dann gehen wir jetzt erst mal oben an der Ecke ins *Café Frieda* und waschen uns. So können wir ja nicht nach Hause kommen, was soll denn der Papa denken, wenn er dich so sieht.«

Nicoletta Casari hatte sich nach dem Essen und vietnamesischem Kaffee, einem sonderbaren Gebräu, das am Tisch durch einen speziellen vietnamesischen Blechfilter in ein Glas mit zuckriger Kondensmilch tröpfelte, entschuldigt, sie müsse noch diverse Telefonate führen. Ob sie später in die Bar käme, hatte sie offengelassen. Jens Biesemann war ein bisschen enttäuscht, weil er weder durch seine Erscheinung noch im Gespräch so anziehend oder wenigstens interessant gewirkt hatte, dass Nicoletta den freien Nachmittag, den Dirk Mahnfeld ihr unter der Hand genehmigt hatte, auch in Anspruch nehmen wollte. Natürlich war er cool geblieben, hatte sich nichts anmerken lassen, locker-lässig hingeworfen: »Klar, ist ja in meinem

Sinne, dass alles reibungslos läuft, gerade angesichts der globalen Lieferengpässe«, dass er eigentlich gleichfalls zu tun habe, andererseits aber eben auch nicht so oft in Berlin sei, und wenn sie Lust und Zeit gehabt hätte, wäre er noch in eine interessante Ausstellung gegangen – warum nicht zusammen? – »Donnerstag hätte man das machen können«, hatte Nicoletta gesagt, »da sind die Museen bis acht auf, aber wenn du jetzt zur Museumsinsel fährst, hast du höchstens noch eine halbe Stunde, bis sie schließen.« – Also hatte er sich, nachdem sie um die nächste Ecke gebogen war, in ein Café gesetzt, um einen normalen Espresso zu trinken, es stand jetzt erst einmal nichts an, ehe er Dirk in der Bar treffen würde, also würde er ins Hotel gehen, E-Mails schreiben, telefonieren, Nachrichten checken. Vor ihm blinkten zahlreiche Blaulichter in asynchronem Takt, Krankenwagen, Polizeifahrzeuge. Auf der gegenüberliegenden Kreuzung hatte es einen Unfall gegeben – oder nein: In der Eckkneipe – vor zwei Jahren, als er in Verhandlungen über den Hauskauf gewesen war, hatten dort morgens die Absturztrinker an der Theke gehockt, mittlerweile beherbergte der Laden eine Shisha-Lounge –, dort schien etwas passiert zu sein. Der Eingang war weiträumig abgesperrt. Passanten, Anwohner standen auf der Straße und diskutierten. – »Ick hab dir gleich gesagt, die Araber, det is Mafia, Geldwäsche, konntesde allet inne Zeitung lesen, dass die Polizei jetzt in Wedding, Kreuzberg, Neukölln den Fahndungsdruck erhöht, seitdem weichen die mit ihre Geschäfte zu uns im Osten aus ...« – Jens Biesemann hörte *Fritze Flink* reden, jetzt aber nicht einmal mehr mit dem Versuch, witzig zu klingen, sondern verbittert, bösartig. – »Und hier ist die Kacke am Dampfen, so sieht's nämlich aus.« – »Wat ihr wieder allet wissen wollt.« – »Na ja, wenn es doch inne Zeitung gestanden hat. Det Nächste, wat kommt, is 'ne Schießerei. In Schweden und Frankreich hamm se det schon mit den Arabern, in Holland auch.« – »Die Polen und die Ungarn, die waren schlauer, dass sie die gar nicht erst reingelassen haben, Krieg hin, Krieg her.«

Said Maalouf hatte im Alter von neunundzwanzig Jahren seinen letzten Atemzug getan. Der Tod war leicht gewesen, so viel leichter als das Leben, gefangen in hundertfünfunddreißig Kilo Menschenfleisch, die ihm bei jeder Bewegung Mühe gemacht hatten, ganz abgesehen vom täglichen Kampf um Macht, Territorium, Ansehen, Geld. Das, was von ihm übrig war, lag noch immer in einer Lache seines eigenen Bluts, mit geschlossenen Augen, zugedrückt von seinem Freund Khaled, der dabei leise das Glaubensbekenntnis gesprochen hatte, *»Aschhadu an la ilaha illallah, wa aschhadu anna muhammadan rasulu 'llah«*, damit Said Maaloufs Seele sich auf jeden Fall erinnerte, wenn der Engel danach fragte. Khaleds Versuch, die Sure *Ya-Sin* zu rezitieren, war nach wenigen Versen in einem unverständlichen Murmeln geendet. Talha, Abdou, Mahmoud standen hinter der Absperrung, die diensteifrige Polizisten quer durch den Barraum gespannt hatten, weinten, rauchten, telefonierten, schworen Rache. Die Sanitäter verstauten ihre Notfallkoffer bereits wieder im Rettungswagen, es war niemand zu retten gewesen, während der Notarzt, Dr. Wuttke, mit dem Kommissar redete: »Der Täter muss mit einer ungeheuren Wucht zugeschlagen haben, die Knochensplitter stecken mehrere Zentimeter tief im Gehirn. Aber das werden euch eure Leute nach der Obduktion noch genauer sagen können.« – Lorna Ndogo lehnte an der Wand, wartete, dass sie endlich gehen durfte, wusste nicht, warum man sie festhielt, nachdem sie ihre Personalien hinterlassen, der Polizistin halbwegs wahrheitsgetreu erzählt hatte, was passiert war: Soweit sie es mitbekommen hatte, sei der Täter aus Afghanistan, habe Streit angefangen, weil er sein Bier nicht hätte bezahlen können, dann sei alles sehr schnell gegangen, sie habe schon häufiger kritische Situationen erlebt, aber noch nie sei eine Auseinandersetzung in so kurzer Zeit dermaßen aus dem Ruder gelaufen. Sie habe Said Maalouf als die Ruhe in Person kennengelernt, jemand, mit dem man über alles hätte reden können, ihres Wissens sei er nicht der Pächter des Ladens, aber eben immer als Ansprechpartner vor Ort, sie selbst arbeite auf 450-Euro-Basis, eigentlich studiere sie BWL. – Die ostasiatischen Männer waren nirgends zu sehen, fanden auch keine Erwähnung. Draußen hielten weitere Einsatzfahrzeuge. Einem Kleintransporter entstiegen Ermittler in weißen Overalls, betraten die Bar mit mobilen Laborgeräten, um Spuren zu finden, zu sichern, die auch bei Licht niemand gesehen hätte. Aus einem Mannschaftswagen sprangen Spürhunde mit ihren Führern. Man würde sie an gebrauchten Socken, schmutziger Unterwäsche in den zurückgelassenen Taschen des Täters Witterung aufnehmen lassen, dann die Verfolgung beginnen. Vielleicht hatte es auch keinen Sinn, im Gewirr der Stadt mit ihren unzähligen Gerüchen, Abgasen, Menschenausdünstungen, eine volle Stunde nach der Flucht auf die Jagd zu gehen, zumal sich noch nicht einmal jemand gefunden hatte, der zweifelsfrei Auskunft geben konnte, in welche Richtung der Afghane verschwunden war.

Ali Zayed wusste selbst nicht, wo er sich befand, und wenn er es gewusst hätte, hätte es nichts geändert. Er war einfach immer weiter gerannt, gerannt, gerannt, über mehrere Kreuzungen, durch die Innenhöfe zweier – oder waren es drei? – großer Wohnanlagen, hatte schließlich seine Schritte verlangsamt, um nicht unnötig aufzufallen. Linker Hand ragten Hochhäuser in den schwarzen Himmel, dazwischen lag eine Art Park – nicht der Park, in dem er am Mittag gewesen war. Er bog in einen gepflasterten Weg, der zwischen einer Wiese und sonderbaren technischen Anlagen, Rohren, Gas- oder Öltanks, ins Dunkel führte. Ein Hundebesitzer kam ihm entgegen. Der zottelige Köter sprang in die Leine, kläffte ihn wütend an. Ali Zayed erreichte einen Spielplatz, auf dem jetzt keine Kinder mehr spielten. Im orangefarbenen Licht einer Laterne sah er Jugendliche, die in einem großen Holzschiff hockten, sich halblaut unterhielten, rauchten, Bier tranken. Sein Herz schlug bis zum Hals. Er hatte noch niemals jemanden ernsthaft verletzt, war überhaupt noch nie in so etwas wie eine Schlägerei verwickelt gewesen. Der Weg endete an einem Zaun. Ali Zayed ging ein Stück zurück, wandte sich nach links. Hinter einem kleinen, gemauerten Rondell begann ein Wäldchen, darin lag ein stiller See. Er wollte sich auf eine der leeren Bänke setzen, traute sich jedoch nicht. Man würde ihn verfolgen. Je weiter vom Ort des Kampfes er sich entfernte, desto sicherer war er. Trotzdem musste er durchatmen, Luft holen, in Ruhe überlegen, was er als Nächstes tun sollte, nachdem alles schiefgegangen war, was hätte schiefgehen können an seinem ersten Tag in Deutschland.

Die Premiere der exzentrischsten Inszenierung von Shakespeares *Sommernachtstraum*, die Berlin je gesehen hätte, war vorauseilend abgesagt worden, obwohl es noch gar keine staatliche Anordnung in dieser Richtung gab. Ob sie jemals stattfinden würde, ließ Leslie David Kühne, der lächerliche Intendantendarsteller des Parkstätten-Theaters, in seiner geschwollenen Erklärung über das *Drama der Gegenwart, gesellschaftliche Verantwortung, freiwillige Selbstbeschränkung* sowie den *Tod als Metapher und Realität* offen. Nicht nur die Premiere, auch alle anderen Produktionen wurden ab dem morgigen Tag eingestellt. Wann das Haus den Spielbetrieb wieder aufnehmen konnte, war angesichts der explodierenden Infektionszahlen nicht absehbar. Offenbar war diese ganze Impfkampagne mehr oder weniger für die Katz gewesen. Valerius Dageter saß an seinem Schreibtisch, schloss die Augen. Sie hätten ohne Weiteres erst einmal mit einer 2G-Regelung für die Zuschauer weiterspielen können. Er wunderte sich und wunderte sich nicht, was die Pandemie aus der Kulturszene gemacht hatte. Leute, die bis vor anderthalb Jahren Nacht für Nacht in Theaterkantinen, Bars und Clubs abgestürzt waren, mit großer Geste ihre eigene Unerschrockenheit, Gleichgültigkeit gegenüber jedweder Gefahr für Leib und Leben durch welche Zellgifte auch immer zelebriert hatten, verbarrikadierten sich zähneklappernd in ihren gediegenen Altbauwohnungen, durchgestylten Rooftop Lofts, versifften Ein-Zimmer-Apartments, hörten sich stundenlange Podcasts von irgendwelchen Virologen an, stritten über Infektionswege, Testgenauigkeiten, Maskenpflicht, ließen sich Rotwein, Gin, Fastfood, das Gras, das Koks, das Speed von indischen oder osteuropäischen E-Bike-Kurieren frei Haus liefern, riefen durch die geschlossene Tür: »Stell es auf die Fußmatte!«, desinfizierten Tüten, Plastikfolien, Papp- oder Styroporgeschirr, eingeschweißtes Bambusbesteck, die eigenen Hände, ehe sie auspackten, erhitzten, aßen, tranken, einwarfen, durch die Nase zogen, was immer ihr Hirn, ihr Kreislauf, der gesunde oder kranke Stoffwechsel benötigte, um den Organismus am Laufen zu halten. Valerius Dageter spürte, wie, allen legalen und illegalen Substanzen zum Trotz, eine Woge unendlicher Müdigkeit in ihm aufbrandete, Mutlosigkeit, Resignation. Er konnte sich nicht erinnern, dass er überhaupt schon einmal in einem Stück gespielt hatte, das eingestellt worden war, ohne dass sie es auch nur ein einziges Mal aufgeführt hätten. Vier Monate Arbeit, die in Zeit und Ewigkeit verpufften, als hätten sie nie stattgefunden. – »*Was Eure Gage anlangt, hoffen wir, demnächst irgendeine Form von Ausfall zahlen zu können, aber Ihr kennt die Lage: Wenn nicht gespielt wird, haben wir finanziell kaum Möglichkeiten ... Bleibt gesund!*« – Die Gesundheit stand über allem, war Gott geworden, größer und mächtiger als Jahwe, Allah, Brahma, Odin, Zeus. Als wäre das halbwegs einwandfreie Funktionieren der physiologischen Prozesse schon ein hinreichender Grund zu sein. Das Leben schrumpfte zu einer Art Sparstrumpfexistenz: ein paar Kupfermünzen in einer löchrigen Socke zwischen Matratze und Lattenrost. Valerius Dageter ließ die Stirn auf die Tischplatte sinken, hörte, wie die Luft, die er ausatmete, über die grau glänzende Resopalplatte strich. Nichts tun. Nichts tun dürfen. Nie wieder etwas tun müssen. Nichts fühlen. Nicht mehr nichts fühlen können. Von sich selbst entbunden sein. Das Denken einstellen, das Atmen einstellen.

Glas, viel Glas, Holz, Edelstahl, hier und da tragende Wände mit hellem Sandstein verkleidet, transparente Raumsituationen, halboffene Strukturen, ineinander verkeilte Ebenen, eine Mischung aus Multimedia-Studio, Tagungshotel und psychiatrischer Klinik mit Bibliotheken, Archiven, Meeting Rooms. Ein riesiger, von dem berühmten Künstler Leo Kamenowski entworfener, in pakistanischen Werkstätten ohne Beteiligung von Kinderhänden geknüpfter Teppich, dessen kurz geschorener Wollflor fotomechanisch verfremdete Stadtplanelemente von 1933 mit einer blutbefleckten Kopfsteinpflasterstruktur verband, bedeckte den Boden. Hinter der gläsernen Eingangsfassade saßen drei Studentinnen, bereitgestellt von einer eigens engagierten Eventagentur, in uniformartigen Kostümen an Tischen, vor sich jeweils einen aufgeklappten Laptop und eine Liste mit den Namen aller angemeldeten Gäste. Sie kontrollierten Personalausweise, Zertifikate, Genesenenstatus-Dokumente in Apps, Impfpässen, als Ausdruck, scannten die QR-Codes mit eigens für diesen Zweck bereitgestellten Lesegeräten. Für alle Gäste galt die 2G-Regel, zusätzlich herrschte im ganzen Gebäude Maskenpflicht, die jedoch zum Essen und Trinken außer Kraft gesetzt war. Im Auditorium hatten die Organisatoren statt der zugelassenen dreihundert Plätze lediglich hundertfünfzig vergeben. Ein Banner mit dem Portrait Bernard Entremonts, ausnahmsweise ohne Zigarette im Mundwinkel, darunter die Aufschrift *Bruno-Lankwitz-Preis für Europäische Literatur 2021*, hing zwischen dekonstruktivistisch verschobenen Treppenaufgängen von der Decke, spiegelte sich in versetzt montierten Scheiben. Frau Prof. Regine Hentschel-Rebstock, stellvertretende Vorsitzende der *Berliner Literarischen Gesellschaft*, begrüßte alle Gäste persönlich, allerdings ohne Handschlag und auch ohne den inzwischen halb etablierten Ellbogenstoß, sondern mit einer leichten Verneigung nach japanischem Vorbild. Damit niemandem eine gut gemeinte Geste peinlich ins Leere lief, umklammerte sie beidhändig eine rechteckige Clutch aus orange-rotem Flechtleder auf Höhe des Nabels vor der geschlossenen Knopfleiste ihres Chanel-Kostüms. Nach einem kurzen Austausch von Komplimenten, Neuigkeiten, Meinungsschnipseln wurden den Gästen von weiteren jungen und schönen Damen in Uniform Champagner, Orangensaft und Wasser gereicht. Seitens der Politik hatte es kaum Zusagen für die Preisverleihung gegeben. Sowohl die Bundestagsfraktionen als auch die Senatsparteien befanden sich in Koalitionsverhandlungen, da war jeder Auftritt symbolbehaftet, konnte dementsprechend falsch interpretiert werden, gerade wenn eine Figur wie Bernard Entremont im Mittelpunkt stand. In der grünen *Landesarbeitsgemeinschaft Kultur* hatte es eine kurze Diskussion darüber gegeben, der *Berliner Literarischen Gesellschaft* eine Protestnote wegen der Verharmlosung sexistischer und kolonialistischer Stereotype im Werk des Preisträgers zuzustellen, die allerdings im Sande verlaufen war. Aus den sozialdemokratischen und linken Landtagsfraktionen wollte gleichfalls niemand ein Foto von sich mit Bernard Entremont auf Social Media oder in der Zeitung sehen, nicht einmal Christdemokraten und Neue Rechte hatten sich etwas von einem gemeinsamen Auftritt versprochen. Da die *Berliner Literarische Gesellschaft* jedoch seit siebenundsechzig Jahren fest im Leben der Stadt verankert war, hatte sich schließlich der scheidende Kulturstaatssekretär Gerd Lauermarsch bereitgefunden, ein Grußwort zu sprechen. Er unterhielt sich mit Judith Rositzky, der umstrittenen Frontfrau der Plattformlinken, von der man wusste, dass sie eine manische Leserin war und zumindest Entremonts Auslassungen gegen die Brüsseler Bürokraten teilte. Prof. Axel Büderich und Frau Prof. Eva von Hanke stritten darüber, ob die Veränderung der Wahrnehmung sexueller Handlungen in der Literatur überfällig oder eine Katastrophe war. Die Volksbühnen-Veteranen Gerd Umbach, Lena Malkowski und Gisela Wettig standen mit dem Urgestein der vormals Ostberliner Szene, Oda Meyer-Droese, dem liberal-konservativen Essayisten Leo Petermann sowie dem umstrittenen Lyriker Wenzel Prohaska zusammen. – »Seine Ansätze sind ja durchaus interessant, wobei die deutschen

Übersetzungen stilistisch viel besser sind als das französische Original.« – »Das kann ich nicht beurteilen, im Übrigen sagt man das auch über Dostojewski.« – »Dostojewski ist als Vergleich vielleicht doch eine Nummer zu hoch gegriffen.« – »Die Fotos, die von ihm kursieren, sind ja erschreckend, ich bin mal gespannt, ob er überhaupt noch Zähne im Mund hat.« – »Er raucht Kette, ganz egal, wo er ist, wie Helmut Schmidt.« – »Wieso traue ich mich das eigentlich nicht?« – »Weil du Dreitausender-Auflagen hast und er dreihunderttausend Stück allein in Deutschland verkauft, weltweit wahrscheinlich ein paar Millionen.« – Mariann Krüger sah sich hektisch um, wollte sich Bernard Entremont vorab schon einmal als Gastgeberin des inoffiziellen Teils vorstellen, nickte hierhin und dorthin: »Wir sehen uns später.« »Absolut hinreißendes Kleid, Bernadette: Givenchy, wenn ich fragen darf?« – Leere Champagnergläser wurden gegen volle getauscht, dazu trugen die Damen von der Eventagentur jetzt Tabletts mit Fingerfood herum, Mini-Quiche, Hähnchenspieße mit gefüllter Kartoffel, marinierte Thunfisch-Happen auf Gurkenscheiben. Frau Dr. Böhme freute sich, als sie ihren alten Freund Uwe Olschewski zwischen den Gästen entdeckte, ohne seine nervtötende Lebensgefährtin. Zum ersten Mal seit Jahren grinste er wieder auf diese vielversprechend schmutzige Art, nachdem sein Blick ostentativ schamlos über ihre Schenkel, den leicht vorgewölbten Bauch, die schweren Brüste hinaufgefahren war. Endlich betraten Dr. Nüßlein und Bernard Entremont das Foyer. Bernard Entremont hatte sich ausbedungen, mit niemandem sprechen zu müssen, ehe er nicht den Preis bekommen und seine Dankesrede gehalten hatte. Dr. Nüßlein, der normalerweise gern und viel mit allen und jedem plauderte, sah sich in die undankbare Rolle eines rabiaten Leibwächters versetzt. Bernard Entremont lächelte scheu, hatte den Blick meist auf den Boden geheftet, ohne zu verstehen, was es mit diesem sonderbaren Teppich auf sich hatte. Das kurze Hochgefühl nach seinem Befreiungsschlag beim Italiener war längst in sich zusammengefallen. Im Grunde lag ihm die Öffentlichkeit nicht. Auch sah er sich keineswegs als Provokateur mit einer bestimmten politischen Agenda, im Gegenteil: Er war ein Mann, der seine Kämpfe fernab der Menschen allein an seinem Schreibtisch ausfocht. Die Rücksichtslosigkeit mancher Formulierungen, die Charakterschwächen seiner Figuren, ihre Gier, ihre Grausamkeit und Kälte waren die Waffen, mit denen er den Krieg aller gegen alle in seinem Inneren führte. Wer sich darüber empörte, davon verletzt, geschmäht, beleidigt fühlte, saß einer derart dummen Verwechslung auf, dass man ihm eigentlich den Kauf von Literatur verbieten sollte. Schon Flaubert hatte erklärt, »*Madame Bovary, c'est moi!*«, und natürlich war er nicht nur Emma, sondern auch Charles Bovary, Rodolphe Boulanger, Léon Dupuis, der Apotheker Homais gewesen, es gab nicht eine einzige Figur, die nicht Flaubert selbst war. – Mariann Krüger hatte ihn nun auch entdeckt, sah aber an dem panisch-abwehrenden Blick in Peter Nüßleins Augen, dass sie Entremont auf keinen Fall ansprechen durfte. Ein synthetischer Theatergong erschallte aus sämtlichen Lautsprechern, damit die Leute sich auf ihre Plätze begaben. Prof. Spettmann wurde allmählich nervös, auch ärgerlich, weil Elaine noch immer nicht eingetroffen war. – »Die Karten waren nicht billig, dazu die Fahrtkosten, das Hotel, es ist heutzutage ja keineswegs selbstverständlich, dass die Universität Sondermittel für solche Exkursionen bereitstellt.« – Astrid Wrangel verdrehte die Augen, nicht weil sie Prof. Spettmann grundsätzlich widersprochen hätte, sondern wegen der peinlichen Altmännerschwärmerei, die sie hinter der Empörung spürte. Bernard Entremont war, abgeschirmt von Dr. Nüßlein und Frau Prof. Hentschel-Rebstock, die so etwas wie die Nachhut bildete, die Treppen zum Auditorium hinaufgestiegen, stand im hinteren Bühnenbereich neben der Übersetzerkabine, wandte dem hereinströmenden Publikum den Rücken zu. Er verfluchte sich dafür, dass er sich bereit erklärt hatte, diesen Preis hier und heute persönlich entgegenzunehmen, vor einem Haufen Menschen, Deutscher noch dazu, eine Rede zu halten, die für diejenigen, die des Französischen nicht mächtig waren, simultan übersetzt und auf Kopfhörer übertragen wurde. Er hatte nichts aufgeschrieben, würde frei sprechen, wie es in früheren Zeiten üblich gewesen war, als die Kunst der Rede zu den selbstverständlichen Fähigkeiten denkender Menschen gehört hatte. Der Theatergong ertönte zum zweiten Mal. Unten traten Urban Fischer und Elaine Bettray an den Empfangstisch, zeigten ihre Impfnachweise. Sie hatten sich zufällig Unter den Linden getroffen. – »Ich habe vorhin übrigens gelogen, ich schreibe schon auch, wollte aber auf keinen Fall, dass Spettmann und die anderen etwas davon mitbekommen«, hatte Elaine gesagt. Seitdem waren sie in eine aufgekratzte, immer überdrehtere Wendungen nehmende Unterhaltung verwickelt. – »Ich bin öfter hier, ich weiß, wo wir hinmüssen«, sagte Urban, griff nach Elaines Hand und zog sie in Richtung der Treppe, die zum Auditorium hinaufführte. Soeben war Kulturstaatssekretär Lauermarsch ans Mikrofon getreten und begrüßte Bernard Entremont sowie die übrigen Gäste in einwandfreiem Französisch. Urban Fischer und Elaine Bettray betraten den Raum auf Zehenspitzen. Sie schauten sich verschwörerisch an, Elaine kicherte, als sie sah, wie Prof. Spettmann sich umdrehte, ihrer gewahr wurde, sein Gesichtsausdruck sich innerhalb einer Sekunde von Düsternis über hingerissene Freude in ärgerliches Stirnrunzeln verwandelte, weil Urban Fischer sich neben sie setzte, mit seinem Stuhl lautlos zu ihr heranrückte. Kulturstaatssekretär Lauermarsch war so berauscht von seiner eigenen Eloquenz auf Französisch, dass er, entgegen der vereinbarten und üblichen Reihenfolge, das Wort nicht an Dr. Nüßlein für die Laudatio, sondern gleich an Bernard Entremont weiterreichte, der sich ohnehin nicht gemerkt hatte, an welcher Stelle der Veranstaltung er sprechen sollte und achselzuckend ans Mikrofon trat. – »Bonsoir mesdames et messieurs …« – Er lallte ein wenig. Möglicherweise lag die Unschärfe der Artikulation aber auch daran, dass seine Zahnprothese schlecht saß. Die meisten Gäste nutzten die Kopfhörer, hielten sich an die Übersetzung: »Ich weiß nicht, warum Sie heute Abend hierhergekommen sind, während ein gefährliches Virus nach wie vor unser aller Leben bedroht – oder vielleicht auch nicht bedroht, vielleicht ist alles ganz anders und Regierungsvertreter, Ärzte, Zeitungsschreiber erzählen uns Schauermärchen. Niemand ist noch in der Lage, Wahrheit und Lüge voneinander zu unterscheiden, aber ob das jemals anders war, sei dahingestellt …« – Dr. Nüßlein brach der Schweiß aus. Im Rahmen seiner Vorbereitungen war ihm keine Äußerung Bernard Entremonts begegnet, in der dieser sich als Corona-Leugner oder Impfskeptiker zu erkennen gegeben hätte. – »Im Grunde spielt es auch keine Rolle. Ich persönlich lebe nicht übermäßig gern auf diesem Planeten, aber im Moment habe ich noch … Im Moment will ich trotzdem nicht unbedingt sterben. Die meisten Menschen wollen das nicht, obwohl ich vermute, dass es sich nicht viel schlechter anfühlt tot zu sein als lebendig, vielleicht sogar besser.« – Urban Fischer sah Elaine Bettray an, die seinen Blick erwiderte. Er hob leicht die Schultern, versuchte, seinen Augen einen ironischen Ausdruck zu geben, beugte sich in ihre Richtung, flüsterte: »Aktuell bin ich nicht seiner Meinung.« – »Wahrscheinlich wird Ihnen nicht gefallen, was ich sage, aber ich nehme an, genau deshalb sind Sie hier: weil Sie etwas hören wollen, das Ihnen nicht gefällt. Eine gute Empörung fühlt sich so viel stärker an als … halbherzige Zustimmung. Wenn Sie das Mobiliar zerschlagen, faule Tomaten auf den Redner werfen möchten, war es ein guter Abend.« – In der zweiten Reihe klingelte das Telefon des Generalsekretärs der Berliner Sektion des Schriftstellerverbands, Heinz-Bernd Wiefering, mit der Melodie von *Alla Turca*. Bernard Entremont griff die Musik auf: »Wie Sie hören, begann die Islamisierung des Abendlands bereits mit Mozart.« – Ein Raunen ging durch die Reihen, jemand klatschte, jemand pfiff, um seine Zustimmung oder sein Missfallen kundzutun. – »Sie haben diesen Preis nach einem Schriftsteller benannt, dessen Namen ich noch nie gehört hatte, obwohl er wohl eine Zeitlang in Frankreich gelebt hat, danach in Portugal, ehe er 1947 auf Menorca starb. Er glaubte an Europa als Idee, hat ein paar schwärmerische Sätze dazu verfasst, was damals, angesichts des Krieges, viele getan haben. Ich persönlich vermute, dass er sich, wie die meisten Männer, hauptsächlich für Frauen interessiert hat, für gutes Essen und Trinken, und wenn ihm die Zigaretten ausgingen, wurde er nervös. Machen wir uns nichts vor: Europa wurde vom Gott Zeus in Gestalt eines Stiers entführt. Am Anfang dieses Kontinents standen sexuelle Belästigung und Geiselnahme, die in einer Vergewaltigung endeten.

Daraus kann von vornherein nichts Gutes werden. Ich persönlich stamme aus der Bretagne. Die Bretagne liegt im äußersten Westen dieses gefick... verdammten Kontinents, noch dazu ist sie eine Halbinsel. Wir haben also mit den anderen Ländern wenig Verbindung, und vor den Folgen des Klimawandels sind wir dort auch ziemlich sicher. Wenn der Meeresspiegel um, sagen wir, zwanzig Meter steigt, werden wir ganz abgetrennt sein von dem Rest, wie Irland oder England, und das finde ich eigentlich eine gute Perspektive. Frankreich ist kaputt, Europa ist kaputt. Da ist nichts mehr zu retten. Das Virus zeigt uns, dass die Idee der Globalisierung Unsinn war, kulturell sowieso, aber auch ökonomisch. Und es wird noch schlimmer kommen, glauben Sie mir. Es wird Zeit, dass wir uns in unsere Regionen zurückziehen, in überschaubare Räume, die uns vertraut sind, und uns besinnen.« – Bernard Entremont griff in seine Jackentasche, holte ein Päckchen *Gitanes* heraus, steckte sich eine Zigarette in den Mund, saugte Luft durch den kalten Tabak. Dr. Nüßlein schloss die Augen. Es war alles seine Schuld. Er hätte wissen müssen, dass etwas in dieser Art passieren konnte. Man würde ihn schlachten – in der *Literarischen Gesellschaft*, in den Medien, seitens der Kulturpolitik, ganz gleich welcher Fraktion. – »Auch wenn Sie – wie ich – nicht an Gott glauben, ist Besinnung doch auf jeden Fall etwas Gutes. In der Bretagne sind die Leute von alters her katholisch. Sie erinnern sich: Das ist diese Religion, wo Wein und Brot in das Blut und den Leib Jesu Christi verwandelt werden und die Priester eine Schwäche für kleine Jungs haben ... Einmal, bei der Hochzeit in Kanaan, hat dieser Jesus Wasser in Wein verwandelt, der aber kein Blut wurde, sondern Wein blieb. Das war wirklich ungewöhnlich für einen Religionsstifter. Was meinen Sie, wie voll die Leute zu diesem Zeitpunkt schon gewesen sind, wenn sie bei einer orientalischen Hochzeit den Gastgeber trocken gesoffen haben? Aber Jesus sorgte dafür, dass sie weitertrinken konnten, so lange, bis sie Visionen hatten oder einfach umgefallen sind. Das Heilige und der Rausch gehören zusammen. Vollkommene Maßlosigkeit, Entgrenzung sind die Basis, wenn man zum Gipfel der Wahrheit aufbrechen will. Um die Folgen dieser Expeditionen abzufedern, sitzt bei den Katholiken samstags immer ein Priester im Beichtstuhl und vergibt alle Sünden, vor allem die, die mit den Vergnügungen des ... Geschlechtsakts zu tun haben, der im Grunde das Einzige ist, wofür sich dieses erbärmliche Leben manchmal ein bisschen lohnt. Ich finde, dass diese Sache mit der Vergebung ziemlich gut ausgedacht ist und auf jeden Fall der Schwäche der menschlichen Natur angemessen, viel besser als *MeToo*, öffentliche Tribunale, Gerichtsverfahren, mediale Schauprozesse und als diese ... lebensfeindliche, aus dem verklemmten, puritanischen Amerika herüberschwappende Scheiße einer neuen Riege von Super-Moralisten, die wollen, dass Sie nichts anderes tun in Ihrem Leben als arbeiten, fernsehen und que vous dépensez beaucoup d'argent pour des choses absurdes dont personne n'a besoin, sauf ceux qui les fabriquent bien sûr ...« – Die Stimme der Übersetzerin in den Kopfhörern war verstummt. – »Lauter«, rief jemand, »Ich verstehe nichts«, ein anderer. Im nächsten Moment tat es einen ohrenbetäubenden Knall und eine Stichflamme schoss aus dem Mischpult, versengte dem Techniker den Schirm seiner Basecap. Rauch stieg auf, gefolgt von schrillen Schreien. Der Geruch von verschmortem Plastik breitete sich aus. Einige Leute sprangen von ihren Stühlen, stürzten Richtung Ausgang. Doch bevor sich ein Brand ausbreiten konnte, waren die beiden Feuerwehrleute zur Stelle, deren Anwesenheit normalerweise niemand bemerkte, und bedeckten die gesamte Bühne samt Tonanlage mit einer riesigen Decke aus weißem Schaum.

Gehen wir jetzt zu dem durchgeknallten Typen, der behauptet, dass sein Vater dieser Gesundheitsfuzzi ... Wie hieß der noch gleich?«, fragte Joost. – »Professor Bernburger.« – »Also sollen wir da jetzt hingehen und kickern oder einfach sonst irgendeinen Scheiß machen?« – Snoops wollte ein Zeichen setzen, nahm seine leere Bierflasche, warf sie gegen die Wand aus Palisaden schräg gegenüber, doch die Stelle, mit der das Glas auf die Holzstämme traf, war offenbar so stabil, dass die Flasche nicht zersplitterte, sondern nach einem trockenen »Klack« in den

Sand fiel. Es sah lächerlich aus. Snoops überlegte, ob er aufstehen, die Flasche nehmen, sie mit der Hand zertrümmern sollte, aber Mascha sagte: »Find ich echt scheiße, dass du hier Flaschen zerschlägst, meine kleine Schwester geht mit meiner Mutter oder der Babysitterin auch immer auf diesen Spielplatz und wenn die sich daran verletzt, kriegst du verdammt Ärger mit mir, also lass das jetzt mal.« – Snoops zuckte mit den Achseln: »Wir können dem Gesundheitsfuzzi die Bude vollkiffen, das wäre doch lustig. Stell dir vor, wenn der da nachher reinkommt, und es riecht alles nach Dröhnung.« – »Wir haben nichts mehr.« – »Dann besorgen wir halt was. Beppe Aaron wohnt doch da vorne, liegt quasi auf dem Weg, texte den mal an, ob er da ist und uns was verkauft.« – »Wieso muss eigentlich immer ich das von meinem Handy aus machen?«, fragte Noah. – »Weil ich immer bezahle, du Honk.« – »Kann ich ja nichts dafür, dass deine Alten dir endlos Kohle dalassen ...« – »Pass auf, was du sagst, ok?! Ich verdiene mein Geld schon lange selbst: mit ehrlicher Arbeit.« – »Sehr witzig. Wenn die Bullen Beppe checken, bin ich dran und nicht du.« – »WhatsApp hat Ende-zu Ende-Verschlüsselung, falls dir das was sagt.« – »Aber wenn Beppe den Bullen die Nummern von den Leuten gibt, die bei ihm gekauft haben, um sich selber zu entlasten, kronzeugenmäßig ...« – »Kronzeugenmäßig? Dein Ernst? Wenn er auf Kronzeuge machen will, muss er über die Araber, Türken, Vietnamesen auspacken, von denen er sein Zeug bekommt. So bescheuert wird er kaum sein, weil das überlebt er nicht. Also schreibst du ihm jetzt? Wird langsam Zeit, wenn wir da noch hinwollen.«

Jens Biesemann sah sich im Ankleidespiegel seines Zimmers. Er hatte Lust auf Sex, aber es gab keine Frau in Berlin, mit der er in einer lockeren Stand-by-Beziehung zur gelegentlichen Bedürfnisbefriedigung stand, und Nutten machten ihn nicht an. Einer der Vorteile, wenn man gut aussah, Geld hatte und keinen Ehering trug, war, dass man für Sex nicht bezahlen musste. Es hatte sich noch immer eine Frau gefunden, die am Ende mit ihm ins Bett gegangen war, sobald er sich in einer halbwegs angesagten Location an die Bar gesetzt und einen Drink bestellt hatte. Aber durch die Pandemie waren sämtliche Selbstverständlichkeiten zwischenmenschlicher Kontaktaufnahme zerstört worden. Alle hatten endlose Monate allein in Isolation verbracht oder mit ihren mehr oder weniger geliebten Partnern zu Hause gehockt, ständig waren unausgelastete Kinder um sie herumgesprungen. Statistiker, Polizisten, Sozialarbeiter berichteten von einem sprunghaften Anstieg innerfamiliärer Gewalt. Meetings, Konferenzen, Verhandlungen hatten am Rechner stattgefunden, und natürlich schlurften die Teilnehmer danach nicht mit dem flimmernden Bildschirm in der Hand an ihre jeweilige Hausbar, um irgendeinen Ausklang zu finden, der dann statt im Bett mit Cybersex endete. Die einen hatten sich in Pornos geflüchtet, andere, insbesondere Frauen, waren in unselige Vergangenheiten versunken, dort auf beschissene Anmachen, peinliche Absturzficks gestoßen, auf die sie sich nie hätten einlassen dürfen, verharrten in Opferrollen oder versuchten sich an männerfreiem Self-Empowerment. Mittlerweile waren die Verhältnisse zwischen den Geschlechtern so vergiftet, dass er bei seinen Geschäftsreisen quer durch Europa, die ab dem Sommer endlich wieder stattgefunden hatten, zum ersten Mal in seinem Leben komplett unsicher gewesen war, wie man eine Kurzzeitaffäre, einen One-Night-Stand anbahnte, ohne als toxischer Macho dazustehen, sexueller Belästigung bezichtigt zu werden. Dergleichen wuchs sich dieser Tage schnell zu einem handfesten Skandal aus, und dann platzte nicht nur der Deal – unter Umständen verlor man wegen einer Hand auf dem falschen Hintern binnen weniger Minuten Geschäftskontakte, die man zehn Jahre lang aufgebaut hatte. Bevor dieser neue Geschlechterkrieg ausgebrochen war, hätte jemand wie Nicoletta Casari die Gelegenheit genutzt und die reine Geschäftsbeziehung privat vertieft, einfach aus Spaß und weil es am Ende allen half. Er performte ziemlich gut. Das war die einhellige Meinung sämtlicher Frauen gewesen, mit denen er Sex gehabt hatte, und wenn er sich in diesem Ganzkörperspiegel betrachtete, konnte er sich immer noch sehen lassen, trotz seiner dreiundfünfzig. Er hatte einen durchtrainierten Körper, nicht einmal den Ansatz einer Glatze, seine Haut war gepflegt – die Falten wirkten markant, nicht alt. Vor ihm stand ein Mann mit Persönlichkeit, der schon einiges erlebt hatte. Aber vielleicht ergab sich ja nachher in der Bar noch etwas oder bei dieser Kulturparty, die Dirks Frau organisierte. Die Leute aus der Kreativszene hatten doch den Ruf, ziemlich freizügig zu sein. Andererseits landeten gerade reihenweise Hollywoodstars, Schauspieler, Regisseure, Produzenten wegen irgendwelcher Sexgeschichten vor Gericht. Wahrscheinlich musste man inzwischen selbst dort aufpassen, was man sagte oder tat.

Joyce Telschow öffnete die Tür, sah, dass an der Theke noch ein Platz frei war. Die Bedienung, Jana, sagte im Vorbeigehen: »Deinen Impfnachweis hast du mir vorgestern schon gezeigt, oder?« – »Hab ich.« – Zu Hause vor dem Fernseher hatte sie es nicht mehr ausgehalten. Sie musste mit jemandem reden, über ihre Tochter, den Türken, die Pandemie, den abgewirtschafteten Zustand des ganzen Landes. Noch durfte getrunken werden bei *Kalle Schorf*, der letzten Altberliner Kneipe des Viertels. Angesichts der Infektionszahlen konnte es morgen schon wieder vorbei sein. Seit 1923 hatten vier Generationen Schorf das Lokal durch Weltwirtschaftskrise, Nationalsozialismus, DDR, Nachwendewirren und bislang auch durch die Gentrifizierungswelle gebracht. Während des Lockdowns war es finanziell kurzfristig eng geworden, doch bevor Hanne Schorf Konkurs anmelden musste, hatte sich eine Handvoll Stammgäste zusammengefunden und ihr einen Privatkredit gegeben, den sie ihnen in Form von Bier bis ans Lebensende zurückzahlen würde. Es liefen Schlager und Deutschrock, bevorzugt aus dem Osten, was eine Zeitlang Studenten, zugezogene Hipster, neureiche Kreative abgeschreckt hatte, doch zur Zeit galt die Musik von vorgestern ebenso als Ausweis einer nicht näher bestimmten Authentizität wie die rustikale Biederkeit der Einrichtung mit röhrendem Hirsch und Watzmann in Öl zwischen Art-déco-Blechschildern für Biere und Liköre, der Lenin-Bronze und dem Flipper mit weißem Raumschiff vor Fantasieplaneten, den Hannes Vater kurz nach der Wende in Charlottenburg gekauft hatte. – »Ist hier frei?« – »Yes, please.« – »Ich bin Joyce.« – »Hi Joyce, nice to meet you, I'm Norman.« – »Hanne, gib mir doch mal ein Rotkäppchen.« – »Hast du überhaupt mitgekriegt, was hier los ist? Also jetzt sind sie gerade weg, die Blaulichter, ich sag dir …« – »Die Zeiten, wo es bei uns in der Gegend ruhig und friedlich war, sind doch schon länger vorbei, besser, wenn ich mich da gar nicht zu äußere.« – »Aber Mord hatten wir bislang nicht.« – »Wie jetzt?« – »In der Shisha-Bar drüben, wo früher *Gretes Jungbrunnen* drin war, hat ein Afghane, beziehungsweise, Thoralf sagt, dass es ein Afrikaner gewesen ist, einen Araber totgeschlagen.« – Joyce zuckte mit den Schultern: »Bei denen sitzt die Bereitschaft zur Gewalt insgesamt locker. Wenn du mich fragst, ist das auch kein Wunder bei deren Religion mit Blutrache, Auge um Auge, Zahn um Zahn, Scharia und was die da alles haben. Deswegen kommen die bei sich, in ihren Ländern, ja auch nicht zur Ruhe und landen alle bei uns. Glaub mir, ich weiß, wovon ich rede, ich hab jetzt selber einen zu Hause.« – »Ich dachte, der wäre Türke, und du meintest doch, dass er eigentlich nett ist und ganz gut integriert.« – »Das denkt man am Anfang immer. Sie verstellen sich so lange, bis sie den Fuß in der Tür haben, und dann gibt es kein Halten mehr.« – »Hat Dina Ärger?« – »Hat sie nicht gesagt, kann aber natürlich noch kommen, wenn sie nicht macht, was er will, zumal sie jetzt …« – »Also von den Afghanen heißt es ja, dass die inzwischen gar nicht mehr wissen, was Frieden überhaupt ist«, warf ein Typ ein, den Joyce nicht kannte. – »Wie gesagt, so wie ich gehört habe, soll es ein Afrikaner gewesen sein. In dem Laden steht doch immer eine Schwarze hinter der Theke, eine ganz hübsche, wenn einem der dunkle Typ liegt, die meistens fast nichts anhat, um die soll es sich gedreht haben.« – »Ist normal. Die Moslems, also die Männer, lehnen ja die ganze Art ab, wie sich Frauen bei uns anziehen, und meinen, dass ein kurzer Rock ihnen quasi einen Freibrief zur Vergewaltigung gibt.« – Joyce schaute zu Norman herüber. Sie hatte ihn gelegentlich schon hier sitzen sehen, aber noch nie mit ihm gesprochen: »Where are you from?« – »I'm from the States.« – Er trug ein grob kariertes Hemd, verwaschene Jeans, an seinen Fingern steckten breite Silberringe. – »But you live here?« – »Yes, du kannst aber auch Deutsch mit mir reden, dass ich mich ein bisschen verbessere.« – »Was machst du so?« – »Ich bin musician, I play the bass.« – »Interesting. Und welche Art von Musik?« – »Hauptsächlich Jazz.« – »Da kenne ich mich leider gar nicht aus.« – »It's a small scene, you know, but hier in Berlin gibt es viele good places, jam sessions, also bis vor diese Corona, and also you can work as a studiomusician.« – Schwer zu sagen, ob er gut verdiente oder sich eher so durchschlug, es spielte aber erst einmal keine Rolle, ihren Sekt konnte sie schon noch selber zahlen. – »Wie siehst du das als Amerikaner: Sollen Frauen sich eher sexy anziehen oder sich doch eher ein bisschen mehr verhüllen wegen der Religion zum Beispiel oder auch weil die Männer sich sonst nicht beherrschen können? Sagen ja manche.« – »Kind of sexy is cool, würde ich sagen. You know, in the US we have all these radical christians, they hold public vows in football stadiums where young people promise not to have sex before marriage. Diese Leute sind much worse than Muslims.« – »Ok, das ist jetzt sowieso zu spät für meine Tochter, weil der Türke hat sie nämlich schon geschwängert.« – »Ist nicht dein Ernst.« – »Hab ich auch erst heute erfahren.« – »How old is she?« – »Achtzehn. Gut, ich meine, sie muss das wegmachen lassen, alles andere hat ja keinen Sinn. Aber lass uns über was anderes reden, ich will mir nicht den netten Abend verderben lassen: Do you play concerts? Where can I see you?«

Vielleicht ist Sheikh Mohammed Ibrahim in der Moschee«, sagte Emre, »manchmal ist er einfach nur so da, und es kommen Leute mit ihren Problemen, wo er ihnen dann hilft, wir können ihn fragen, was er meint, wie wir es mit der Hochzeit machen sollen, es wird ein bisschen ... peinlich, weil du – wir – ja schon ein Kind bekommen, aber auch wenn es eine Sünde war, *Allah vergibt am Tag die Sünden der Nacht und in der Nacht die Sünden des Tages.*« – Dina sah Emre verständnislos an. Sie wusste nicht, was genau sie sich unter einer *Sünde* vorzustellen hatte. Der Begriff war in ihrem Leben nicht vorgekommen, bevor sie Emre kennengelernt hatte. Natürlich taten Menschen Schlechtes, sie nahm sich da gar nicht aus: Es gab Egoismus, die eigene Gemeinheit, dass man jemand anderen bewusst und mit Absicht verletzte, dann Sachen, die sich nicht gehörten, wie zum Beispiel mit dem Freund einer Freundin ins Bett zu gehen, außerdem richtige Verbrechen, die vom Gesetz her strafbar waren, Diebstahl, Vergewaltigung, Mord. Aber warum es für Gott oder Allah ein Problem darstellen sollte, wenn sie mit Emre schlief, den sie liebte und der sie liebte, das erschloss sich ihr nicht.

Emre öffnete die Tür zu dem ehemaligen Laden, der jetzt eine Moschee war, zog seine Schuhe aus, begrüßte Ahmed, der als eine Art Hausmeister mehr oder weniger sein Leben hier verbrachte: »Salam aleykum, wie geht's?« – »Alhamdulillah.« – Es folgten Sätze auf Türkisch, die Dina nicht verstand. – »Ist der Sheikh da?« – »Im Moment nicht, aber In sha Allah kommt er nachher noch mal rein. Setzt euch doch. Wollt ihr Tee?« – »Für mich nicht, danke«, sagte Dina. Der Boden des Gebets- und Versammlungsraums, in dem bis vor acht Jahren ein Elektriker sein Geschäft gehabt hatte, war mit roter Auslegware bedeckt. Über dem schweren Sessel, in dem der Sheikh während der Unterweisungen saß, hing in goldenem Schnitzrahmen ein nachtschwarzes Stück Stoff, das einmal Teil der Kaaba-Umhüllung gewesen war, daneben gerahmte Kalligrafien, Koranverse, die 99 Heiligen Namen. Während Emre in der Küche mit Ahmed und Rabi'a sprach, setzte Dina sich auf die Sitzkissen entlang der Rückwand. Sie fühlte sich wohl hier. Es gab kaum einen Ort, an dem sie so gut nachdenken konnte, zur Ruhe kam, alles vergaß, was ihr das Herz beschwerte – die lieblose Mutter, den Vater in Italien, der nichts mit ihr zu tun haben wollte, das Gefühl der Fremdheit im eigenen Leben, die Ratlosigkeit, was sie in Zukunft damit anfangen sollte. Alle sagten: Du musst dir überlegen, was du beruflich machen willst, dich auf einen Studienplatz bewerben, eine Lehrstelle suchen, wenigstens einen Job, doch es gab kein Thema, kein Fach, das sie so sehr interessierte, dass sie es vier oder fünf Jahre lang hätte studieren wollen, keine Tätigkeit, die sie so begeisterte, dass sie sich vorstellen konnte, eine Ausbildung in diesem Bereich zu machen. Ihre Mutter hatte Friseurin gelernt und arbeitete in der Fluggastkontrolle. Indirekt war es Dinas Schuld. Mit dieser Last lebte sie, seit sie denken konnte. Ohne sie hätte Joyce sich auf der Meisterschule angemeldet, ihren eigenen Salon eröffnet. Die Geschichte wiederholte sich. – Nein, sie wiederholte sich nicht! Dina hatte Emre, und Emre wollte sie heiraten, am liebsten noch heute, eine richtige Familie mit ihr gründen. Sie würden ein Kind bekommen und dann noch eins, zwei, drei oder vier. Sie war jung, sie konnte noch fast dreißig Jahre lang immer wieder schwanger werden. Und es wäre nicht wie bei Joyce irgendwie so passiert, aufgrund einer Achtlosigkeit, im Partyfieber, schwer betrunken, sondern weil das ein schönes Leben war, voller Liebe und natürlich auch Arbeit, aber sie wüsste, wohin sie gehörte, wo ihr Platz war, warum und für wen sie das alles tat.

Snoops hatte keine Angst vor der Polizei, im Zweifel würde sein Vater ihn raushauen, mit Geld und erstklassigen Anwälten. Sein Vater hatte schon Gras und Dope geraucht, Trips eingeworfen, als das noch wirklich kriminell und gefährlich gewesen war, nicht wie jetzt, wo die Leute morgens mit der Tüte in der Hand zum Bäcker gingen, vor der Schule auf der Bank saßen und einen Joint durchzogen. Einmal hatten sie eine richtige Hausdurchsuchung gehabt, weil er und seine Freundin so bescheuert gewesen waren, sich Haschisch per Post aus Indien schicken zu lassen. Die Bullen waren mit zehn Mann angerückt, hatten die ganze WG auseinandergenommen, und am Ende mussten sie ein paar tausend Mark Strafe zahlen. – »Beppe fragt, wie viel wir wollen? Und welche Qualität?« – »Zehn Gramm, das *Amsterdam super strong* mit Blüten.« – Es ging ums Prinzip. Noah musste zeigen, dass es ihm etwas bedeutete dazuzugehören. Wenn er nichts zahlen konnte und bei sich zu Hause nichts lagern wollte, aus Angst, seine paranoide Mutter könnte wieder seine Schränke durchwühlen, war es nur fair, wenn er wenigstens die Kommunikation mit Beppe Aaron übernahm. Im Übrigen waren sie alle erst siebzehn und Schüler, da würde erst mal gar nichts groß passieren.

Sie verließen den Park, überquerten die Danziger Straße. Vor dem ehemaligen Kellerbordell, das jetzt als Corona-Testzentrum fungierte, hatte sich eine lange Schlange gebildet, hauptsächlich jüngere Leute, die noch ausgehen wollten. Snoops klingelte, hörte Beppe Aarons Hund durch die Gegensprechanlage kläffen: »Hallo.« – »Snoops hier.« – »Ich komme runter. Halt schon mal hundertfünfzig Tacken bereit.«

Felix Bernburger saß vor seinem Laptop und sammelte Beweise. Der Leiter des virologischen Instituts, Prof. Reinhold Garbsen, der in den vergangenen anderthalb Jahren zum Messias des Wissenschaftskults aufgestiegen war, erklärte in seinem neuesten Podcast: »Die Lage ist längst wieder dramatisch. Unsere Intensivstationen füllen sich aktuell schneller als im vergangenen Herbst. Wenn wir nicht sofort drastische Maßnahmen ergreifen, wird die Situation vollkommen außer Kontrolle geraten. Kostenfreie Tests, selbst ein breit angelegtes 2G-Modell wird nicht ausreichen, um die vierte Welle zu brechen. Das Wichtigste wäre eine dreifach durchgeimpfte Bevölkerung, aber dieses Ziel lässt sich kurzfristig leider nicht mehr erreichen, auch weil zwanzig Prozent der Menschen in unserem Land Verschwörungsmythen anhängen oder wissenschaftsfeindlichen Thesen Glauben schenken. Um es ganz klar zu sagen: Diese Leute sind nicht nur für Tausende von Toten verantwortlich, sondern auch dafür, dass wir spätestens im Winter wieder radikale Shutdowns brauchen.« – Das war der Mann, mit dem sich sein Vater beriet: ein Fanatiker, ein abgrundtief böser Mensch. Seine ganze Aura war von satanischer Energie vergiftet. Sobald er den Mund aufmachte, kamen Lügen heraus. *Gesundheit, Schutz der Schwachen, gesellschaftliche Verantwortung*, lauter hohle Phrasen. In Wirklichkeit ging es darum, die Menschen zu reinen Befehlsempfängern zu degradieren. Dafür musste man sie in Angst halten, dazu bringen, dass sie sich diese sogenannten Vakzine spritzen ließen, manipulierte Gensequenzen, die auf der feinstofflichen Ebene dazu führten, dass die göttlich-universelle Energie, die dem Embryo am hundertzwanzigsten Tag seiner Existenz eingehaucht wurde und den Kern der Persönlichkeit bildete, die Fähigkeit verlor, mit den spirituellen Kräften innerhalb und außerhalb ihrer selbst in Kontakt zu treten. Stattdessen wurde der Mensch auf seine vegetativen Funktionen reduziert, soweit sie für den Erhalt der rein materiellen Existenz notwendig waren. Übrig blieben beliebig manipulierbare Sklaven, die Regierungen und Konzernen folgten, blind, taub, stumpfsinnig, gehorsam, solange sie nur genug zu essen hatten und nicht frieren mussten. In jeder freien Minute wurden sie mit schwachsinnigen Unterhaltungsangeboten ruhiggestellt, damit sie auf keinen Fall anfingen nachzudenken. Den Rest besorgten Psychopharmaka, und wenn auch die nicht halfen, Geldstrafen, Haft, Einweisung in geschlossene Anstalten. Felix Bernburger schaute auf die Uhr. Er war gespannt, ob die Schüler, die er zum Kickern eingeladen hatte, tatsächlich auftauchten, ob die Polizisten vor der Tür sie überhaupt hereinließen. Gut möglich, dass die Überwachung mit Mikrodrohnen, satellitenbasierten Richtmikrofonen, hochauflösenden Kameras, der Informationsfluss von internationalen Geheimdienstorganisationen wie CIA, MI6, MOSSAD inzwischen so total war, dass man ihn längst als Staatsfeind identifiziert hatte, als

Risikofaktor im Umfeld des einflussreichsten Gesundheitspolitikers im Land, dass Leute, die sich mit ihm treffen wollten, schon im Vorfeld aus dem Verkehr gezogen wurden. Es wäre auf jeden Fall besser, wenn er hinunterginge und draußen auf sie wartete. Er war ja trotzdem der Sohn von Professor Bernburger. Niemand auf der feindlichen Seite konnte ein Interesse daran haben, seinen Vater in einen Skandal verwickelt zu sehen. Doch vielleicht benutzte der die Versöhnung auch nur als Vorwand, um ihn in eine Falle zu locken.

Ich hab gerade mit Heiko Brauner gesprochen, der ist ja bei der Polizei und war zu dem Laden abkommandiert, wo früher *Gretes Jungbrunnen* drin gewesen ist«, sagte Andi Blaschke, Hannes Lebensgefährte. »Ich kenn den schon von klein auf, weil der mit meinem Riko in eine Klasse gegangen ist. Heiko hat mir erzählt, was er mir natürlich nicht sagen durfte, aber dass es ein Afghane war, also der Täter. Hat mich auch nicht gewundert. Als ich 2015 in der Notunterkunft Bleichstraße die provisorischen Wände eingebaut hab, damit die Leute wenigstens ein bisschen so was wie eine Privatsphäre bekommen, haben die Araber immer gesagt: »Bei den Afghanen musst du aufpassen.« – Umgekehrt haben die Afghanen die Syrer regelrecht gehasst. Worum es da im Einzelnen ging, konnte mir nie jemand so richtig erklären.« – »Dabei sollte man doch meinen, die glauben alle an Allah und jetzt sind sie hier bei uns, unter Ungläubigen, dass sie da zusammenhalten. Aber Emre, zum Beispiel, so heißt der Freund meiner Tochter, der mag wiederum die Araber überhaupt nicht.« – »Na ja, bei uns und den Polen zum Beispiel war das ja ähnlich. Oder mit den Holländern.« – »I think, it's this fucking racism thing. In the US wir haben viele Probleme damit, da kann man noch so oft sagen: We are all Americans. But white cops shoot black people almost every day. Wenn sie bei denen eine Verkehrskontrolle machen oder einfach so auf die Straße.« – »Aber liegt das nicht auch daran, dass rein von der Kriminalitätsstatistik her, also was man hier in der Zeitung liest, du weißt das als Einheimischer sicher besser, dass – keine Ahnung wie viele, aber dass viel mehr Straftaten auf das Konto von Schwarzen gehen, was die Prozentzahlen anlangt, wie bei uns eben auch der Anteil von Kriminellen zum Beispiel bei den Libanesen, die diese Clans haben, aber auch bei den Marokkanern, ich sag nur *Kölner Silvesternacht*, dass die einfach viel öfter mit dem Gesetz in Konflikt kommen.« – Norman sah Joyce an, lächelte, runzelte die Stirn, lächelte wieder. Sie gefiel ihm. Für ihr Alter sah sie ziemlich gut aus, wie jemand, mit dem man Spaß im Bett hatte. Aber was sie von sich gab, klang verdammt nach rechten Parolen. Selbst wenn sie beim Sex richtig abging – er hatte keine Lust, sich nachher dieses Nazi-Gewäsch anzuhören. Er versuchte es mit einem Test:

»I mean, wir hatten Donald Trump, während dessen Zeit ist es bei uns richtig schlimm geworden mit diese ganze racism shit …« – »Der hatte ja nun auch wirklich nicht alle Latten am Zaun, allein, wie der über Frauen gesprochen hat, dass er so viel Geld verdient, er kann jede, die ihm gefällt, angrapschen, wie er will, allein dafür hätte er zurücktreten müssen oder vor Gericht gehört …« – »He really fucked up our political culture. Deshalb war es auch so wichtig, dass bei die inauguration von Joe Biden diese junge schwarze Poet gesprochen hat, die wirklich eine großartige speech …« – »Das hat mich total beeindruckt. Wir haben das ja live im Fernsehen verfolgt, und als die – Amanda, hieß sie oder?« – »Yeah. Amanda Gorman.« – »Das war wirklich ein Gänsehautmoment, als sie gesprochen hat, wie ich ihn lange nicht erlebt habe, in der Politik schon mal gar nicht. Und dieser gelbe Mantel stand ihr so toll.«

Snoops hatte zwar keine Angst vor der Polizei, sah aber normalerweise trotzdem zu, dass er einen gewissen Sicherheitsabstand zu Uniformträgern hielt, insbesondere wenn er eine größere Menge Gras einstecken hatte. – »Cool, dass ihr gekommen seid«, sagte Felix. Noah war kreidebleich, flüsterte Mascha zu: »Wir müssen da ja auch nicht hin, wenn es kompliziert ist mit der ganzen Bullerei.« – »Ist doch lustig«, sagte Mascha, »no risk, no fun.« – »Aber wenn ...« – Noah verstummte, weil Joost ihm schmerzhaft und mit Absicht auf den Fuß getreten war. Einer der beiden Polizisten, der Vollbart trug und einen türkischen Akzent hatte, sagte: »Also eigentlich meldet Ihr Vater privaten Besuch bei uns vorher an, damit wir Bescheid wissen.« – »Ich habe sie halt spontan eingeladen, das muss doch möglich sein, ich meine, ich bin ja sein Sohn und wohne quasi hier.« – »So einfach ist das im Moment leider nicht, weil sich die Bedrohungslage für einen Mann wie Ihren Vater durch bestimmte politische Gruppierungen, die sich gerade radikalisieren, deutlich verschärft hat. Aber das wissen Sie ja selber.« – Der zweite Beamte wiegte skeptisch den Kopf: »Wir können mal nachfragen, ob es eine Möglichkeit gibt – ich meine, Sie sind auch nicht so oft hier«, stieg in den Wagen. – »Was für ein beschissenes Leben der Alte hat«, sagte Snoops. – Der Bärtige grinste, zuckte mit den Schultern. Sein Kollege kam mit dem Funkgerät: »Ok, wir überprüfen euch mal kurz: Wie heißt du?« – Snoops zögerte, sein Name war ihm peinlich. – »Marie-Luise Siewers«, sagte Mascha. – »Noah Winterfeld.« – »Joost Fuchs.« – »Und du?« – Snoops schüttelte den Kopf, verdrehte die Augen: »Severin Meinrad von Schliefenbusch.« – »Klingt cool«, sagte Felix. – »Danke.« – Aus dem Gerät knisterten unverständliche Stimmen. – »Gut, ihr könnt mit ihm hochgehen. Aber das nächste Mal melden Sie Ihre Freunde bitte vorher an.« – »Keine Ahnung, wozu der Schwachsinn gut sein soll«, sagte Felix. »Wenn ihr mich fragt, wissen sie sowieso alles. Wahrscheinlich dienen diese ganzen Maßnahmen nur dazu, uns eine Illusion von Sicherheit zu geben: Sie überprüfen uns offen, damit wir denken, das sind halt die ganz normalen Kontrollen, die bei einem Mann wie meinem Vater eben durchgeführt werden, und nicht checken, was im Hintergrund abläuft. Solange der Umbau der Gesellschaft hin zur totalen Überwachung und Manipulation nicht abgeschlossen ist, kann es schnell zu Unruhen führen, wenn Leute, die noch ihren kritischen Verstand beisammenhaben, Verdacht schöpfen.« – Felix drückte auf den Knopf für den Aufzug. Der Aufzug stand noch da, die Tür öffnete sich. – »Und dein Vater?«, fragte Noah. »Wie sieht der das alles?« – »Er ist Führungskader im medizinisch-industriellen Komplex. Natürlich redet er mit mir nicht über das, was seine wirklichen Aufgaben sind. Auch weil meine Mutter – also sie sind schon lange getrennt und hassen sich regelrecht, meine Eltern. Meine Mutter hat eine völlig andere Auffassung, was und wie Medizin eigentlich sein soll. Vom ganzen Menschenbild her sieht sie diesen Beruf ganzheitlich, auch was die gesellschaftliche Rolle anlangt, wohingegen mein Vater ein Technokrat ist. Er will, dass die Leute reibungslos funktionieren – mit so jemandem wie ihm hätte man im Dritten Reich, ich sag das echt ungern, aber …« – Der Aufzug hielt im fünften Stock. Hier oben befand sich lediglich die Wohnung von Prof. Bernburger. Felix öffnete die Tür. – »Kommt rein.« – Auf einen kurzen Flur folgte ein riesiger Raum, dessen Frontseite vollständig aus Glasflächen bestand. Man sah über Dächer, Innenhöfe, Straßenfluchten. Links erhoben sich die dunklen Silhouetten der Trümmerberge in Friedrichshain, rechter Hand ragte der hell erleuchtete Fernsehturm in die Nacht, bohrte sich als rot-weißer Speer in den Himmel. – »Krasse Aussicht«, sagte Noah. – »Wollt ihr was trinken?« – »Immer«, sagte Snoops. »Was gibt's denn?«

Prof. Bernburger hatte kein gutes Gefühl. Natürlich konnte er Felix schlecht verbieten, in der Wohnung Besuch zu empfangen. Das hätte all seine Bemühungen, so etwas wie eine Vertrauensbasis aufzubauen, gleich wieder zunichtegemacht. Prof. Bernburger wusste nicht, mit welcher Art von Leuten sein Sohn in Berlin verkehrte – ihm war bis vor einer Woche gar nicht klar gewesen, dass Felix überhaupt Freunde in der Stadt hatte. Als es um die Mitnahme im Dienstwagen gegangen war, hatte er auf einmal etwas von ehemaligen Klassenkameraden erzählt, die zum Studium hierher gezogen seien. Bislang war er ihretwegen nie nach Berlin gekommen, und sein Abitur lag inzwischen ja auch schon dreieinhalb Jahre zurück. Vielleicht hatte Felix die alten Freundschaften nur vorgeschoben, und in Wirklichkeit handelte es sich um Aktivisten, die er in Querdenker-, Impfgegner-, Corona-

Leugner-Foren kennengelernt hatte, womöglich vermittelt durch seine Mutter. Wenn Prof. Bernburger die Entwicklung betrachtete, die Felix im letzten Jahr genommen hatte, wie er mit immer abstruseren Theorien aufwartete, wurde ihm angst und bange. Verglichen damit waren die New-Age-Apologeten, Esoteriker, Anthroposophen seiner Studienzeit harmlose Spinner gewesen. Nicht auszudenken, was passierte, wenn sein Sohn Anhänger dieser ganzen Verschwörungsideologien in die Wohnung ließ. Das Harmloseste wäre noch, dass sie Fotos aus seiner Küche, dem Schlafzimmer über Social Media verbreiteten. Der Kickertisch ging wahrscheinlich irgendwie noch als schrullig, vielleicht sogar sympathisch durch, aber natürlich fanden sich im Arbeitszimmer Unterlagen, Notizen, die keinesfalls in falsche Hände geraten durften. Er hatte, bevor er heute Morgen ins Büro gefahren war, nicht im Traum daran gedacht, dass sein Sohn gleich einen ganzen Schwung wildfremder Leute anschleppen würde, sonst hätte er zumindest das Arbeitszimmer abgeschlossen. Prof. Bernburger spürte, wie ihm kalter Schweiß auf die Stirn trat. Die beiden E-Mails, die noch dringend rausmussten, konnte er auch von zu Hause aus schreiben, ebenso das Handout für die Pressekonferenz morgen, in dem er kurz schriftlich zusammenfassen wollte, weshalb er der Meinung war, dass der gesamte öffentliche Raum schnellstens nur noch für Menschen mit 2G offenstehen dürfe, dass diese Regelung außerdem so breit wie möglich kontrolliert, Verstöße mit empfindlichen Strafen belegt werden müssten. Er fuhr den Computer herunter, griff zum Telefon, wählte die Nummer der Fahrbereitschaft: »Bernburger hier. Ich bräuchte mal einen Wagen. Jetzt sofort.«

Alles zerbricht«, dachte Urban, als er auf den Pariser Platz trat und durch die riesige Fensterfront der Akademie der vorsorglichen Evakuierung der Gäste aus dem Gebäude zuschaute. Endlich hatte wieder ein literarisches Ereignis von internationaler Bedeutung in Berlin stattfinden sollen, und dann gab es mitten in der Rede des Preisträgers einen Kurzschluss, so punktgenau an der richtigen Stelle, dass es schwerfiel, darin nicht einen Akt der Sabotage zu sehen. Es war durchaus vorstellbar, dass es sich um einen Anschlag links-feministischer Aktivisten handelte. Dann würde früher oder später ein Bekennerschreiben auftauchen. Vielleicht hatte aber auch dieser eitle Sack von Kulturstaatssekretär oder der Speichellecker Nüßlein mit dem Techniker ein Zeichen verabredet, auf das hin Entremonts Rede und damit die gesamte Veranstaltung im Falle allzu drastischer Äußerungen seitens des Preisträgers spektakulär abgebrochen werden konnte. Gerd Lauermarsch wurde demnächst abgelöst, die Preisverleihung war einer seiner letzten großen öffentlichen Auftritte gewesen. In den vergangenen zehn

Jahren hatte er mit beträchtlichem Engagement und einigem Erfolg daran gearbeitet, die konservative Kulturbourgeoisie der Stadt mit den zunehmenden Forderungen nach Diversität, Geschlechtergerechtigkeit, diskriminierungsfreiem Sprachgebrauch gerade auch in Oper, Theater, Konzert zu versöhnen, da wollte er sich nicht auf den letzten Metern in der rechts-reaktionären Ecke wiederfinden. Wenn er sich im Vorfeld über Person und Agenda Bernard Entremonts informiert, die Geschichten über dessen völlige Unberechenbarkeit gelesen hatte, wäre es aus seiner Sicht geradezu fahrlässig gewesen, nicht irgendeine Art von Reißleine zu installieren, für den Fall, dass die Situation eskalierte. Vielleicht war aber auch die Tatsache, dass Urban eine vorsätzlich, von offizieller Seite herbeigeführte Explosion für möglich hielt, bereits ein Indiz dafür, dass er selbst längst der Propaganda von Neue-Rechte-Netzwerken, Lügen-Presse-Schreihälsen, Cancel-Culture-Beschwörern aufsaß. Im Grunde glaubte er niemandem, und das hieß, dass er de facto den Falschen glaubte. Ein Jammer, dass er nicht für die *Hauptstadtzeitung* über den Abend schreiben, Bernard Entremonts Thesen mit Spekulationen über das, was gerade eben passiert war, zu einem undurchdringlichen Konglomerat aus Wirklichkeit, Lügen und Fiktionen verweben durfte. Bernard Entremont hatte schon in seinem letzten Essayband sonderbare Ideen zu einer Wiederbelebung des Katholizismus aus dem Geist des Rausches entwickelt. Damals war seine Verachtung für Europa noch deutlich nationaler gefärbt gewesen, was Urban im Hinblick auf Frankreich irgendwie verstanden hatte – aber ein Deutschland, das sich auf seine völkische Identität besann, wäre in jeder Hinsicht ein absoluter Alptraum. Offenbar hatte Bernard Entremont nun die Region als Fluchtpunkt entdeckt. Der Gedanke gefiel Urban deutlich besser, auch wenn er für sich keine Lösung darin sah, in die Eifel zurückzukehren. Die Eifel, die er als Kind geliebt hatte, war während seiner Jugend so düster, verklemmt, beengt gewesen, dass es ihm regelrecht die Kehle zugeschnürt hatte. Aber das, was seither daraus geworden war, hatte den uralten Ernst, seine archaische Schönheit, die im Vertrauen auf Gottes Heilsplan gegründete Würde, ganz gleich ob ein Gott existierte oder nicht, vollkommen eingebüßt. Vielleicht lag es auch einfach daran, dass der Ort, an dem er sich vorstellen konnte zu leben, nicht in einer anderen Gegend, sondern in einer anderen Zeit lag, vielleicht nicht einmal dort, sondern in den verklärt-verfälschten Erinnerungen an eine Kindheit, die es nie gegeben hatte.

Urban hielt Ausschau nach Elaine, sah Mariann Krüger hektisch telefonieren. Elaine hatte kurz bei ihrer Gruppe nachhören wollen, wie es jetzt weiterginge. Sie hatte auf keinen Fall Lust, den weiteren Abend mit dem zunehmend angesoffenen und dementsprechend übergriffigen Prof. Spettmann in irgendeiner Bar zu verbringen. Bernard Entremont trat jetzt, eingefasst von Dr. Nüßlein,

Frau Prof. Hentschel-Rebstock und einem auf den ersten Blick erstaunlich gut gelaunten Gerd Lauermarsch, auf den Platz, zündete sich endlich die Zigarette an, die er die ganze Zeit abwechselnd im Mund und zwischen den Fingern gehabt hatte. Nachdem die ersten drei Züge am tiefsten Grund seiner Lunge angekommen waren, breitete sich Erleichterung auf seinem Gesicht aus. – »Er ist ein Klerikalfaschist«, sagte Oda Meyer-Droese, »wer seine Bücher gelesen hat, sollte sich darüber nicht wundern.« – »Insofern passt Dostojewski mit seiner slawophilen Russlandverklärung doch gut.« – »Also bitte! Nein: Auf Dostojewski lasse ich nichts kommen. Er hat gerade denen, mit denen er weltanschaulich überhaupt nicht auf einer Wellenlänge lag, Revolutionären, Anarchisten, Nihilisten, sogar Terroristen eine Stimme gegeben, selbst auf die Gefahr hin, massive Probleme mit den Zensurbehörden des Zaren zu bekommen, wohingegen Bernard Entremont ...« – Urbans Telefon klingelte. Das Display zeigte »Irma mobil« an. Er musste es nicht gehört haben. Bei Lichte besehen war es eine Rücksichtslosigkeit sondergleichen, dass sie ihn jetzt anrief, wo sie davon ausgehen konnte, dass die Preisverleihung in vollem Gange war. Absolut unterirdisch. Sie wusste ja nicht, dass es einen Kurzschluss gegeben hatte und alles vorzeitig in totalem Chaos geendet war. Außerdem vergaß er bei Veranstaltungen regelmäßig, sein Telefon auf »lautlos« zu stellen. Irma nahm also bewusst in Kauf, ihn durch ihren Anruf vor allen Leuten zu blamieren. Im Übrigen hatte er jetzt keine Zeit. Es war nicht möglich, dass er Irma zu Hause ablöste, damit sie auf die Party bei Mariann Krüger gehen konnte. Falls da überhaupt noch etwas stattfand. Er hatte Elaine versprochen, dass er sich um sie kümmerte, sie vor ihrem Professor beschützte. Entweder ginge er mit ihr zusammen dorthin oder er zog mit ihr um die Häuser, bis zum Morgengrauen, inszenierte ihr zuliebe noch einmal das exzessive Leben der Schriftstellerbohemiens der Jahrtausendwende. Vorausgesetzt sie tauchte wieder auf und hatte es sich nicht anders überlegt. Er spürte eine Hand, die von hinten seinen Ellbogen berührte, drehte sich um. Mariann Krüger hielt sich den Zeigefinger an die Lippen, flüsterte: »Schrecklich, das alles, aber wir müssen das Beste draus machen. In etwa einer halben Stunde geht es wie besprochen bei uns weiter, natürlich nicht für alle, also erzähle es bitte nicht herum. Wenn du Irma und die Kleine mitbringen willst, ist das natürlich kein Problem, im Gegenteil.« – »Ich erreiche sie grad nicht, aber eventuell käme noch eine Kollegin mit, die ich vorhin getroffen habe, wenn das in Ordnung wäre.« – »Klar, nur dass du es nicht an die große Glocke hängst, wir haben zwar Platz, aber natürlich nicht für hundertfünfzig Leute, zumal die Stimmung, was ich so aufschnappe, ein bisschen gereizt ist nach der Rede, jedenfalls bei manchen. Ich fand ja in einigen Punkten durchaus interessant, was er gesagt hat.«

Das ist sehr gutes Gras, safe das beste, das du aktuell bei uns bekommst, direkt aus Amsterdam, und die Holländer – kann sein, dass ihre Tomaten scheiße sind, sagt zumindest meine Mutter –, aber Gras können sie, das knallt richtig, vor allem wenn du es nicht gewohnt bist.« – Snoops reichte Felix den Joint, ging an den Barschrank, »Ich bedien' mich mal«, schenkte sich Whisky nach. Felix zog eher zum Schein etwas Rauch in den Mund, blies ihn gleich wieder aus, gab den Joint an Mascha weiter. Er kiffte nicht, weniger aus Prinzip, sondern weil er jedes Mal, wenn er es versucht hatte, binnen kurzem in einen Zustand alptraumhafter Einsamkeit gefallen war, sich inmitten von Freunden, im dichtesten Partygedränge gefühlt hatte, als wäre er der einzige Mensch auf der Welt. – »Weshalb ich euch eingeladen habe …« – »Weil wir kickern wollten.« – »Das auch. Gleich. Nachher. Ich weiß nicht, inwieweit ihr politisch denkt, also ich meine jetzt nicht, ob ihr bestimmte Parteien gut findet, sondern die globalen Zusammenhänge, wie sich die Situation entwickelt, seit es heißt, dass dieses Virus uns alle umbringen wird, dass wir uns mehr oder weniger ungetestete Substanzen spritzen lassen müssen, von denen mittlerweile klar ist – das kann man ja alles nachlesen, wenn man mal ein bisschen abseits der Staatsmedien guckt –, dass sie nicht nur schwere Nebenwirkungen haben, sondern zum Beispiel bei Frauen zu Unfruchtbarkeit führen, dass vor allem aber eben auch die Embryonen von Geimpften starke genetische Veränderungen aufweisen. Es gibt namhafte Leute, die sagen, dass es der kommenden Weltregierung, die im Hintergrund die Fäden zieht, genau darum geht, dass diese sogenannte Impfung der entscheidende Schritt hin zur Umprogrammierung der gesamten Menschheit ist. Das ergibt ja durchaus Sinn. Auch wenn man sich klarmacht, dass dieses Virus ursprünglich aus China stammt, aus chinesischer Produktion, um genau zu sein, wo sie ja keine Probleme mit der Gleichschaltung der Menschen haben, im Gegenteil. Und man muss natürlich auch wissen, dass die Virenlabore in Wuhan mit amerikanischem Geld finanziert werden, weil dort Experimente durchgeführt werden können, die eben nur unter den Bedingungen einer Diktatur möglich sind. Wahrscheinlich ist das Endziel eine Welt, wie sie H. G. Wells in seinem Buch *Time Machine* beschreibt, mit *Eloi,* asozialen Konsumwesen, die sich die totale Herrschaft über die Erde und ihre Bewohner verschafft haben, und *Morlocks*, die in unterirdischen Verliesen Sklavenarbeit leisten, um den Luxus der neuen *Herrenrasse* zu ermöglichen.« – »Ich dachte, dein Vater wäre dieser Gesundheitsexperte, der sich immer für noch strengere Maßnahmen einsetzt, als die Regierung sie sowieso verhängen will«, sagte Mascha. – »Genau, deshalb weiß ich ja, wovon ich rede: weil mein Vater einer der Leute ist, die in vorderster Front für diese Gesundheitsdiktatur kämpfen, die natürlich nichts mit Gesundheit zu tun hat, sondern mit der vollständigen Transformation der Gesellschaft in ein anderes Stadium.« – »Ok«, sagte Snoops. »Das ist jetzt aber schon krasser Querdenker-Scheiß, den du da verzapfst, oder?« – »Hast du dich mal informiert, also ich meine wirklich informiert, bei Leuten, die nicht komplett Teil des Systems sind? Die gibt es ja und zwar überall, in der Wissenschaft, in der Politik, sogar bei den Religionen. Es ist das erste Mal in der Geschichte, dass auch Teile der Kirchen, aller Kirchen übrigens, von den Orthodoxen über die Protestanten bis hin zu den Katholiken, sich den Herrschenden in den Weg stellen, sogar bei den Moslems und bei den ultraorthodoxen Juden gibt es Leute, die nicht aufhören vor dem, was da auf uns zurollt, zu warnen ...« – »Das sind wahrscheinlich die, die auch die Neue Rechte unterstützen, das sind ja echt voll viele, ich hab neulich erst wieder was im Antifa-Forum gelesen, wo stand, dass sich fundamentalistische Christen massenhaft bei den völkischen Bewegungen engagieren. Sorry, für mich ist das alles Nazi-Pack und sonst gar nichts.« – Ohne erkennbaren Grund begann Noah zu kichern, fiel dann in ein Grölen, »Zieht den Nazis die Lederhosen aus ...«, wurde von einem Lachanfall geschüttelt, »... Leder... Leder... ho... ho... ho...«, torkelte auf Felix zu, plötzlich kippte sein Lachen in Zorn um: »Merk dir eins, du Politikersöhnchen-Arschloch: Mit dieser Nazi-Kacke wollen wir nichts zu tun haben, rein gar nichts, dass dir das klar ist.« – Stolperte in Felix hinein, schubste ihn mit aller Kraft von sich weg, so dass dieser fast das

Gleichgewicht verlor, sich gerade noch mit einem Ausfallschritt fangen konnte. – »Hört auf mit der Scheiße«, schrie Mascha. – »So ein hirnverbrannter Wichser!« – Noah ließ sich mit dem glühenden Joint im Mund rücklings auf das braune Ledersofa fallen, johlte erneut »ho... ho... ho... ho...« – Joost startete ein Live Video: »Wir sind hier in der Wohnung des bekannten Politikers, Professor – wie heißt er?« – »Bernburger.« – »Habt ihr gehört, oder? Also bei Professor Bernburger zu Hause, sein Sohn, Felix, hat uns eingeladen, der ist ziemlich durchgeknallt, findet aber auf jeden Fall, dass sein Vater total die falsche Meinung vertritt, politisch gesehen.« – »Pass auf«, sagte Snoops und trat so breitschultrig er eben konnte, das Whisky-Glas in der Hand, auf Felix zu: »Leute wie du, ihr seid einfach Abschaum, Nazi-Abschaum, faschistisches Analsekret, deshalb gehört ihr auch ...« – Bevor Snoops sagen konnte, was oder wohin er die Nazis wünschte, hatte Felix Bernburger ausgeholt und ihm stocknüchtern einen Aufwärtshaken verpasst, der mit voller Wucht Snoops' Kinn traf und ihn glatt niederstreckte. Das Glas zersplitterte, der Whisky spritzte gegen die Scheiben, lief in goldgelben Tropfen herunter. Vom Flur her klang die Stimme Prof. Bernburgers herein: »Felix, was ist hier los?« – »In diesem Augenblick hat der allseits beliebte Politiker seine Wohnung betreten ...« – »Mach die Kamera aus, sofort. Das ist Hausfriedensbruch!« – »... dem es offenbar nicht gefällt, dass wir hier ...« – Unmittelbar hinter dem Professor stürmten die beiden Polizisten mit gezogenen Waffen ins Zimmer. – »Hände hoch! Alle an die Wand!«, brüllte der Bärtige. Sein Kollege schlug Joost das Telefon aus den Händen. – »Sind Sie verrückt geworden? Hören Sie sofort auf damit, das sind genau die Bilder, die diese Leute haben wollen!« – Prof. Bernburger hob das Telefon auf, stoppte den Aufnahmemodus. Snoops saß auf dem Boden, betrunken, stoned, benommen, fasste sich an den Hinterkopf, hatte Blut an den Fingern. – »Du Arschloch, du verdammtes krankes Nazi-Arschloch«, lallte er, versuchte aufzuspringen, wollte sich auf Felix stürzen, der mit leerem Blick in der Mitte des Raums stand, vor sich hin murmelte: »Gewalt. Ich habe den Weg der Gewalt gewählt. Aber Gewalt ist keine Lösung. Gewalt erzeugt Gegengewalt. Friedliche Mittel … Friedliche Revolutionen …« – Snoops kam nicht auf die Beine, begann am ganzen Leib zu zittern: »Das wirst du bereuen, du Schwein!« – »Ich hab Verstärkung angefordert, auch einen Notarzt«, sagte der bärtige Polizist, während sein Kollege Noah vom Sofa zerrte, ihm den Arm in den Rücken drehte, ihn auf dem Parkett fixierte, nach Waffen durchsuchte. Prof. Bernburger trat auf Joost zu, hielt ihm das Telefon hin: »Lösch das – sonst bekommst du einen Ärger, wie du ihn dir in deinen kühnsten Träumen nicht hast vorstellen können.« – »Ist zu spät. War live.«

Leonie drückte sich an Irma, Irma legte den Arm um sie, strich ihr übers Haar. – »Papa soll kommen, sonst gehe ich nicht ins Bett.« – »Du bist ganz müde, mein Schatz, es war doch wirklich anstrengend heute.« – »Aber ich will meinen Papa.« – Irma ließ sich gegen das Sofakissen fallen, schloss die Augen. Die Katze sprang zu ihr auf die Couch, rieb sich an ihrem Oberschenkel. Wut, Überreizung, Müdigkeit wechselten sich ab, dazu jenseits aller Erschöpfung das dringende Bedürfnis, etwas anderes zu sehen als diese vollständig eingerüstete, mit gelbschwarzen Werbebannern zugehängte, von Urbans Zeug, seinen Bildern, Sammlungsobjekten, Kuriositäten überquellende Wohnung. Wenigstens am Ende dieses wahnsinnig enttäuschenden Tages wollte Irma für zwei, drei Stunden etwas anderes sein als *Mutter*. Aber Ella hatte keine Zeit, und Urban ging nicht ans Telefon. Eigentlich hatte er vorbeikommen, sich zumindest melden wollen, bevor er zu dieser Preisverleihung fuhr, das war der Plan gewesen. Doch was kümmerten ein Schriftstellergenie schon Pläne, Vereinbarungen, vor allem wenn sie mit der Übernahme von Verantwortung verbunden waren, die eigene Freiheit einschränkten. Dass er sich einen Dreck um Absprachen scherte, war auch nicht damit zu entschuldigen, dass er Leonies Fotoshootings ablehnte – wofür Irma im Prinzip durchaus Verständnis gehabt hätte. Andererseits: Ihre Freundin Caroline stand auch schon seit Kindertagen vor der Kamera, Spots für Windeln, Orangensaft, Fruchtjoghurt, und es war nicht nur eine richtige Karriere daraus geworden mit regelmäßigen Hauptrollen und zahlreichen Filmpreisen, sondern sie gehörte zu den wenigen Menschen in Irmas Bekanntenkreis mit stabilem, regelrecht glücklichem Privatleben. Abgesehen davon ging es schlicht und ergreifend um die Frage, wovon sie Miete zahlen sollten. Irma konnte nicht schon wieder bei ihrer Mutter fragen, ob diese mit einem Kurzkredit aushalf, den sie dann netterweise nicht zurückverlangte. – »Was macht denn dein Bauch?« – »Besser.« – »Ist dir nicht mehr schlecht?« – Kopfschütteln. Im Grunde sah sie es nicht ein, dass Urban die Nacht durchfeierte, interessante Leute traf, anregende Gespräche führte, sich betrank, womöglich mit irgendeiner Bitch rummachte, während sie selbst, nachdem sie seit dem Frühstück abgesehen von einer kurzen Kindergartenpause auf Leonie aufgepasst, sich um Leonie gekümmert, die Kotze von Leonie geschrubbt, die vollgekotzten Kleider gewaschen hatte, jetzt wieder, entgegen der ursprünglichen Absprache, an der ihr Streit ja im Prinzip nichts änderte, den Abend allein zu Hause verbrachte. Außerdem wäre es auch mal interessant, Urban zu überraschen, zu sehen, mit wem er unterwegs war, wenn er vorgab, allein durch die Nacht zu ziehen, der getriebene Künstler, einsame Wolf, melodramatische Totalversager. – »Du bist doch bestimmt viel zu müde für eine Party, mein Schatz.« – »Ich bin gar nicht müde.« – »Das glaube ich aber doch.« – »Überhaupt nicht müde.« –

»Ganz sicher?« – »Kein bisschen müde.« – »Sollen wir denn dann mal schauen, wo der Papa steckt?«

Urban hatte Elaine gefunden, Elaine hatte sich unbemerkt von der Gruppe entfernt, mit drei, vier eleganten Drehungen an wild diskutierenden Leuten vorbei die Deckung eines parkenden Lieferwagens erreicht, während Prof. Spettmann über Entremonts, wie er sagte, »neoeskapistische« Tendenzen und deren Tradition in der französischen Literatur, angefangen bei Rousseau, monologisierte. – »Es war schon ziemlicher Blödsinn, den er von sich gegeben hat«, sagte Elaine. »Wobei Blödsinn eigentlich echt untertrieben ist.« – Natürlich sah sie das so. Sie war eine junge Frau, auf die das Leben wartete – de facto wartete sie, seit diese Pandemie begonnen hatte, dass das Leben wieder ein Leben wurde mit Partynächten, Konzerten, Raves, wenigstens normalem Unibetrieb, dass sie in der Cafeteria, auf dem Campus, den Fluren sitzen, diskutieren, reden, Bier trinken, streiten, sich verlieben konnte. Entremont hingegen war alt, ein Mann, der den größten Teil seiner Zeit in Büchern verbracht, von den Abenteuern geträumt hatte, von denen diese Bücher erzählten. Nachdem es ihm gelungen war, mit einem Dutzend gescheiterter Helden Welterfolge zu feiern, hatte er äußerst attraktive, deutlich jüngere Frauen geheiratet, erst eine Südosteuropäerin, dann eine aus Thailand – aktuell ließ er sich von den Fotografen als Liebhaber einer dreißigjährigen Japanerin in Szene setzen. Wobei Urban bezweifelte, dass ein Kuss ohne Zähne oder mit einer Prothese diese Bezeichnung überhaupt noch verdiente, abgesehen davon, dass Entremont bei sechzig bis achtzig Zigaretten pro Tag vermutlich ohnehin längst impotent war. – »Ich sehe schon, was du meinst. Es ist auch nicht so, dass ich seine Thesen unbedingt teilen würde, also vor allem diese Verklärung des Katholizismus.« – »Das ist angesichts der Missbrauchsskandale – letzten Monat hieß es, allein in Frankreich gab es seit 1950 rund 330000 Opfer –, da ist es wirklich reiner Zynismus, wenn einer erklärt, die Lösung des Problems wäre Vergebung für alle ohne irgendwas …« – »Klar, das geht gar nicht«, sagte Urban. Und trotzdem, dachte er, *Vergebung für alle ohne irgendwas*, das wäre es vielleicht. Womöglich würde man dann wieder gerne leben, wenn man nicht mit diesem riesigen, Tag für Tag weiter anwachsenden Berg von Schuld klarkommen musste, der jeden Moment Gegenwart überschattete, ganz gleich mit welchen Verharmlosungen, Lügen, Tricks Psychoanalytiker, Sozialpädagogen, Evolutionsbiologen, Coaching-Gurus einem einzureden versuchten, dass man ja im Grunde ganz in Ordnung sei, eigentlich sogar ein großartiger Typ. – »Sollen wir die U-Bahn nehmen oder lieber laufen?« – »Wie lange läuft man?« – »Halbe, Dreiviertelstunde.« – »Ist doch eigentlich schön draußen.« – »Auf jeden Fall. Und wenn es uns zu lang wird, können wir jederzeit in ein Taxi steigen.« – Allein, dass er jetzt hier mit Elaine durch die Stadt schlenderte, statt Irma anzurufen, die sicher einen wahnsinnig anstrengenden Tag hinter sich hatte, ihr wenigstens anzubieten, sie bei Leonie abzulösen … – »Das ist schon ein ziemlich gigantischer Boulevard, oder? Fast wie in Paris.« – »Für Friedrich den Großen, der die Stadt, also diesen Teil der Stadt, hat bauen lassen, war Paris, war Frankreich überhaupt in jeder Hinsicht das Ideal, wie er sich die Zivilisation vorstellte. Als junger Mann wollte er heimlich nach Frankreich flüchten, vor seinem brutalen Vater und dem total reglementierten Kronprinzendasein.« – »Ich glaube, wenn ich mir die Rechtsextremisten in Frankreich angucke oder auch nur den Präsidenten, der zwar smart rüberkommt, aber eigentlich auch bloß ein wirtschaftsliberales Arschloch ist, also Frankreich kann man heutzutage auch echt vergessen. Nicht umsonst hatten wir ja monatelang die Gelbwesten-Proteste.« – »Ich weiß nicht. Ich bin gern dort. Ich verstehe aber auch Entremonts Vision der Bretagne als unabhängiger Insel. Nach allem, was ich weiß, bekommt das, was früher der *Front National* war, dort bis heute kein Bein auf den Boden.« – »Die Idee ist nett, wobei es in der Bretagne auch echt ekelhafte bretonische Nationalisten gibt. Abgesehen davon: Wir werden es nicht mehr erleben, dass der Atlantik die Bretagne vom Festland trennt.« – Sie lächelte. Urban lächelte auch. Sah sich selbst vor seinem inneren Spiegel. Das Glück in seinem Gesicht hatte etwas Idiotisches, jedenfalls wenn es sich in den Zügen eines zweiundvierzigjährigen Mannes zeigte, verheiratet, Vater einer Tochter, deren Mutter nicht die Frau war, die er gerade anstrahlte. Er legte Elaine die Hand in den Rücken, deutete mit der anderen nach rechts: »Dahinten, wo das Licht aus dem Boden zu leuchten scheint, ist übrigens das Denkmal für die Bücherverbrennung, 1933. Wenn du willst, können wir es uns kurz anschauen. Ist nicht schlecht.«

Ali Zayed schlich durch die Straßen eines Viertels, das er nicht kannte, in einer Stadt, die er nicht kannte, in einem ganz und gar fremden Land. Er war ein gesuchter Gewalttäter, vielleicht sogar ein Mörder. Spätestens morgen würde es Personenbeschreibungen, Phantombilder in den Nachrichten, Zeitungen, auf Social Media von ihm geben. Hoffentlich hatte ihn niemand fotografiert. Er musste hier weg, möglichst schnell, aber wohin sollte er gehen? Fürs Erste würde ihm nicht viel anderes übrig bleiben, als sich in einem der Parks einen abgelegenen, halbwegs geschützten Platz für die Nacht zu suchen. Immerhin war es hier wärmer als in Belarus, aber er hatte seine Pullover, die Ersatzhosen mit der Tasche zurücklassen müssen. Er konnte noch einmal versuchen, Hamza Imran zu erreichen. Hamza Imran hatte ihn nicht einfach nur versetzt, sondern ihn überhaupt erst in diese fatale Situation gebracht, weil er offensichtlich Zahlungen schuldig geblieben war, Vereinbarungen gebrochen hatte und dann abgetaucht war, ohne ihn zu warnen. So verhielt man sich einem Verwandten gegenüber nicht. Wenn Ali Zayed der Familie zu Hause erzählte, was Hamza Imran sich geleistet hatte, würden dessen Verwandte in Kabul ernsthafte Probleme bekommen. Ali Zayeds Vater hatte nach wie vor ein deutlich höheres Ansehen als Hamza Imrans Sippe. Ali Zayed wählte noch einmal die Nummer, und Hamza Imran nahm tatsächlich ab: »Salam aleykum.« – »Aleykum salam. Tschee-toor assti?« – Einen kurzen Moment war er trotz allem froh, seine Muttersprache zu hören, »Alhamdulillah ... Es gibt Schwierigkeiten, große Schwierigkeiten. Wo zur Hölle bist du gewesen?« – »Sie haben mir auf die Mailbox gesprochen und gesagt, was passiert ist. Said Maalouf ist gestorben. Möge Allah seiner Seele Frieden schenken. Es tut mir sehr leid, Cousin, dass ich dich in diese Lage gebracht habe. Es gab plötzlich Probleme. Deshalb musste ich mit Sherin und den Kindern unerwartet die Stadt verlassen.« – »Warum hast du mir nicht Bescheid gesagt, dass du nicht kommst?« – »Ich musste uns wirklich sehr schnell in Sicherheit bringen, sonst hätte es eine Katastrophe gegeben.« – »Und jetzt? Was mache ich jetzt?« – »Du musst auch weg aus Berlin. Möglichst heute noch. Wenn sie dich finden, bist du tot. Vorher werden sie dich foltern, bis sie dir irgendwann glauben, dass du nichts von dem weißt, was sie wissen wollen. Jetzt ist es dunkel, In sha Allah wirst du es schaffen. Geh zurück zum Bahnhof, nimm einen Zug, der nach Bremen fährt. Wenn du in Bremen bist, melde dich wieder. Wir haben hier Verwandte, die uns helfen.« – »Ok ...« – »Ich muss Schluss machen.« – Die Verbindung brach ab. Seine Reise ging weiter, notgedrungen. In Bremen, wo auch immer das lag, würde niemand nach ihm suchen, weder die Libanesen, noch die Polizei. Dann begann sein neues Leben eben dort.

Frau Dr. Böhme lachte, Uwe Oschewski lachte auch: »So was Dämliches, da geht man nach anderthalb Jahren Hausarrest endlich mal wieder zu einer Kulturveranstaltung, und dann explodiert das Mischpult.« – »Hausarrest wegen Corona oder wegen deiner Freundin?« – Uwe Olschewski grinste, schuldbewusst, entschuldigend: »Wegen Corona natürlich.« – »Immerhin: So haben wir zwei Stunden geschenkte Zeit, bevor du nach Hause musst.« – »Ich muss nicht nach Hause. Annette ist nicht da.« – »Davon hast du mir gar nichts erzählt.« – »Ich wollte nicht gleich mit der Tür ins Haus fallen.« – »Interessant. Wo ist sie?« – »Sie ist zu ihrer Schwester nach Thüringen gefahren.« – »Und du nutzt die Gelegenheit gleich schamlos aus?« – »Das hat sich schon länger angedeutet, aber dann war es doch relativ kurzfristig.« – Frau Dr. Böhme war irritiert, unsicher, was das alles zu bedeuten hatte. Bis vorhin war sie jahrelang überzeugt gewesen, dass Uwe und sie ihre Lebenszeitaffäre im Grunde jederzeit wieder aufnehmen könnten, sobald er sich von dieser komischen Frau, die wirklich kein bisschen zu ihm passte, befreit hätte. Doch jetzt, wo alles ganz einfach wäre und eigentlich nur, wie früher, die Frage *zu dir oder zu mir?* geklärt werden musste, merkte sie, dass die Zeit eben doch nicht spurlos an ihr – an ihnen vorübergegangen war. Zwischen zweiundfünfzig und zweiundsechzig liefen beträchtliche Veränderungen ab, was die seelische Verfassung anlangte – mit Anfang fünfzig war sie noch eine Frau mittleren Alters gewesen, jetzt hatte sie, auch ohne Enkel, das Großmutterstadium erreicht. Und auch wenn seine Bemerkung, sie solle abspecken, rein medizinisch gemeint gewesen war, hatte sie natürlich gesessen. Sie wog ja tatsächlich zehn Kilo mehr als damals. Die Festigkeit des Gewebes hatte deutlich nachgelassen, wollte sie sich ihm so, wie sie jetzt aussah, überhaupt noch nackt zeigen? Die drei Jahrzehnte davor waren sie trotz allem gemeinsam älter geworden, hatten die physischen Prozesse, die Macht der Gravitation, die tektonischen Verschiebungen samt der damit einhergehenden Faltenwürfe ironisch zur Kenntnis genommen. Dass sie älter wurden – alterten –, hatte weder ihr noch Uwe je etwas ausgemacht. Zum ersten Mal, seit sie sich kannten, war da auch Scheu, Angst, er könnte sie hässlich, abstoßend finden, von ihrem Anblick schockiert sein. – »Wo sind deine Gedanken? So still kenn ich dich gar nicht.« – »Mir zog grad unsere ganze lange Geschichte vor meinem inneren Auge vorbei, und ich hab mich gefragt, ziemlich simpel: Was machen wir jetzt damit?« – »Gute Frage. Die ich mir übrigens auch schon gestellt habe.« – »Mit welchem Ergebnis?« – »Wir können ja erst mal was trinken gehen.« – »Und wo?« – »Wie wäre es mit *Herr Schmidts,* da bin ich ewig nicht gewesen.« – »Herr Schmidt nervt gerade ein bisschen.« – »Oder du lädst mich zu einem Drink bei dir ein.« – »Bist du sicher, dass das eine gute Idee ist?« – »Was ist schon sicher im Leben?«

Sheikh Mohammed Ibrahim redete Türkisch mit Emre. Der Sheikh verdrehte die Augen, schlug Emre halb im Scherz mit der flachen Hand auf den Hinterkopf. – »Er ist ein Trottel, oder?« – Dina wollte ihm nicht widersprechen, sie hatte noch nie erlebt, dass ihm jemand widersprochen hatte, aber auch nicht zustimmen, das wäre ihr selbst im Spaß wie ein kleiner Verrat vorgekommen. – »Gut, sie kann nichts anderes sagen. So ist die Liebe. Du hast Glück.« – Dina fürchtete sich nicht vor dem Sheikh, obwohl er einen langen, dunklen Bart und einen grünen Turban trug und auf den ersten Blick aussah wie ein Taliban. Sheikh Mohammed Ibrahim lachte viel, erzählte Geschichten von Propheten, von berühmten Heiligen, deutete die Welt aus Sicht der Religion, wusste Rat für jeden in jeder Lage. Dina hatte ihn noch nie ungeduldig oder ärgerlich erlebt, ganz gleich, um was es ging. – »Emre sagt, dass er dich heiraten will. Willst du ihn auch heiraten?« – Dina erschrak. Zwar hatte sie ihre Hochzeit als Bild schon oft vor sich gesehen, und vorhin, als Emre sie gefragt hatte, war alles ganz klar gewesen, aber jetzt, wo die Frage plötzlich und ganz direkt von einem Dritten gestellt wurde, fühlte es sich plötzlich fremd an – auf eine Weise endgültig, die sie einen Moment lang ängstigte. – »An deiner Stelle würde ich auch zögern«, sagte der Sheikh und lachte. »Nur Spaß. Er ist ein guter Mann. Ich mag ihn.« – Emre stand betreten zwischen Dina und dem Sheikh, hielt den Blick auf den Boden geheftet. – »Hast du mit ihrem Vater gesprochen?« – »Nein, bis jetzt ...« – »Mein Vater lebt in Italien, und wir haben fast keinen Kontakt. Das letzte Mal habe ich vor anderthalb Jahren mit ihm telefoniert.« – »Es liegt mehr Segen darin, wenn du bei deiner Hochzeit die Erlaubnis deines Vaters hast.« – Dina stiegen Tränen in die Augen. Sie konnte unmöglich mit Emre zu ihrem Vater nach Italien fahren. Wahrscheinlich wussten ihre italienischen Verwandten nicht einmal, dass es sie überhaupt gab. – »Wie heißt er – dein Vater?« – »Vittorio Mauro.« – »Mauro? Das ist doch ein guter Name: Er ist einer von uns, er weiß es bloß nicht. Hast du seine Telefonnummer?« – Dina nickte: »Ich glaube. Wenn sie noch stimmt. Meine Mutter hat sie mir gegeben, aber das ist schon lange her. Ich habe ihn noch nie angerufen.« – Der

Sheikh zog sein Mobiltelefon aus der Jackentasche: »Sag sie mal.« – Dina verstand nicht, was er wollte, und als es ihr dämmerte, glaubte sie nicht, dass der Sheikh es ernst meinte. – »Aber das …« – »Wir fragen ihn einfach, ob er einverstanden ist.« – »Und wenn er … Ich kenne ihn doch gar nicht.« – »Das macht nichts. Ich kenne ihn. Oder hast du schon einmal erlebt, dass jemand mir etwas abgeschlagen hat, wenn ich ihn gefragt habe?« – »Also die Nummer ist: 0039 1429 77983.« – Der Sheikh tippte die Zahlen in den Ziffernblock, zwinkerte Dina zu. Sie hörte das Freizeichen am anderen Ende, dann eine Stimme. – »Salam Aleykum, spreche ich mit Signore Vittorio Mauro? Sheikh Mohammed Ibrahim aus Berlin ist am Apparat … Sie kennen Berlin ganz gut, hat mir Ihre Tochter Dina erzählt …« – Der Mann am anderen Ende legte nicht auf, sondern redete, bis der Sheikh ihn unterbrach: »Signore Mauro, passen Sie auf, es geht um folgende wichtige Sache: Ihre Tochter möchte heiraten, und es wäre gut, also viel besser, wenn Sie Ihr Einverständnis dazu geben würden.« – Dinas Vater redete wieder eine Weile, der Sheikh nickte, warf hier und da ein »In sha Allah«, »Allhamdulillah« oder »Tamam« ein, sagte »No problem«, fuhr fort: »Unser Bruder hier, Emre Güneş, ist ein sehr guter, ein aufrichtiger Mann. Er kommt aus einer alten osmanischen Familie, er hat eine anständige Arbeit und verdient genug Geld, um Frau und Kinder zu ernähren – das ist das Wichtigste, oder?« – Erneut war das unverständliche Stakkato der Stimme am anderen Ende der Leitung zu hören. Der Sheikh lachte: »Sie wissen, wie die jungen Leute sind. Das Feuer ist immer sehr groß. Da ist es besser, wenn sie heiraten, damit sie gesegnet sind in allem, was sie tun.« – Der Sheikh grinste und reckte den Daumen hoch: »Machen Sie sich keine Sorgen, sie ist hier bei uns in guten Händen.« – Dina wollte gleichzeitig lachen und weinen, Sheikh Mohammed Ibrahim um den Hals fallen, und für einen kurzen Moment spürte sie den Impuls davonzulaufen. – »Salamu aleykum wa rahmatullahi wa barakatuhu, Signore Mauro.« – Der Sheikh kicherte, schlug Emre auf die Schulter: »Ich hab dir doch gesagt, es gibt keine Probleme, wenn du zu mir kommst – außer denen, die du dir selber machst.«

Bernard Entremont stieg aus der Limousine, gefolgt von Dr. Nüßlein und Mariann Krüger, zündete sich eine Zigarette an. Mariann Krüger überlegte kurz ihm zu sagen, dass im Haus leider nicht geraucht werde, beließ es dann aber bei: »Bienvenue, j'espère que vous vous sentirez comme chez vous.« – »Merci, mais ce n'est pas ce que j'espère. Ma maison est actuellement un endroit horrible.« – Bernard Entremont war zufrieden mit sich. Er fand, dass er eine gute Rede gehalten hatte. Tatsächlich war er vollkommen unvorbereitet ans Mikrofon getreten, hatte sich spontanen Eingebungen überlassen, seinen eigenen Gedanken zugehört, die er bis zu diesem Moment noch nie so gedacht hatte. Er stimmte sich weitgehend zu, fand nicht einmal, dass es besonders provokativ gewesen war, jedenfalls soweit er sich erinnerte. Der Nachteil dieser Art freier Rede, insbesondere in Kombination mit größeren Mengen Alkohol, bestand darin, dass er seine eigenen Worte ebenso schnell vergaß, wie sie im Raum verhallten. Der plötzliche Knall, die Stichflamme aus dem Mischpult waren wie ein Ausrufezeichen gewesen, beinahe ein Zeichen, mit dem der Himmel seine Zustimmung zum Ausdruck gebracht hatte. In früheren Zeiten wäre es als ein mächtiges Omen verstanden worden – danach hätte er einen Kreuzzug anführen können. Der abrupte Abbruch hatte ihn zudem von der Verpflichtung befreit, die Leute mit einer irgendwie Sinn im Unsinn stiftenden Pointe zu entlassen.

Mariann Krüger geleitete ihn die Stufen zur Haustür hinauf, nahm ihm den Mantel ab, fragte, was er trinken wolle? – »Je reste au vin rouge.« – Der große, offene Wohnraum führte auf mehreren auf- und absteigenden Ebenen rund fünfzehn Meter bis zur Glasfront samt Flügeltüren hinaus in den Garten. Draußen erzeugten gelbe Kugelleuchten eine Atmosphäre wie in Hollywoodromanzen der Sechzigerjahre. Alexia und Ruth verschwanden mit einer Flasche Champagner und vollen Tellern vom Buffet im Treppenhaus, zogen sich ins Zimmer zurück. Nach und nach fuhren Taxen vor, entließen Damen und Herren mittleren Alters in extravaganten Kleidern, Kostümen, hochwertigen Anzügen, daneben betont nachlässig, aber ebenso teuer angezogene Leute aus den verschiedenen Kreativszenen der Stadt. Dirk Mahnfeld und Jens Biesemann standen bereits mit Simone de Rola sowie den Französinnen Florence und Marie zusammen, während deren deutsche Kollegin Elisa sich einen Stuhl an den Flügel gezogen hatte und den Pianisten zu virtuosen Eskapaden trieb. Dirk Mahnfeld hatte beim Anblick von Simone de Rola kurz gestutzt, sich gefragt, woher er ihr Gesicht kannte? Dann war ihm das Foto neben ihrer Rubrik im *Berlinspiegel* eingefallen. Er hatte sich gewundert, mit den Achseln gezuckt, sie und ihre Freundinnen hereingebeten, Champagner bringen lassen, sie Jens Biesemann vorgestellt, dem es in der leeren *Topas Bar* nach einem Dry Martini langweilig geworden war. Hier hatte er das Gefühl, sich endlich wieder in einem Kreis normaler Frauen zu bewegen. Er meinte, den Namen Simone de Rola schon einmal gehört zu haben, verortete sie in der Hochkultur, Autorin, Schauspielerin, Sängerin, im Übrigen spielte es auch keine Rolle, denn er war sicher: Da ging was. Simone trug ein hinreißendes blaugraues Kleidchen, dessen Seide so flüssig an ihr herabfiel, als würde ihr Körper vom nächtlichen Meer umspült. Mariann Krüger sah ihren Mann mit den Französinnen auf Französisch radebrechen, hob ebenso wissend wie verächtlich wie warnend die Brauen, als ihre Blicke sich trafen. Insbesondere die linke der beiden mit ihrem halblangen dunkelbraunen Pagenschnitt, den lebhaften, fast schwarzen Augen passte perfekt in sein Beuteschema. Vermutlich kostete eine Nacht mit ihr ein paar Tausend Euro. Mariann Krüger sah sich um, ob sie unter den Gästen irgendwo eine attraktive, nichtprofessionelle Frau entdeckte, mit der sie Bernard Entremont bekannt machen konnte. Sie sah Oda Meyer-Droese, die sich in seine Richtung schob, fragte sich, ob sie wegen seiner Rede vielleicht Streit suchte? Wobei Oda selbst harte Auseinandersetzungen normalerweise eher mit kühler Ostberliner Rotzigkeit führte. Gisela Wettig sah für ihre fünfundfünfzig eigentlich wirklich gut aus, aber die älteste Frau, mit der sie Bernard Entremont je auf einem Foto gesehen hatte, war Ende dreißig gewesen. Sechzig bis siebzig Leute füllten den Raum, die Kettenraucher ahnten instinktiv, dass nur Bernard Entremont das Privileg genoss, innerhalb des Hauses zu rauchen, und begaben sich hinaus in den Garten. Einige der Gäste trugen medizinische Masken oder hatten sie, um zumindest den Schein zu wahren, unter dem Kinn hängen. Marianns Befürchtung, dass peinliche Leere herrschen würde, hatte sich jedenfalls nicht erfüllt. Allmählich sorgte sie sich eher, dass es zu voll werden würde. Bernard Entremont stand noch immer eingeklemmt zwischen Peter Nüßlein und Gerd Lauermarsch. Irgendjemand musste ihn retten, sonst würde er es nicht lange aushalten und das fiele auf sie als Gastgeberin zurück. Sie schaute auf die Uhr: Es war gleich elf. Vielleicht kam Mona Groß ja doch noch vorbei. Bernard Entremont hielt sich an Zigarette und Rotweinglas fest, aschte auf den Boden, nickte hier und da zustimmend oder spuckte ein französisches »Boff!« aus. Er fragte sich, warum er sich nach dem Abbruch nicht entschuldigt und ins Hotel abgesetzt hatte. Erst das Interview mit dieser sehr hübschen Journalistin, die leider völlig uninteressante Fragen gestellt und seine Antworten überhaupt nicht verstanden hatte; danach eine Dreiviertelstunde das Gerede von Nüßlein; dazu die trotz allem extrem anstrengende Rede, unterbrochen von einem Knall, von Feuer ... – Einen kurzen Moment hatte er gedacht, es wäre ein islamistischer Terroranschlag. Er hätte jedes Recht gehabt, sich zurückzuziehen. Andererseits war er voll mit Adrenalin. Er hätte ohnehin nicht schlafen können, für jede Zigarette das Zimmer verlassen müssen. Hier gab es immerhin erstklassigen Wein und einige gut aussehende Frauen, von denen später vielleicht eine Lust hatte, ihm draußen im Garten oder doch eher auf der Toilette einen zu blasen. Seit es Smartphone-Kameras gab, war Sex im öffentlichen Raum ein echtes Problem.

Dr. Nüßlein überlegte kurz, ob er nicht noch seine Laudatio halten sollte, immerhin hatte er zwei Monate daran formuliert. Andererseits wäre eine beinahe ungebrochene Lobeshymne auf *den großen europäischen Erzähler Bernard Entremont* nach dessen geradezu antieuropäischen Äußerungen doch eher unangebracht. Sowieso wollten alle, die hier waren und sich nicht von der Angst vor dem Virus hatten abschrecken lassen, möglichst in Ruhe trinken, damit das Leben in der Hauptstadt sich zumindest für ein paar Stunden wieder so anfühlte wie vor der Pandemie. Peter Nüßlein sah Irma Rudolph mit ihrer kleinen Tochter hereinkommen, allerdings ohne Urban Fischer, der vorhin bei der Preisverleihung in Begleitung einer anderen, bildschönen jungen Frau gewesen war. Er fragte sich, wo dieser schmierige Typ, der seit zehn Jahren kein Buch mehr zustande gebracht hatte, immer diese unglaublichen Frauen hernahm. Das Kind hatte tränenverklebte Augen – kein Wunder, wenn es von der Mutter um diese Uhrzeit noch auf Partys geschleppt wurde.

Mariann Krüger platzierte sich jetzt rechts auf der Halbempore, überblickte die Gäste, hielt eine Messingglocke in der Hand, schellte in kurzen Abständen dreimal hintereinander, bis die letzten Stimmen verstummten: »Bonsoir et à nouveau bienvenue, cher Bernard Entremont – Guten Abend, liebe Freundinnen und Freunde … Ich werde nun gewiss keine große Rede halten … Peter, bist du vielleicht so nett und übersetzt für Bernard … Es war ein ereignisreicher Abend, und die Zeiten sind ja bekanntlich schwierig, wir haben so etwas seit langem nicht mehr gemacht, umso schöner, dass wir heute die Gelegenheit haben, ein bisschen zusammen zu feiern. Was ich sagen will: Fühlt euch wie zu Hause, esst und trinkt – wer weiß …« – »Papa! Da ist mein Papa«, schrie in diesem

Moment Leonie, die bei Irma auf der Schulter saß, woraufhin sich sämtliche Köpfe zur Tür wandten. Die Tür hatte sich jedoch bereits wieder geschlossen. – »Esst und trinkt«, sagte Mariann noch einmal, »wer weiß, wann es wieder was gibt.«

Entschuldige, es ist kalt hier«, sagte Urban. »Ich heize mit Kohle und muss den Ofen erst wieder anmachen, aber dann wird es schnell warm. Willst du was trinken?« – »Einen Rotwein vielleicht.« – Er ging zum Küchenschrank, wo eine angebrochene Flasche stand, schenkte zwei Gläser ein. Elaine trat ans Fenster, sah hinunter auf die nächtliche Straße. Es waren erstaunlich wenig Leute unterwegs, kein Vergleich mit Paris, eher wie in Göttingen, wobei dort in den Studentenkneipen seit dem Ausbruch des Virus gar nichts mehr los war. Urban reichte ihr ein Glas, sagte »Tchin-tchin«, schaute ihr in die Augen, erwartete dieses Leuchten, war verwirrt. Etwas hatte sich verändert in ihrem Blick. Plötzlich war da eine Distanz, fast so etwas wie Misstrauen. – »Mariann Krüger redet. Es ist grauenhaft voll da drin, lauter Kulturspießer, lass uns woandershin gehen. Ich hab außerdem keine Lust, mich da im Gedränge jetzt anzustecken«, hatte er gesagt, unmittelbar nachdem er Leonie auf Irmas Schultern hatte sitzen sehen, und die Tür wieder zugezogen, ohne Elaines Antwort abzuwarten. Er glaubte nicht, dass sie Leonie »Papa« hatte rufen hören, und selbst wenn, warum hätte sie denken sollen, dass er damit gemeint gewesen war? – »Ich mache mal Feuer«, sagte er, öffnete die Ofenklappe, knüllte Zeitungen zusammen, schob zwei weiße Anzünder zwischen das Papier, legte Reisig und kleinere Scheite dazu, hielt ein langes Streichholz an die Anzünder. Eine bläuliche Flamme erschien, krabbelte um die weißen Würfel, sprang auf die Zeitungen über. – »Also wenn du schon etwas geschrieben hast, was du zeigen möchtest, schaue ich es mir natürlich gern an.« – »Das ist wirklich nett ...« – »Ich weiß nicht, inwieweit du Kontakte in die Literaturszene hast? Ohne Beziehungen ist es ziemlich schwierig, jemanden in einem Verlag zu finden, der deine Sachen überhaupt liest. Ich kann dir auch da gern behilflich sein.« – »Danke. Aber es ist, glaube ich, noch lange nicht in dem Stadium, dass es für ein Buch reicht.« – »Diese Zweifel sind ganz normal am Anfang. Mir ging es jahrelang so, dass ich mich für mein Schreiben regelrecht geschämt habe, obwohl ich ja schon als Sänger auf der Bühne gestanden – meine eigenen Texte vor Publikum gesungen hatte, zum Teil vor richtig vielen Leuten. Aber es ist ganz was anderes, wenn Musik dazukommt.« – Elaine nippte an ihrem Wein: »Ich bin gar nicht sicher, ob das überhaupt was für mich ist: Schriftstellerin. Vielleicht möchte ich gar nicht, dass das, was ich da mache, groß an die Öffentlichkeit gelangt. Ich hätte auch immer Angst, dass ich mich dann irgendwie an Erwartungen orientiere, die gar nichts mit mir zu tun haben. Aber falls es mal so weit sein sollte, dass ich es mir anders überlege, komme ich gern auf dein Angebot zurück.« – Sie sah ihn nicht an, schaute aus dem Fenster, gähnte demonstrativ. – »Ich glaube, ich mache mich jetzt auch mal auf den Weg ins Hotel. Wir treffen uns ja morgen um neun schon zum Frühstück und gehen danach noch in die Gemäldegalerie, bevor wir zurück nach Göttingen fahren. Kannst du mir ein Taxi rufen?«

Der Tag war zu Ende. Es war ein schlechter Tag gewesen. Vielleicht ein guter Tag. Ein beliebiger, einmaliger Tag in einer ungezählten Folge von Tagen, seit die Erde sich um die Sonne drehte. Rückblickend, aus einer näheren oder ferneren Zukunft, würde er etwas anderes bedeuten als jetzt, unmittelbar nachdem die vier Ziffern auf dem Display des Smartphones von 23:59 auf 00:00 gesprungen waren. Für sechzig Sekunden standen vier Nullen da. Kinder waren gezeugt und geboren worden, Leute gestorben, alte und junge, andere hatten geheiratet, sich aus guten und nichtigen Gründen gegenseitig halb totgeschlagen, hatten Unfälle gehabt, Prüfungen bestanden, Rekorde gebrochen, Verhandlungen geführt, Diagnosen bekommen, waren beseligt oder verzweifelt eingeschlafen – lagen schlaflos wach. Der Döner-Imbiss hatte noch geöffnet, ebenso der Spätkauf. Auf den provisorischen

Bänken davor saß eine Handvoll Gymnasiasten und trank billiges Bier. Eine Frau, Anfang vierzig, schwankte am Arm eines Amerikaners nach Hause, der ihr die Melodie von »Donna Lee« vorsang. Ab und zu blieben sie stehen, küssten sich wild, tasteten sich durch geschlossene Hosen zu Geschlechtsorganen vor. Ein Pakistani ging mit einem Packen der frisch gedruckten *Hauptstadtzeitung* von Kneipe zu Kneipe. BERNARD ENTREMONT: EUROPA IST TOT! stand fett auf der Titelseite, darunter ein Portrait, auf dem er lächelte, als hätte er eine eiternde Wunde im Gesicht. In den sozialen Medien ging ein Video viral, das den Gesundheitspolitiker Prof. Rolf Bernburger zeigte, wie er in seiner Berliner Wohnung wutentbrannt auf einen Schüler losstürmte. Auf den Nachrichtenseiten der Online-Medien erschienen gelb, rot oder schwarz unterlegte Eilmeldungen: PROF. BERNBURGER OPFER VON QUERDENKER-ATTACKE; DROGENDRAMA UM PROF. BERNBURGERS SOHN; PROF. BERNBURGER – DAS WAR'S MIT DEM MINISTERAMT! Dazu weitere aktuelle Schlagzeilen: FLÜCHTLINGE DURCHBRECHEN GRENZZAUN ZWISCHEN POLEN UND BELARUS!; STURM AUFS KAPITOL: US-KONGRESS LÄDT TRUMPS EX-SPRECHERIN UND EHEMALIGEN CHEFDEMAGOGEN VOR; AUSTRALIER TÖTET KILLER-KROKODIL MIT TASCHENMESSER; PRINZ OLAF POSITIV AUF DAS CORONA-VIRUS GETESTET – KEIN AUFTRITT DES DREIGESTIRNS ZUM SAISONAUFTAKT! Der Himmel war noch immer wolkenlos, kein Mond, der irgendetwas versprach oder einen Dichter zu Versen inspirierte, nirgends ein Flugzeug, das kurz die Hoffnung auf ein besseres Leben in weit entfernten Weltgegenden aufscheinen ließ. Myriaden Sterne lösten sich in der Kunstlichtglocke über der Stadt auf. Nach wie vor verstand niemand ihre Anordnung. Weiterhin wurden Rückschlüsse auf die Zukunft gezogen, doch mit dem, was passiert war, hatte kein Mensch gerechnet. Die Zeit der Geheimnisse war vorbei.

MIX
Papier | Fördert gute Waldnutzung
FSC® C014496

Penguin Random House Verlagsgruppe FSC® N001967

1. Auflage
Genehmigte Taschenbuchausgabe November 2025
btb Verlag in der Penguin Random House Verlagsgruppe GmbH,
Neumarkter Straße 28, 81673 München
produktsicherheit@penguinrandomhouse.de
(Vorstehende Angaben sind zugleich
Pflichtinformationen nach GPSR.)

Covergestaltung: buxdesign | Ruth Botzenhardt unter Verwendung
eines Motivs von © plainpicture / mia takahara
Druck und Einband: GGP Media GmbH, Pößneck
cb · Herstellung: han
Printed in Germany
ISBN 978-3-442-77573-6

www.btb-verlag.de
www.facebook.com/penguinbuecher